Inken Witt

LIEBEN. HOFFEN. FÜRCHTEN

Inken Witt

LIEBEN HOFFEN FÜRCHTEN

Kriminalroman

PIPER

Mehr über unsere Autorinnen, Autoren und Bücher:
www.piper.de

Wenn Ihnen dieser Kriminalroman gefallen hat, schreiben Sie uns unter Nennung des Titels »Lieben. Hoffen. Fürchten« an *empfehlungen@piper.de*, und wir empfehlen Ihnen gerne vergleichbare Bücher.

Von Inken Witt liegen im Piper Verlag vor:
Ein Fall für Isa Winter:
Band 1: Warten. Leben. Sterben
Band 2: Lieben. Hoffen. Fürchten

Unser Versprechen für mehr Nachhaltigkeit
Klimaneutrales Produkt
FSC®-zertifiziertes Papier
Hergestellt in Europa

FSC
www.fsc.org
MIX
Papier | Fördert gute Waldnutzung
FSC® C083411

ISBN 978-3-492-06362-3

Redaktion: Martina Schwarz
Satz: psb, Berlin
Gesetzt aus der Sabon Next
Druck und Bindung: CPI Books GmbH, Leck
Printed in the EU

TEIL 1

»All is well.«

Henry Scott Holland

EINS

Im eisigen Licht der Taschenlampe erschien sein Gesicht so weiß, als sei es aus Marmor. Die Wangen eingefallen, die Augen nur halb geöffnet. Durch die dunklen Wimpern hindurch konnte ich Pupillen erkennen, die so weit waren, dass sie alle sie umgebende Farbe verdrängt hatten.

»Mir ist kalt.« Seine Worte waren mehr zarter Nebel, der zwischen seinen bläulich schimmernden Lippen aufstieg, als klare Laute. Ich zog ihn mit all meiner Kraft noch näher an mich heran. Tiefer in meine Umarmung. Ich wiegte uns leise vor und zurück im Rhythmus, den vielleicht alle Menschen in sich haben für den Fall, dass sie einmal aufhören müssen zu denken, zu handeln. Für den Fall, dass sie nur noch sein können und … beten.

Ich weiß noch genau, wie verwirrt ich war, als ich wach wurde und in Tinas besorgtes Gesicht sah. Ich hatte keine Ahnung, wieso ich im Wohnzimmer auf dem Sofa lag.

So erleichtert ich war, nicht mehr in einer Tropfsteinhöhle verschüttet zu sein, so sehr musste ich zurück. Doch Tina ließ mich nicht umkehren. Sie schaltete die Leselampe neben der Couch ein und nahm meine Hand schneller, als ich sie wegziehen konnte.

»Du hast eiskalte Finger. Ich mach dir einen Tee.«

Ich weiß noch, dass ich widersprochen habe. Dass ich mir meine Bettdecke über den Kopf gezogen und ihr den Rücken zugedreht habe. Natürlich vergebens.

Statt zurück in ihr Zimmer oder in die Küche zu gehen, hörte ich Tina zu dem Biedermeierschrank tapsen, den wir auf eBay gekauft, abgeschliffen und innen und außen golden lackiert hatten, um ihn zu unserer persönlichen Bar umzubauen, kurz nachdem ich Karl abgestillt hatte.

Einige der Cognac-, Rum- und Whiskeyflaschen stehen seitdem unberührt darin herum. Wir haben einen Bilderstrahler eingebaut, der angeht, wenn man die Tür öffnet. Tina hat »wenigstens« darauf bestanden, nachdem ich mich geweigert hatte, im Badezimmer einen Mirrorball und Discolichter aufzuhängen.

Ich erinnere mich daran, dass der schottische Whisky mich gegen meinen Willen wärmte. Er und Tinas stetes Geplapper über ihr nächstes Vorsprechen zwangen mich in mein Leben in Berlin-Kreuzberg zurück und hielten mich dort fest.

Es wurde bald schwer, meine Augen offen zu halten. Ich stellte das leere Glas auf den Dielenboden und sank wieder auf die alte Ledercouch, die als mein Bett diente, seit ich Eugen einige Wochen zuvor aus der Rehaklinik abgeholt und in meinem Zimmer untergebracht hatte.

»Okay. Schlaf gut.« Ich bin sicher, Tina hauchte mir noch einen Kuss zu, stand dann auf, schaltete das Licht aus und schlich aus dem Zimmer.

Bevor es wieder still wurde in unserer Wohnung, flüsterte sie noch: »Und morgen erzählst du mir, was das für Träume sind, Isa. Ich hab mir das jetzt lange genug angesehen.«

Hab ich nicht. Und als ich es dann doch getan habe, war es zu spät.

ZWEI

Die Wimpern von Leonie Gabowski sind lang und dick und wunderbar gebogen, als seien sie aufwendig geschminkt. Sind sie aber nicht. Sie sind das einzig Auffällige an der Endzwanzigerin. Sie haben die Angst in ihren Augen betont, als sie mich damit beauftragte, ihren »einzigen lebenden Verwandten« zu suchen.

Ich frage mich immer noch, wovor genau sie Angst hatte. Davor, allein zu sein? Davor, Verlustschmerz zu empfinden? Verantwortung zu übernehmen? Arbeit zu haben mit allem, was Menschen so hinterlassen, wenn sie verschwinden – sei es durch Tod oder Trennung?

Ich kann nicht mehr sagen, ob ich sie mochte, als sie mir am Morgen nach dem Traum in meinem Büro gegenübersaß. Ich musste mich auf jeden Fall zwingen, ihr zuzuhören. Und ich fragte mich, ob das an ihr lag. An der Art, wie sie sprach. Leise und zaghaft, so, als bitte sie mich für jedes Wort um Erlaubnis.

Oder daran, dass ich wieder einmal zu wenig geschlafen hatte. Ich war wütend auf mich selbst, weil ich entweder besser schlafen oder besser damit umgehen können wollte, dass ich es eben nicht tat. So wie damals, als Karl ein Baby gewesen war. Da habe ich mich schnell und kampflos in den Schlafmangel ergeben und mich nicht einmal darüber geärgert. Natürlich weiß ich, dass das nicht dasselbe war. Damals war ich von einem glücklich vor sich hin glucksenden Bilderbuchbaby geweckt und wach gehalten worden, nun von Albträumen, an die ich mich, mit einer Ausnahme, nicht einmal erinnern konnte. Nur an mein rasendes Herz und das Gefühl, um ein Leben rennen oder kämpfen zu müssen. Nicht meins, eines, das mir wichtiger war.

Möglicherweise lag meine mangelnde Aufmerksamkeit aber auch daran, dass ich um sechs Uhr früh wieder geweckt worden war. Von meinen Nachbarn, die direkt unter meinem Fenster ihren VW-Bus mit allem bepackt hatten, was das Gartencenter hergab, dazu ihren zwei kleinen Söhnen und dem dreibeinigen Hund aus dem Tierheim, den sie seit Neuestem haben. Die Jungs haben Angst vor ihm, oder vielleicht hat der Hund Angst vor den Kindern … eine Partei ist jedenfalls immer am Schreien oder Quietschen.

Bei gutem Wetterbericht ist das hier jedes Wochenende so. Am Morgen verwandelt sich der Graefekiez in ein buntes Durcheinander aus Plastikgartenstühlen, Rindenmulchsäcken und vegan befüllten Picknickkörben, bis die Karawane aus stinkenden Dieselkombis, glänzenden Mercedes-Campern und Carsharing-Cabrios abgezogen ist. Dann herrscht ein bis zwei Stunden Ruhe, bevor die Touristen aus Spanien, Schweden und den USA kommen und sich mit Bier und veganen Snacks in den Händen durch die Straßen treiben lassen und sie bestaunen, als seien sie besonders.

Ich hab nichts gegen die Familie oder alle anderen Nachbarn, die ihre Datschen in Brandenburg oder ihre Schrebergärten im Stadtgebiet für das neue Gartenjahr startklar machen. Ich war schon bei ihnen und einigen anderen eingeladen oder besser, Karl und Tina waren eingeladen und ich damit auch. Ich liege dann gerne in einer Hängematte oder im Gras – so weit von den anderen entfernt, wie das Grundstück es eben zulässt –, schaue in den Himmel und atme ein und aus.

Nein, wogegen ich wirklich etwas habe, ist: Frühling.

Gegen jeden Frühling, aber gegen den Berliner Frühling ganz besonders, und gegen diesen – nach diesem Winter, nach den vergangenen Wochen – hatte ich so viel, dass ich fast sagen würde, ich habe ihn gehasst, wenn das nicht eine Wucht an Gefühl erfordert hätte, die ich nicht aufbringen konnte.

Ich lebe davon, Menschen zu beobachten. Im Frühling wird das einerseits natürlich einfacher, weil alle nach draußen drängen. Aber es wird auch schwieriger, weil alle so verdammt gut gelaunt sind. Und so gierig nach Leben, Licht und Lachen. Und nach Körperkontakt. So, als wären sie kollektiv aus einem monatelangen Koma erwacht oder aus einem Gefängnis entlassen. Das nervt.

Frühling ist ein Versprechen auf eine neue Runde. Ein neues Glück, glauben viele, doch eigentlich ist es nur eine neue Gelegenheit, zu sehen, was man sehen will, sich etwas vorzumachen.

Frühling ist ein Versprechen, das das Jahr nicht hält. Hat es noch nie, und wenn es doch mal so scheint, dann nur, bis der Winter kommt und alles erfriert.

Ich hatte letztens eine Diskussion mit Eugen zu dem Thema und habe sogar versucht, physikalisch zu argumentieren, um meinen Standpunkt klarzumachen. Aber er wollte nichts hören von Schwerkraft, Haftreibung und so. Er hat mich nur angelächelt und mal wieder den Energieerhaltungssatz bemüht. Bescheuerte Idee, mich in sein Fachgebiet zu wagen.

Und dann hat er geschlossen, wie so oft, mit einem Satz seiner verstorbenen Frau Nadja: »Freude ist Freude, solange sie währt.« Den bemüht er immer, wenn er mich davon überzeugen will, dass es nicht darauf ankommt, was ist, sondern darauf, wie es sich anfühlt. Ich hab mich umgedreht und bin gegangen.

An diesem Frühlingsmorgen sah mich Leonie Gabowski jedenfalls mit ihren angstvollen Augen an und wartete. Sie schien es nicht gewohnt zu sein, etwas zu tun oder zu sagen, ohne die Erlaubnis dafür erhalten zu haben. Ich musste ihr also jede Information einzeln abringen. Das nervte auch.

Letztlich erfuhr ich, dass ich ihren Onkel suchen sollte. Michael Gabowski. Den Zwillingsbruder ihres vor knapp einem Jahr verstorbenen Vaters.

Sechsundfünfzig Jahre alt, geschieden, lebte er in dem Haus in Friedenau, das er und sein Bruder von den Eltern geerbt hatten. Bis zu Gabriel Gabowskis Tod hatten sie dort im Erdgeschoss gemeinsam ein Geschäft für antiken Schmuck mit angeschlossener Werkstatt betrieben.

»Wann haben Sie Ihren Onkel das letzte Mal gesehen?« Ich goss Leonie ungefragt Kaffee nach, trank selbst meine dritte Tasse und notierte unauffällig auf den Rand meines Notizblocks, dass ich neues Kaffeepulver besorgen musste.

Tina hatte es vergessen und würde sicher auch heute nicht dran denken. Sie hatte an diesem Samstag frei, und Tobias kam aus München, und dann war mit ihr eh nichts anzufangen.

»Vor einer Woche. Am Sonntagnachmittag. Wollen Sie die genaue Zeit wissen?« Leonie Gabowski sah mich an, als sei ich eine Lehrerin und sie könne eine Prüfungsfrage nicht beantworten. Ihre Stimme machte mich aggressiv. Es dauerte einen Moment, bis ich darauf kam, woran das lag. Sie war zu klein. So, als traue Leonie sich nicht, gehört zu werden.

Ich vermute, es gibt verschiedene Gründe, wenn Frauen sich nicht zu ihrer ganzen Größe aufrichten: Die einen wissen wahrscheinlich gar nicht, dass sie größer, stärker, mehr sein können, andere trauen sich nicht oder können sich nicht trauen, und dann gibt es die, die sich etwas davon erwarten, sich versteckt zu halten.

Ich konnte und wollte mich bei Leonie nicht festlegen.

»Je genauer, umso besser.«

»Gegen sechs? Es wurde gerade dunkel, als wir uns auf dem Friedhof verabschiedet haben.«

»Hat sich Ihr Onkel ungewöhnlich verhalten?«

»Nein.«

»Wann hätten Sie sich das nächste Mal sehen sollen?« Mir fiel meine angestrengte Formulierung auf, ich beließ es aber dabei.

»Ich hatte ihn für den Dienstagabend zum Essen eingeladen. Ich habe falschen Hasen mit Erbspüree und Stampfkartoffeln gemacht. Sein Lieblingsessen.«

»Hat er abgesagt?«

»Ja.«

»Mit welcher Begründung?«

»Er hat mir nur eine SMS geschrieben.«

»Kann ich die mal sehen?«

»Natürlich.« Während Leonie Gabowski hektisch in ihrer Handtasche kramte, rief ich mich zur Ordnung: Professionell zu sein fällt mir leicht! Ich bin eine gute Privatdetektivin! Ich bin sorgfältig, schnell und erfahren! Verschwiegen, neutral und zuverlässig! Ich bin teurer als die meisten meiner Kollegen, aber dafür sind meine Kostenaufstellungen zu hundert Prozent transparent und …

Verdammt! Wieso rechtfertigte ich mich?

Die SMS von Gabowski bestand aus sieben Wörtern: »Ich schaffe es heute Abend nicht. Entschuldige.«

Mir wurde ein wenig flau im Magen. Ich wusste aber nicht, ob das an der Nachricht lag oder daran, dass ich noch nichts gegessen hatte.

»War das der letzte Kontakt, den Sie mit Herrn Gabowski hatten?«

»Ja?« Sie betonte das Ja wie eine Frage und sah mich an, als solle ich entscheiden, ob das richtig war.

»Sind Sie sich nicht sicher?«

»Also, ich weiß nicht, wie Sie das Wort ›Kontakt‹ definieren …«, haspelte sie, und ich konnte über den Schreibtisch, der uns voneinander trennte, hinweg spüren, wie angespannt sie war.

»Haben Sie ihn noch einmal gesehen?«

»Ja.«

»Und mit ihm gesprochen?«

»Nein.«

»Beschreiben Sie doch einfach in Ihren Worten, was geschehen ist, ja?« Ich nickte ihr aufmunternd zu, was absolut nicht meine Art ist, und ich kam mir dabei albern vor – unehrlich.

»Ich hab mir Sorgen gemacht. Also bin ich am Dienstag bei ihm vorbeigegangen. Der Laden war zu, aber in der Werkstatt brannte Licht. Ich habe geklingelt und geklopft, aber er hat nicht aufgemacht. Also bin ich durch den Hof gegangen und hab hinten durch das Fenster geschaut. Ich dachte, vielleicht hört er Musik beim Arbeiten, das macht er so. Aber er saß nur da. Ich hab zuerst nur seinen Rücken gesehen. Als ich an die Scheibe geklopft habe, ist er aufgestanden, hat das Licht ausgeschaltet und ist gegangen.«

»Wohin?«

Leonie sah aus, als hätten die paar Sätze sie erschöpft.

»Nach oben in die Wohnung, glaube ich. Er hat das Haus auf jeden Fall nicht verlassen, das hätte ich gesehen.«

»Sind Sie sicher, dass der Mann in der Werkstatt Ihr Onkel war? Sie haben gesagt, er habe Ihnen den Rücken zugedreht.«

»Beim Rausgehen habe ich ihn hundertprozentig erkannt.«

Die Antwort war fester als ihre bisherigen Aussagen, so, als habe sie sich die Frage selbst schon gestellt.

Ich wollte sie nicht als Klientin. Ich wollte den Fall nicht. Ich hatte ein Gefühl, das ich nicht zuordnen konnte, und deshalb verstand ich endlich, wieso Leute es »ungut« nennen.

Ich suchte nach Worten, um möglichst höflich abzulehnen, als sie plötzlich weitersprach.

»Das Letzte, was er zu mir gesagt hat, war: ›Leonie, danke für alles.‹«

In ihren schönen Wimpern hingen Tränen.

Ich habe den Fall angenommen.

DREI

Von meinem Büro aus ist es zu Fuß nicht mal eine halbe Stunde bis zu der Adresse, die Leonie Gabowski mir zusammen mit einigen Fotos von ihrem Onkel gegeben hat. Auf keinem der Bilder war er alleine zu sehen. Immer war er mit seinem Zwilling abgebildet, der ihm kaum ähnlich sah. Auf allen lächelte er unsicher.

Michael hatte aschblondes, schütteres Haar, eine kurze, breite Nase und eine Brille mit Metallgestell und ziemlich dicken Gläsern. Sein Bruder Gabriel hingegen war dunkelhaarig gewesen, mit stechend blauen Augen in einem gut geschnittenen Gesicht. Er sah immer direkt in die Kamera. Konzentriert und stets mit einem gefälligen Lächeln auf den Lippen. Ich fragte mich, wieso Leonie keine Schnappschüsse ausgesucht hatte, die einen lebendigeren Eindruck der beiden vermittelten, und ob es überhaupt welche gab.

Das Haus, in dem die Gabowski-Brüder in einem kleinen Ladengeschäft gearbeitet und in der direkt darüber liegenden Vierzimmerwohnung gewohnt haben, ist eines der vielen denkmalgeschützten vierstöckigen Mietshäuser in Friedenau. Es ist in dritter Generation in Familienbesitz, wie Leonie betont hatte.

Hinter einem Rollgitter sah die Auslage des Geschäfts aus, als sei sie seit sechzig Jahren nicht verändert worden. An schwarzen samtüberzogenen Büsten hingen neben zarten Jugendstilbroschen beeindruckende Art-déco-Colliers und Statement-Ketten aus den Fünfzigern und Sechzigern. In Glasvitrinen mit abgerundeten Ecken waren Ringe aus Gold und Platin mit Perlen und Steinen und Halbedelsteinen zu Schwärmen arrangiert, die aussahen, als warteten sie darauf, von einer weiß behandschuhten Hand herausgefischt zu werden.

Ich nahm mir vor, Tina von dem Geschäft zu erzählen, wenn ich den Fall gelöst hatte. Sie würde es lieben. Besonders ein albern großer Cocktailring aus Gelbgold mit einem rechteckigen sonnengelben Stein (einem Citrin, wie ich später gelernt habe) stach mir ins Auge, weil er mir wie für sie gemacht schien.

Die goldene Schreibschrift hinter Glas im oberen Teil des Schaufensters (»Gabowski – Antik-Schmuck und Goldschmiedekunst«) war etwas verblasst, aber gegen den schwarzen Grund immer noch gut lesbar. Der Wind hatte Pappbecher und Werbeprospekte vor die Ladentür geweht. Entgegen den Angaben auf dem Schild mit den Ladenöffnungszeiten war das Geschäft geschlossen und unbeleuchtet.

Ich klingelte, sowohl am Laden als auch an der Wohnung, an der noch immer »Michael und Gabriel Gabowski« stand. Ich erwartete nicht wirklich eine Antwort, aber ich hatte schon Fälle gehabt, bei denen »Gesuchte« meine Auftraggeber einfach nicht sehen wollten, mir hingegen, ohne zu zögern, geöffnet hatten.

Einen davon werde ich nie vergessen. Eine junge Frau hatte mich damit beauftragt, den »Mann ihres Lebens« zu finden. Sie hatte panische Angst um ihn gehabt, weil er von heute auf morgen unauffindbar gewesen war. Seine letzte Nachricht war die Antwort auf einen Terminvorschlag von ihr gewesen: »Cool.«

Ich hab ihn gefragt, wieso er ihr nicht wenigstens in ein paar Worten sagte, dass er kein Interesse mehr an ihr hat. Er hat nur mit den Schultern gezuckt. Ob aus Hilflosigkeit oder Gleichgültigkeit, weiß ich nicht. Und so war alles, was ich meiner Klientin hatte geben können, eben dieses Schulterzucken.

Damals hatte ich noch Abstand zu meinen Fällen und den

beteiligten Menschen. Aber ihren Blick werde ich trotzdem nicht vergessen. Ich hatte ihr angeboten, die Ermittlungsergebnisse telefonisch zu besprechen, aber sie wollte persönlich vorbeikommen. Vielleicht hatte sie Angst davor, dabei allein zu sein. Sie hatte tief durchgeatmet in Erwartung meines Berichts und mich mit großen Augen angesehen. Ich weiß nicht, womit sie gerechnet hatte. Aber das, was ich zu sagen hatte, war es nicht. Erst schien sie mich gar nicht gehört zu haben. Dann war es plötzlich, als habe sie in sich das Licht ausgeschaltet. Sie zwang ein tapferes Lächeln auf ihre Lippen, bedankte und verabschiedete sich mit lebloser Stimme und ging. Es war, als sei sie verschwunden, durch eine Geheimtür hinausgeschlichen, und habe nur einen funktionierenden Körper zurückgelassen. Ich frage mich, ob sie je zurückgekehrt ist.

Ich ging durch die Toreinfahrt um das Haus herum in einen gepflegten Hof mit Fahrradständer, einem Unterstand für Mülltonnen und einem vermoosten Rasenstück, das von schwächlichen Koniferen begrenzt wurde. Ganz offensichtlich machte der Lichtmangel, der in dem nach Norden ausgerichteten und von hohen Häusern umringten Stückchen Land herrschte, den Pflanzen derart zu schaffen, dass jede in sie gesteckte Mühe umsonst war.

Mir war kalt. Ich zog meinen Dufflecoat enger um mich und vergrub meine Hände tief in den aufgesetzten Taschen. Draußen auf der Straße waren es noch an die fünfzehn Grad gewesen, und die Frühlingssonne hatte mir tatsächlich das Gesicht gewärmt, im Dauerschatten des Hofs war es einige Grad kälter.

Ich sah durch das vergitterte Fenster in die Werkstatt und konnte trotz der schwierigen Lichtverhältnisse einen aufgeräumten Raum mit einer alten hölzernen Werkbank und einem kleinen Schmelzofen erkennen. An der Wand hingen jede Menge Metallsägen, Feilen, Zangen, Hammer, Ahlen und andere Werkzeuge.

»Der Micha is nich da.«

Ich muss zugeben, dass ich zusammengezuckt bin. Ich schob die Schreckhaftigkeit auf meine Müdigkeit und drehte mich um.

Der Mann, der von mir unbemerkt im Schutz des Fahrradständers offenbar Unkraut gezupft hatte, trug einen Anorak mit einem Achtzigerjahremuster aus magenta- und petrolfarbenen Rauten auf weißem Grund, eine Röhrenjeans und schwarze Halbschuhe. Seine Haare waren zu einem sehr dünnen Pferdeschwanz gebunden.

»Wissen Sie, wann er wiederkommt?«

Je selbstverständlicher man seine Fragen stellt, umso weniger fragen die Leute zurück.

»Nee, hat er nich jesacht.«

»Schade. Wann haben Sie ihn denn das letzte Mal gesehen?«

Statt mir zu antworten, musterte mich der große, dünne Mann unverhohlen. Ich musste mich räuspern, um ihn darauf aufmerksam zu machen, dass ich eine Antwort erwartete.

»Vor 'n paar Tagen.«

»Vielen Dank.« Ich drehte mich um und tat so, als wolle ich gehen. Ich erkenne einen einsamen Menschen, wenn ich ihn sehe.

»Nich mehr, seit de Bullen da waren.«

Ich drehte mich zurück, und da war sie, in seinen braunen, leicht geröteten Augen: die erwartete Erleichterung. Als wäre er am Verhungern und als hielte ich etwas Essbares in Händen.

Ich fragte nicht weiter. Ich sagte überhaupt nichts, sondern lächelte ihn an. Ich weiß, dass das Lächeln niemanden sonst überzeugt hätte.

»Ick hab die sojar jerufen. Wer hätte dit jedacht?« Er lachte ein verstolpertes Lachen, das nikotinverfärbte Zähne offenbarte. »Hab mir Sorgen jemacht. Die zwee Typen waren mir nich jeheuer.«

»Was ist denn passiert?« Meine Stimme war zu hoch und meine aufgerissenen Augen verlogen. Aber ich wusste, es würde reichen. Manchmal ist mein Job zu einfach.

»Der Micha is 'n Netter. Zu ruhig, ja ... aber eener von den Juten, wenn du weeßt, was ick meene. Ick kenn den, seit ick hier eenjezogen bin. Dit war '88. Da oben unterm Dach ham wa in 'ner WG jewohnt, icke, der Klaus, der Thomas, die Bea und die Sabine. Dit waren noch Zeiten. Der Gabriel is öfter ma hochjekommen uffn Bier, aber der Micha war lieber in der Werkstatt. Da hat seen Alter noch jelebt. Die beeden haben bis in de Puppen jewerkelt. Det war ooch 'n Netter, der alte Jabowski ...«

Einen Moment sah es aus, als wolle er in den Achtzigern bleiben, dann blinzelte er und fuhr fort.

»Die ham det jut jemacht. Dit muss man ihnen lassen. 'n janz junget Meedchen, und der Mann war ooch höchstens fünfundzwanzig, so 'n Pumper, weeßte?«

»Die Typen, die dir nicht geheuer waren?« Ich zwang mich, zum Du überzugehen.

»Nee, die Bullen.« Wieder gluckste er sein arhythmisches Lachen. »Die finst'ren Kollejen waren älter. Mitte dreißig bestimmt.«

Erneut schien er sich in Gedanken zu verlieren, die nichts mit dem Hier und Jetzt zu tun hatten. Die Art, wie er mich dabei ansah, machte mich wütend. Er sah aus, als habe er sich ergeben. Und nicht in Tinas Kalenderblattsinn.

»Wieso hast du die Polizei gerufen?« Wieder zögerte ich, bevor ich ihn duzte. Aber es gehört zu meinem Beruf, Menschen den Widerstand zu nehmen und sie dazu zu bringen, sich mir anzuvertrauen. Charles hat mal gesagt, es sei unmöglich, mir nicht zu vertrauen. Das war, bevor ich ihm ohne ein Wort das Herz gebrochen habe ...

»Sie ham jedroht, den Laden und seene Wohnung auseinanderzunehmen. Micha hat denen nich mal widersprochen. Sie wollten irjendwat zurück. Ick weeß aber nich, wat. Bis die Bullen da waren, hatten die sich verpisst.«

»Hast du mitbekommen, was Micha den Polizisten erzählt hat?« Ich kann meine Stimme sehr ruhig halten, selbst wenn ich ungeduldig bin. Wenn man Leute schubst, machen sie sich nur schwerer.

»Er hat jesacht, dass er se nich kennt, da sind se wieder abjezogen. Ick gloob, dit allet war ihm peinlich jewesen.«

»Und du hast nicht nachgefragt?« Es auszunutzen, wenn Menschen sich selbst nicht ertragen können, ist nicht meine Lieblingsbeschäftigung, aber Scham ist oft der kürzeste Weg zu einer Information.

»Wollt ick ja … aber da war er schon weg. Hat mir seenen Schlüssel in den Briefkasten jeschmissen wie immer. Wegen der Blumen, weeßte. Aber keen Zettel dazu.«

»Verstehe. Danke …«

»Ick bin der Bernd. Magste 'n Bier?«

VIER

Ich bekomme von Menschen oft Dinge mit, die sie lieber niemandem zeigen würden. Ich sehe sie weinen, wüten und verzweifeln, werde Zeuge, wenn sie lügen, stehlen und verraten. Deshalb habe ich mich innerlich immer rausgehalten. Ich hatte das Gefühl, dass ich es so zumindest nicht noch schlimmer mache.

Ich meine, ist es nicht besser, zu wissen, dass der Einbrecher, wenn er eine Wohnung durchsucht, wenigstens professionell vorgeht? Nimmt, wofür er gekommen ist, und sich nicht für den Rest interessiert – im Gegensatz zu jemandem, der bei seiner kopflosen Suche alles begrapscht und die alten Liebesbriefe liest?

Ich fragte mich, ob »der Bernd« schon sehr lange keinen Besuch mehr empfangen hatte oder ob er sich selbst schon sehr lange egal war.

Wie er mir wortreich erzählte – völlig unbeeindruckt von der Tatsache, dass ich niemanden, den er erwähnte, kannte –, war er Ende der Neunziger (als letzter Bewohner der Studenten-WG) übrig geblieben und schließlich von der großen Dachwohnung in eine Eineinhalbzimmerwohnung im Erdgeschoss genau neben der Werkstatt umgezogen. Er sprach viel mehr mit sich selbst als mit mir.

Auch, nachdem er drei Lampen (darunter eine original Lavalampe) eingeschaltet hatte, war es in seiner Wohnküche immer noch dunkel. Überall standen Möbel, Kisten und Taschen herum, und in den Fenstern hingen Makramee-Blumenampeln voller mickriger Grünpflanzen, die ihre verstaubten Blätter kraftlos über die Topfränder hängen ließen. Der Küchentisch in der Mitte des Raums war zugemüllt mit Pizzakartons, leeren Bier- und Weinflaschen (in einigen steckten Kerzenstummel) und einem riesigen überquellenden Aschenbecher aus Messing.

Ich habe mir den Timer in meinem Handy auf fünfzehn Minuten gestellt. Das mache ich immer so. Wenn mein Handy dann vibriert, entschuldige ich mich und gehe. Die Leute glauben dann vermutlich, ich habe einen wichtigen Anruf bekommen und müsse weg. Ich lasse sie glauben. Es ist nicht so, dass ich Schwierigkeiten damit habe, Gefühle vollkommen Fremder zu verletzen – und in Bernds Fall glaubte ich nicht einmal, dass er getroffen gewesen wäre –, ich habe nur keine Lust, mich zu erklären oder zu verhandeln oder zu lügen. Das überlasse ich anderen.

Etwas an der Selbstvergessenheit, mit der Bernd einen der Kiefernholzstühle für mich freiräumte, rührte mich. Was ich nicht wollte. Ich nahm das Bier, das er mir hinhielt, wortlos entgegen und setzte mich. Was ich wollte, war ein einfacher Fall, war, dass Bernd mir einen Hinweis auf Michael Gabowskis Aufenthaltsort gab oder mich zumindest mit in dessen Wohnung nahm.

Leonie war rot geworden, als ich sie gefragt hatte, ob sie einen Schlüssel für die Wohnung ihres Onkels besaß. Ich hatte sie nur ausdruckslos ansehen müssen, und sie hatte angefangen, sich zu rechtfertigen.

Angeblich hatte es ein Missverständnis gegeben. Ohne ihren Onkel zu fragen, hatte sie ein goldenes Biedermeiermedaillon samt Kette an sich genommen, das Kinderlocken der Zwillinge hinter Glas enthielt und von Leonies Großmutter bis zu ihrem Tod getragen worden war. Leonie war wieder und wieder über ihre Worte gestolpert, als sie hektisch betont hatte, sie habe einfach nicht damit gerechnet, dass ihr Onkel etwas dagegen haben würde. Sie habe ihn zeit ihres Lebens als großzügig, wohlwollend und sehr harmoniebedürftig erlebt.

»Außerdem ist es ja nicht so, dass er das Medaillon getragen hätte.« Sie hatte ein Lächeln versucht, das ich aber nicht erwiderte. Ich hatte mit mehr Informationen über die Familie und das Verhältnis von Nichte und Onkel gerechnet, wenn ich Leonie in Unsicherheit hielt. Also hatte sie weitergestottert: »Und es ist nicht mal besonders wertvoll. Ich habe es schon als Kind bewundert, und meine Großmutter hat immer gesagt, dass es eines Tages mir gehören würde. Aber Michael war so wütend. So hab ich ihn noch nie gesehen. Ich musste die Kette zurücklegen und meinen Wohnungsschlüssel abgeben.«

»Wann war das?«

»Am Tag nach Papas Beerdigung.«

»Also vor etwa einem Jahr?«

»Vor elf Monaten und … siebzehn Tagen«, hatte sie mühelos gerechnet. Einen Moment hatte ich mich gefragt, ob es ein gutes oder ein schlechtes Zeichen war, dass ich weder den Todestag meiner Mutter noch den meines Vaters auswendig wusste.

»Hat sich die Beziehung zu Ihrem Onkel seither verändert?«

Leonie war meinem Blick ausgewichen. Ihre Stimme war noch kleiner geworden als zuvor.

»Wir haben nie wieder darüber gesprochen.«

Bernd hatte aufgehört zu reden und sich darauf verlegt, mich zu beobachten, während er in beachtlichem Tempo sein Bier leerte.

»Wer biste denn eigentlich?«, fragte er unvermittelt.

Ich spielte mit dem Gedanken, die Frage zu überhören, aber ich wollte schließlich, dass er mir vertraute. Also entschied ich mich für Ausweichen.

»Hab ich noch nicht rausgefunden. Ich sag Bescheid, wenn ich es weiß.«

Zu meiner Überraschung nickte er nur und trank weiter.

»Isa.«

Es ist nicht so, dass ich meine Identität während meiner Ermittlungen geheim halte. Oft genug muss ich mich den Menschen, die ich befrage, vorstellen, ihnen meine Visitenkarte geben, telefonisch nachhaken, bis sie endlich bereit sind, meine Fragen zu beantworten oder ihre Geschichte zu erzählen. Aber ohne Notwendigkeit? Ich nervte mich selbst.

»Woher kennste den Micha?«

Der Bernd hat nur genickt, als ich ihm erzählte, dass Leonie sich Sorgen um ihren Onkel machte, und seine merkwürdig stumpfen Augen glänzten plötzlich feucht.

»Is jut, wenn man jemanden hat, der sich Sorgen um eenen macht«, murmelte er in den Flaschenhals und angelte dann aus einer getöpferten Salatschüssel voller Kronkorken, Kleingeld und Lesebrillen einen Schlüsselbund.

Wir betraten die Wohnung von Michael und Gabriel Gabowski, kurz bevor mein Timer lospiepste. Der Bernd machte sich daran, die Zimmerpflanzen zu gießen. Er tat das mit einer Hingabe, die mich überraschte. Er ließ mich völlig unbeobachtet.

Dunkle Möbel, teure Teppiche, vergilbte Tuschezeichnungen des frühen Friedenaus und brandenburgische Jagdszenen in verschnörkelten Goldrahmen. Ein großer Flachbildschirm im Wohnzimmer und ein Thermomix in der Küche waren die einzigen sichtbaren Neuerungen in einer sonst aus der Zeit gefallenen Wohnung. Im Esszimmer stand ein einsamer Tisch, an den eine Familie oder ein kleiner Freundeskreis gehörten. Alles war sehr aufgeräumt und sauber.

Auf einer Kommode im Flur lag ein Stapel Post, offensichtlich ungelesen. Neben mehreren Ausgaben des *Tagesspiegels*, Werbung und Rechnungen enthielt er Schreiben von zwei verschiedenen Rechtsanwaltskanzleien und einem Steuerberater. Ich fotografierte alle Umschläge mit meinem Handy.

Während der Bernd im Bad die Gießkanne neu befüllte, sah ich mir die verbliebenen zwei Zimmer an. Beide waren Schlafzimmer.

Eines war sehr aufgeräumt und praktisch eingerichtet. Alles schien seinen Platz zu haben. Auf einem Sessel lag eine Cordhose, sauber gefaltet, auf dem Nachttisch steckte ein Handy in einer Ladestation. Das Bett war gemacht. Insgesamt wirkte es eher wie ein Hotelzimmer.

Der andere Raum fühlte sich bewohnter an. Neben dem Bett ein Paar Herrenschuhe, wie gerade ausgezogen, das Bett zerwühlt, auf dem Nachttisch ein Stapel Bücher, das oberste etwa in der Mitte aufgeschlagen.

Als Bernd den Raum betrat, um eine große Zimmerlinde zu gießen, die am Fenster stand, bestätigte er, was ich vermutet hatte. Das zweite Zimmer war Gabriels und seit seinem Tod unverändert.

Es sah aus, als habe Michael sein Handy mit Absicht zurückgelassen. Wo auch immer er hingegangen war, er wollte nicht gefunden werden.

FÜNF

Eugen empfing mich schon an der Wohnungstür. Er zerrte mich förmlich in die Küche und schloss die Tür hinter uns. Erschöpft lehnte er sich dagegen. Über die klassische Musik, die deutlich zu laut aus dem Radio schallte, seufzte er: »Ich weiß nicht, was ich machen soll, moya malen' kaya!«

Ich habe Eugen sehr selten so gestresst erlebt, wenn überhaupt, aber wie er da so blass und mit aufgerissenen Augen vor mir stand, habe ich mir echt Sorgen gemacht.

»Was ist passiert?« Ich sah mich hastig in der Küche um, in der es nach Blini roch, von denen Eugen schon einen ganzen Stapel gebacken hatte. Der Tisch war für sechs Personen gedeckt, in der Mitte standen Quark, geräucherter Lachs, Käse, Honig und Tinas geliebte Waldbeermarmelade.

Mir fiel nichts Besorgniserregendes auf, im Gegenteil. Eugen hatte aufgeräumt, und auf der Fensterbank stand in einem Milchkaffeeglas sogar ein Strauß bunter Tulpen. Er konnte ja nicht ahnen, dass wir unsere Blumenvasen im Schuhschrank im Flur aufbewahren.

Eugen hatte sich angewöhnt, für uns zu kochen und sich um die Wohnung zu kümmern, seit er vor einigen Wochen zu uns gekommen war. Ich habe nicht versucht, ihn davon abzuhalten. Ich wusste, dass sein Stolz von ihm verlangte, sich »nützlich« zu machen, und außerdem gab es ihm etwas zu tun. Es war ungewiss, ob er nach seinem schweren Herzinfarkt seinen Personenbeförderungsschein zurückbekommen würde, mit fast dreiundachtzig Jahren.

»Karl und Ava kommen gleich!«

»Und das ist ein Problem, weil …?«, fragte ich, während ich das Radio ausschaltete.

»Nein!« Eugen wollte mich noch davon abhalten, kam aber zu spät.

Sofort war mir alles klar: Tinas atemlose Stimme, die Tobias aufforderte weiterzumachen, und dessen rhythmisches Stöhnen drangen deutlich hörbar durch die Wände. Ich muss zugeben, dass ich erst einmal losgeprustet habe. Eugens unglücklicher Gesichtsausdruck war nun mal komisch.

»Ich wäre ja spazieren gegangen, aber ich habe Karl Blini versprochen. Was, wenn die Kinder das mitbekommen und …?«

»Sie sind ja wohl gleich fertig.« Ich grinste, doch Eugen schüttelte den Kopf.

»Das dachte ich auch … vor anderthalb Stunden.«

»Hm.« Womöglich war ich ein kleines bisschen beeindruckt, auch wenn ich persönlich Sex lieber schnörkellos und intensiv und zeitlich begrenzt habe.

Eugen sank auf einen Stuhl und wischte sich den Schweiß von der Stirn. Ich setzte mich ihm gegenüber und griff nach seiner Hand. Das machen wir jetzt so. Seit er fast gestorben ist und ich gemerkt habe, wie wichtig er in meinem Leben ist. Normalerweise nimmt er meine Hand und hält sie, als sei sie ein Vogelbaby. Aber manchmal machen wir es auch andersherum. Zum Beispiel, als ich ihn in der Rehaklinik abgeliefert habe, mit seinem Kunstlederkoffer mit dem geflickten Griff und einer Tüte von Rossmann, oder als ich ihn besucht habe und er mir erzählt hat, dass er kein Taxi mehr fahren dürfe, oder als ich ihn gebeten habe, vorübergehend bei uns zu wohnen. Manchmal überbrücke ich die Distanz zwischen uns und mache den ersten Schritt.

Das tue ich sonst nie, außer bei meinem Sohn, natürlich. Ich überschreite nicht die Grenzen zu anderen Menschen. Vielleicht sind sie mir nicht wichtig genug, um diesen Schritt zu machen, der mich ja aus meinen Grenzen herausführen würde. Vielleicht sind mir meine eigenen einfach wichtiger. Vielleicht hat Tina recht, und ich habe Angst. Leicht für sie, so etwas zu sagen, denn sie hat überhaupt kein Gespür für Grenzen. Weder ihre eigenen noch die von anderen. Und auch wenn ich zugeben muss, dass das oft unterhaltsam ist, so ist es doch auch superanstrengend. Nicht nur für sie, sondern für alle Menschen in ihrer Nähe. Und das sind – von Tobias offensichtlich und unüberhörbar mal abgesehen – vor allem und seit Jahren Karl und ich.

Und plötzlich wandelte sich meine Belustigung in Wut. In Wut auf Tina und ihre Rücksichtslosigkeit. Sie musste wissen, dass ihr Gestöhne Eugen stressen würde. Nicht seinetwegen. Ich bin sicher, dass er mit ein bisschen Sex klarkommt, und ich weiß aus eigener Erfahrung, dass man als Taxifahrer oft genug mit Menschen konfrontiert ist, die einfach nicht warten können. Aber sie kannte Eugen lange und gut genug, um zu wissen, dass er sich verantwortlich fühlen und Karl und Ava unbedingt schützen wollen würde.

Er war sichtlich erleichtert, als der Lärm aufhörte, nur ein paar Minuten, bevor mein Sohn und seine erste Freundin von ihrem Schwimmbadbesuch zurückkamen.

Kurz darauf saßen wir alle in der Küche und aßen Blini. Während Tina und Tobias und Karl und Ava turtelten und lachten, lächelte Eugen schweigend vor sich hin, und ich versuchte, nicht zu platzen. Alles nervte mich. Die verliebten Blicke, die albernen Scherze, das selige Grinsen. Ich war drauf und dran, rauszugehen, und spielte sogar mit dem Gedanken, vorher noch gebrochene Herzen für alle zu prophezeien, aber stattdessen nahm ich mich zusammen und zerfetzte den Räucherlachs auf meinem Teller mit meiner Gabel.

Dabei fiel mir eine Geschichte ein, die Tina Karl erzählt hat, als der noch klein war und keinen Lachs essen wollte. Sie hatte sie in einem der unzähligen, nach Räucherstäbchen riechenden Bücher gelesen, die sie in kleinen Läden in Kreuz- oder Schöneberg kaufte, in denen es Salzkristalllampen, Meditationskissen und Klangschalen gab. Ich glaube, es war ein Buch über Krafttiere, was unter anderem dazu führte, dass Karl anschließend nach jeder Begegnung mit einem Tier – egal, ob Spatz oder Feuerwanze – wissen wollte, was sie zu bedeuten habe. Er war so enttäuscht, als ich keine dieser Fragen beantworten konnte, dass er schließlich feierlich verkündete, Tina sei die schlauere Mama. Jedenfalls handelte die Geschichte von einem irischen Druiden, der einen Lachs fing und seinem Schüler zu essen gab, der daraufhin sehr weise wurde oder sogar Zauberkräfte entwickelte, ich weiß es nicht mehr genau. Karl wollte danach wochenlang schon zum Frühstück Lachs, was erst endete, als seine Kindergartenfreundin Helena ihm erzählte, dass auch Fische Gefühle hätten und man sie deshalb nicht essen dürfe.

Diese Erinnerungen bremsten für einen Moment meine Wut, und ich betrachtete Karl von der Seite. Das hatte ich mir in den vergangenen Wochen verboten, denn er erinnerte mich zu sehr an seinen Vater …

Außerdem lauerten da noch die Bilder von einem Mann, der beiden ähnlich sah und der vermutlich irgendwo auf der Welt an einem Pool saß und Cocktails schlürfte, statt in einer Gefängniszelle zu verschimmeln.

Ich konzentrierte mich auf die Formen und Flächen, aus denen sich das fast erwachsene Gesicht meines fast erwachsenen Sohnes zusammensetzte, und nahm mir vor, eines Tages eine Version von ihnen in Marmor zu hauen.

Vor einigen Wochen hatte ich das Hinterzimmer in meinem Büro endlich zu einem echten Atelier gemacht. Die alte Couch war auf dem Sperrmüll gelandet, das Rennrad hatte ich Ava geschenkt, nachdem ihres vor unserer Haustür geklaut worden war. Meine Werkzeuge hatte ich aus dem Keller geholt und große Blöcke aus Marmor (blauen aus Namibia, weißen aus Italien) gekauft. Ich hatte meine alten Skizzenblöcke rausgekramt und jede einzelne darin festgehaltene Idee verworfen, weil sie nicht mehr in mein Leben, in meinen Kopf passte. Sie waren allesamt naiv und albern und größenwahnsinnig. Also hab ich neues Zeichenpapier gekauft und Kohle und Bleistifte, und alles liegt in Plastiktüten auf einem farbbekleckerten Tapeziertisch und wartet darauf, dass ich bereit bin.

Wofür, weiß ich nicht.

Ich muss mich in meinen Gedanken verloren haben, was mir in letzter Zeit häufiger passierte.

»Mama, alles okay?«

»Wieso?«

»Tina hat dich was gefragt.«

»Hm, vielleicht bin ich etwas schwerhörig. Eugen und ich mussten vorhin sehr laut Musik hören.« Ich bin sicher, mein Tonfall war scharf, aber das war mir egal.

»Blöder Fall oder einfach müde?« Tina grinste vollkommen unbeeindruckt, was meiner Wut wieder Schwung verlieh.

»Verschwundener Erbonkel.«

»Könnte doch spannend werden, oder?«, mischte sich Ava ein. Ein großartiges Mädchen. Intelligent, selbstbewusst, witzig und sehr wach.

Ich verstand, dass Karl sich in sie verliebt hatte, aber trotzdem kam es mir immer wieder komisch vor, mit welcher Selbstverständlichkeit sie in den letzten Wochen in meiner Wohnung und meiner Familie ein und aus ging. Ich hätte meinen Eltern niemals einen der Jungs vorgestellt, mit denen ich Sex hatte, geschweige denn ihn zu einem Essen eingeladen oder bei mir übernachten lassen. Ich fragte mich, ob das daran lag, dass ich überhaupt nicht gerne mit meinen Eltern in einem Raum gewesen war, oder eher daran, dass die Jungs mir nicht wichtig genug waren. Vielleicht habe ich auch nicht geglaubt, dass ich ihnen die Mühe wert sei. Und es wäre für jeden Teenager mühevoll gewesen, mit meinen ewig sich verachtenden Eltern an einem Tisch zu sitzen.

Wie auch immer, es nervte mich, dass Ava sich einmischte oder dass sie mich unkonzentriert und schlecht gelaunt erlebte oder dass ich Blini essen musste, obwohl ich keinen Hunger hatte, oder dass ich für ein verschüchtertes, graues Mäuschen einen Vaterersatz suchen sollte, der noch nicht einmal das Zimmer seines lange toten Bruders ausräumen konnte.

Habe ich erwähnt, dass ich wütend war?

SECHS

In der Nacht schlief ich wieder schlecht. Ich wachte verschwitzt auf und wusste nicht, ob mich etwas in die echte Welt hineingezerrt oder aus der Traumwelt herausgejagt hatte.

Anschließend lag ich stundenlang im Wohnzimmer und lauschte dem Knarren des Dielenbodens in meinem Zimmer nebenan. Ich fragte mich einmal mehr, wieso Eugen jede Nacht stundenlang auf und ab ging. Wenn ich ihn bisher gefragt hatte, hatte er nur geheimnisvoll gelächelt und mit seinen schmalen, altersgebeugten Schultern gezuckt.

Es wäre leicht gewesen, durch das Schlüsselloch der alten Kassettentür zu schauen oder mich aus dem Wohnzimmerfenster zu lehnen und zu versuchen, durch das benachbarte Fenster einen Blick zu erhaschen, aber natürlich tat ich das nicht. Nicht nur, weil das moralisch falsch gewesen wäre oder ich in meinem Berufsleben schon genug Menschen beobachtete, sondern auch, weil ich dann eine Antwort gehabt hätte. Und damit keine Ablenkung mehr von den Fragen, die mich in den bevorstehenden Tagen noch einholen würden. Aber das ahnte ich ja noch nicht.

Um 4:37 Uhr schnappte ich mir schließlich mein Laptop und schrieb Leonie Gabowski, dass ich ihr aufgrund von Terminschwierigkeiten leider nicht weiterhelfen könne. Ich beschrieb, was ich in der Wohnung ihres Onkels gesehen hatte, und riet ihr, sich noch einmal an die Polizei zu wenden. Wohl wissend, dass die ihr, genau wie bei ihrer ersten Anfrage, nicht weiterhelfen würde.

Ich fragte mich, was sich geändert hatte, seit ich wider besseres Wissen entschieden hatte, den Fall anzunehmen. Hätte ich das hier schon früher tun sollen, oder war es ein Fehler, Leonie im Stich zu lassen? Konnte man wirklich von »im Stich lassen« sprechen? Schließlich schuldete ich ihr nichts. Ich klappte das Laptop zu.

E-Mails, die man in den frühen Morgenstunden schreibt, nachdem man aus einem Albtraum erwacht ist, sollte man grundsätzlich nicht abschicken. Genauso wenig wie die, die man nach einer Flasche Wein schreibt.

Ich hielt mich an meinen eigenen Rat, den Tina »unfassbar spießig« nennt. Sie ist der Meinung, dass eine unüberlegte Sprachnachricht oder SMS das Leben erst bunt macht. Und auch, wenn sie diese Meinung schon Rollen und Freundschaften gekostet hat, besteht sie immer noch auf ihrer Richtigkeit.

Im Nachhinein bereue ich, dass ich so vernünftig war, denn als ich um halb acht aus einem unruhigen Schlaf erwachte, war Leonie mir zuvorgekommen. In einer endlosen Mail von 5:12 Uhr bedankte sie sich überschwänglich dafür, dass ich ihr helfen wollte, und betonte, dass sie sich große Sorgen um ihren Onkel machte. Ich glaube, vor allem hat sie – ohne es mit einem Wort zu erwähnen – geschrieben, dass sie einsam ist.

Ich war froh, dass in meiner sehr vollen Wohnung alle außer Eugen noch schliefen, an diesem nebeligen Sonntagmorgen im März. Die Küche war makellos sauber und roch noch ein wenig nach Blini. Ich nahm wortlos den Kaffee entgegen, den Eugen mir reichte. Er trug einen Trainingsanzug aus den Siebzigern. Ultramarinblaues Nylon mit weißen Streifen, dazu die neuesten Nike-Sneaker. Zu denen hatte Karl ihm geraten. Sie waren neon-pink. Er sah mich nachdenklich an, strich mir über die Wange und brach dann wortlos zu seiner Nordic-Walking-Runde durch die Hasenheide auf.

Ich trank den Kaffee und versuchte, mich über jeden Schluck zu freuen, so, wie Tinas Achtsamkeits-App es vorschlägt und sie damit jedem Menschen, dem sie begegnet. Als das nicht gelang, versuchte ich wenigstens, jeden zu bemerken. Auch daran scheiterte ich. Stattdessen las ich dann die Mail von Leonie noch mal und löschte meinen eigenen Entwurf.

Es mag sein, dass ich dabei vor mich hin geflucht habe. Es könnte auch sein, dass mein Fluchen lauter wurde, als ich sah, dass ich mitten in der Nacht noch eine Nachricht erhalten hatte. Von Sebastian.

Sie war kurz und nüchtern und bestand nur aus der Frage, ob wir uns demnächst auf einen Kaffee treffen könnten. Ich stellte mir vor, wie er sich, um sie zu schreiben, in seiner Doppelhaushälfte in Lankwitz aus seinem Ehebett geschlichen hatte, vorbei an den Zimmern seiner drei Kinder und seinem schlafenden Hundewelpen, hinein in sein Arbeits- oder Wohnzimmer, aber auf jeden Fall eines mit geblümten Gardinen. Natürlich war es wahrscheinlicher, dass er im Dienst und damit in seinem Büro beim LKA Dezernat 11 in der Nähe des Lützowufers gewesen war. Was wiederum Erinnerungen an sehr guten Sex auf seinem Schreibtisch dort wachrief.

Ich zog meine Joggingschuhe an, schnappte mir Tinas neuesten Windbreaker (ultramarinblau mit weißen Streifen), Mütze und Schlüsselbund und flüchtete aus der Wohnung. Ich lief Slalom um die Hobbygärtner und Profihipster in meinem Kiez herum und bis an den Landwehrkanal. Dort wandte ich mich nach Osten, weg vom Lützowufer, meinen Albträumen und meiner blitzenden Küche.

Ich bin eigentlich fit, aber im Kreis zu laufen finde ich anstrengend und langweilig und sinnlos, egal, wie groß der

Kreis ist und in welchem Tempo man läuft. Denn eine Stunde später saß ich ja doch wieder in meiner Küche.

Mit einer weiteren Tasse Kaffee, einem lächelnden Eugen und der Frage, ob ich ihn auf den Friedhof begleite, auf dem Nadja liegt, oder ob ich alleine auf den Friedhof fahre, auf dem Katharina Schneider begraben ist. Ich war schon drei Wochen nicht mehr dort gewesen. Ich wollte vermeiden, der Frau zu begegnen, die mit mir immer über den Mann sprechen wollte, den sie ganz ernsthaft als ihre wahre Liebe bezeichnete. Der liegt nur ein paar Reihen von Katharina entfernt. Ich hatte bisher gerne an Katharinas Grab gesessen, vielleicht, weil ich das Gefühl hatte, damit ein wenig meiner Schuld an ihrem Tod abzutragen, vielleicht, weil sie mir fehlte, obwohl ich sie ja gar nicht richtig kennenlernen konnte. Ich glaube, sie hätte mich verstanden. Aber ich wusste, die Frau vom Nachbargrab würde mich wieder ausfragen. Vor allem zu meinem Liebesleben. Und dazu hatte ich nichts zu sagen.

Ich entschied mich letztlich dafür, weder auf den einen noch auf den anderen Friedhof zu gehen, sondern an dem Fall zu arbeiten, den ich nicht haben wollte.

Ich fand heraus, dass der erste Rechtsanwalt, von dem Michael Gabowski Post erhalten hatte, auf Erbrecht spezialisiert war, der zweite auf Medizinrecht. Da ich vier ungelesene Ausgaben des *Tagesspiegels* im Poststapel gefunden und »der Bernd« von »einigen Tagen« gesprochen hatte, die er Michael Gabowski nicht gesehen hatte, war meine Arbeitshypothese, dass sich die Auseinandersetzung mit den zwei Typen, die Bernd bezeugt hatte, am Dienstag oder Mittwoch zugetragen hatte.

Ich rief Leonie an und befragte sie zu der kurzen Liste mit Infos über die Gewohnheiten und Kontakte ihres Onkels, die sie mir gegeben hatte. Dabei hielt ich das Gespräch so kurz wie möglich und legte auf, obwohl ich hören konnte, dass sie noch dabei war, sich stockend zu bedanken, und ihre Stimme nach Tränen klang. Entweder war die Verbindung der beiden bei Weitem nicht so eng, wie Leonie es dargestellt hatte, oder Michael führte ein sehr übersichtliches Leben. Neben der Arbeit in seinem Laden und der Goldschmiede ging er gerne spazieren (früher mit Gabriel, nun alleine), spielte Schach (auch das früher mit seinem Bruder, aber seit dessen Tod online), und er besaß eine Jahreskarte für den Zoologischen Garten. Er hatte keine Freunde, nur ein paar Bekannte. Neben »dem Bernd« waren das die restlichen Nachbarn und damit seine Mieter, die Mitglieder einer Interessenvereinigung für Goldschmiedebetriebe und die Putzhilfe, die schon seit Jahren sowohl Laden und Werkstatt als auch die Wohnung der Gabowskis in tadellosem Zustand hielt.

Diese rief ich an und fragte, ob sie sich mit mir auf einen Kaffee treffen würde. Wo ich kann, versuche ich, meine Informationen persönlich einzuholen. Wie alle meine Kollegen nutze ich (und nutzt vor allem Tina, wenn sie so gnädig ist und es in ihren Zeitplan passt, irgendwo zwischen Yoga, Vorsprechen und Online-Sex mit Tobias) Social-Media-Kanäle und Suchmaschinen aller Art zu Recherchezwecken, aber eine zehnminütige Begegnung kann mehr verraten als tagelanges Suchen im Internet.

Saskia Meier war Ende fünfzig und alleinstehend, wie sie mir in den ersten zwei Minuten unserer Begegnung erzählte. Wir hatten uns am Rüdesheimer Platz verabredet, wie gefühlt tausend andere Menschen auch. Ich versuchte, mich nicht an der knutschenden und lachenden Menge zu stören. Überraschenderweise fanden wir eine freie Bank mit Blick auf den Siegfriedbrunnen von Emil Cauer dem Jüngeren.

Saskia Meier war offensichtlich glücklich darüber, sich mit einem »echten Menschen« unterhalten zu können, wie sie es nannte. Mit ihrer Tochter, die in Dresden lebt, hatte sie wenig Kontakt. Sie war klein und untersetzt, mit akkurat geschnittenen Haaren und Fingernägeln. Sie trug eine pastellrosa Hose und ein gestreiftes T-Shirt mit Aufschrift (»LOVE«) und glitzerndem Paillettenbesatz unter einer weißen Strickjacke. Ihre Füße steckten in weißen Turnschuhen. Sie waren geschwollen, und die Haut an ihren Knöcheln glänzte in einem ungesunden Violett.

»Wie kann ich Ihnen helfen? Leonie hat gesagt, Sie sind vertrauenswürdig.« Ihr Lächeln war klein, aber echt. Ich fragte mich, was Leonie noch gesagt und wer wen angerufen hatte. Ich nahm mir vor, mir auch Leonie genauer anzusehen. Das war nicht mein Auftrag und wurde daher nicht bezahlt, aber ihr unsicheres und auffällig kontrolliertes Verhalten machte mich misstrauisch. Ich hatte nicht vor, viel Zeit auf einen Fall zu verwenden, um dann festzustellen, dass meine Klientin eine ganz andere Agenda hat.

»Wie lange kennen Sie Michael Gabowski?«

»Seit dreizehneinhalb Jahren. Das war kurz nach meiner Scheidung. Ich brauchte Geld, und Gabriel und Michael hatten so viel zu tun mit dem Laden und mit Leonie. Das hat richtig gut gepasst.«

»Haben die drei zusammengewohnt?«

»Nein, Michael hatte die Wohnung über dem Laden alleine, der ist ja schon länger geschieden als ich, und Gabriel und Leonie die im dritten Stock. Die sind erst zusammengezogen, als Leonie zum Studieren weg ist. Das war etwa vor zehn Jahren.«

»Können Sie mir etwas zu Leonies Mutter sagen?«

Saskia Meier schüttelte empört den Kopf.

»Sie haben kaum über sie gesprochen. Alle drei nicht. Die ist mit einem anderen Mann durchgebrannt. Nach Kanada, glaub ich. Hat ihre Tochter einfach zurückgelassen! Wer macht denn so was? Männer? Ja. Aber Frauen?« Es folgte eine Pause voller Verachtung. »Haben Sie Kinder?«

In einem Gespräch mit Klienten, Zeugen oder Verdächtigen versuche ich, eine Haltung von größtmöglicher Gleichgültigkeit einzunehmen. Tina macht sich immer lustig darüber. Sie sagt, ich habe dann mein »unfreiwilliges Buddha-Gesicht«.

»Dir sind die Leute so egal, dass es schon wieder richtig ist!«, sagt sie. Ich weiß nicht, was für sie da richtig und falsch ist, und mit Buddha kenne ich mich nicht aus. Jedenfalls ist es manchmal schwieriger und manchmal leichter, unbeteiligt zu sein.

In Krimis ist es ja meistens so, dass die Ermittler Fragen stellen, und ihr Gegenüber gibt Antworten – wahrheitsgemäß, nicht wahrheitsgemäß oder gar nicht. Aber in der echten Welt sitzen da Menschen, die nur eine Meinung haben, und ob sie diese individuelle Sicht auf Geschehnisse, Menschen und Beziehungen zumindest aus ihrer Sicht wahrheitsgemäß teilen, hängt davon ab, ob sie sich verstanden fühlen.

Ich habe keine Meinung zu Frauen, die ihre Kinder verlassen, oder Männern, die das Gleiche tun, egal, aus welchem Grund. Ich kenne sie nicht. Nicht ihre Welt, nicht die Gründe, die zu dieser Entscheidung führen. Ich bemühe mich allgemein, keine Meinung zu haben zu dem, was andere Menschen fühlen, denken, tun oder sind. Das ist oft ein Problem, denn meine Klienten wollen später meist viel mehr als das, wofür sie bezahlt haben. Sie wollen nicht nur das Was, Wo, Wann und Mit-Wem.

In der Sekunde, in der das alles bei ihnen angekommen ist, stellt sich ihnen die eine Frage, die ich nicht beantworten kann.

»Warum?«

SIEBEN

Saskia Meier hatte zu allem eine Meinung. Und sie fand offenbar, eine von der Frühlingssonne beschienene Parkbank auf dem Rüdesheimer Platz war der richtige Ort, sie zu verkünden. Ich versteckte mich hinter den extradunklen Gläsern meiner Sonnenbrille. Aber erst nach etwa zehn Minuten, in denen ich ihr die Gelegenheit geboten hatte, mich genau zu inspizieren und zu entscheiden, was sie von mir hielt.

Ich erfuhr, dass Michael seit Gabriels Tod noch verschlossener war als zuvor. (»Der arme Mann! Aber Männer machen das ja so. Die können ja einfach nicht mit Gefühlen umgehen.«) Dass er Saskia lieber Notizen schrieb, als persönlich Anweisungen zu geben. (»Unhöflich! Aber ich sehe es ihm nach. Er kann ja nichts dafür.«) Und dass sie ihn mehrmals dabei beobachtet hatte, wie er mit seinem Zwillingsbruder sprach. (»Das ist ja nicht normal! Meine Tante spricht auch mit ihrem verstorbenen Mann, die gibt das auch zu. Aber die macht das wenigstens nur auf dem Friedhof. Wie es sich gehört!«) Laut Saskia Meier war Michael sehr ordentlich, zurückhaltend und versank oft bis tief in die Nacht in seiner Arbeit in der Werkstatt. (»Männer! Nur die Arbeit im Kopf. Mein Ex-Mann war genauso.«) Dann berichtete sie noch von einem Vorfall, bei dem er einem jungen Mann mit der Polizei gedroht habe, als der ihm angeblichen Erbschmuck verkaufen wollte. Und als sie ihn danach gefragt hatte, wieso er den Mann nicht hingehalten und tatsächlich die Polizei informiert hat, habe Michael Gabowski nur mit den Schultern gezuckt.

(»Er braucht eine Frau. Das ist doch kein Leben. Nur in der dunklen Werkstatt hocken. Das hab ich ihm auch gesagt, aber er hat mir nicht mal zugehört.«)

Ich fragte mich, ob Saskia Meier dabei vielleicht an sich selbst gedacht hat. Ihr Tonfall war jedenfalls diese eine Nuance schärfer geworden, die nach Enttäuschung oder Kränkung klang.

Was Menschen so brauchen …

Jeden Tag kommen Menschen in mein Büro, die etwas suchen, was sie brauchen, zu verteidigen versuchen, was sie haben, oder sich dafür rächen wollen, dass es ihnen genommen wurde. Und doch leben sie weiter, wenn sie es nicht mehr haben, oder? Meistens. Was heißt das schon: »brauchen«?

Ich habe früh in meinem Leben beschlossen, nichts oder niemanden zu brauchen. Bis auf Karl habe ich mich an meinen Vorsatz gehalten. Und selbst bei ihm brauche ich nur das Wissen, dass es ihm gut geht. Hoffe ich zumindest.

Kann man nicht alles verlieren, was man zu brauchen glaubt?

Eugen, zum Beispiel. Er hat in seinem Leben alles verloren, wofür Menschen leben, sterben, kämpfen, lügen, betrügen, morden oder beten. Seine Familie, seine Heimat, seine große Liebe, seine Freunde, seine Gesundheit und seinen Beruf. Und er lächelt immer noch. Er sagt: »Solange ich lieben kann, ist alles gut.« Woher er die Liebe nimmt? Ich habe keine Ahnung.

Saskia war inzwischen dazu übergegangen, von Gabriel zu erzählen. Was für ein charmanter und lebenslustiger Mann er gewesen sei. Dabei zwinkerte sie mir zu. Als ich nachhakte, kicherte sie, und hinter dem Schleier von Alter und Müdigkeit blitzte ein junges Mädchen auf. Voller Abenteuerlust.

»Hat sich Michaels Verhalten in letzter Zeit noch einmal verändert?«

»Sie meinen, ob er jemanden kennengelernt hat?«

Das meinte ich nicht, oder besser, bei Weitem nicht nur, aber Saskia war auf ihrer Spur. Ich folgte ihr.

»Das glaube ich nicht. Dann wäre er ja fröhlicher gewesen. Nein, nein, auf keinen Fall. Aber seit ein paar Wochen hat er montags den Laden früher zugemacht. Er ist dann spazieren gegangen, hat er gesagt. Ich finde ja gut, dass er rausgeht, aber so, wie es um den Laden steht ...«

»Was ist denn mit dem Laden?«

»Michael ist ein sehr angesehener Goldschmied. Wussten Sie das? Jede Woche kommen alte Schmuckstücke aus ganz Deutschland, manchmal aus Übersee, damit er sie restaurieren kann. Aber Gabriel war der, der auf die Messen gefahren ist und die Website gemacht und mit den Kunden geflirtet hat.«

»Verstehe.«

»Außerdem glaube ich, dass Michael nicht die Preise verlangt, die er verlangen könnte. Und oft nimmt er Schmuck in Zahlung statt Bargeld.«

Bevor ich nachhaken konnte, hielt sie mir ihre linke Hand entgegen. Am Ringfinger trug sie einen für ihre kurzen, dicken Finger viel zu zarten silbergrauen Ring mit einem funkelnden farblosen Stein.

»Platin. Jugendstil. Der Diamant hat über ein halbes Karat.«

»Hat Michael Ihnen den Ring geschenkt?«

»Nein. Er konnte mich vor vier Wochen nicht bezahlen. Da hat er mir den Ring gegeben. Mit Gutachten und einem Tipp, wo ich ihn für den höchsten Preis verkaufen kann. Aber er ist so hübsch. Viel schöner als der Verlobungsring von meinem Ex-Mann ...«

»Sehr elegant.« Ich wollte eine weitere Runde Geschichten über ihre gescheiterte Ehe, Männer und das Leben an sich unbedingt vermeiden. »Hat er mit Ihnen über seine finanzielle Situation gesprochen oder Ihnen gesagt, wie er Sie in Zukunft bezahlen will?«

»Nicht direkt. Ich hab ja gesagt, dass er nicht viel redet. Aber Anfang Januar war ein Mann in der Werkstatt. Ich hab gerade die Vitrinen im Laden geputzt. Das ist vielleicht eine Arbeit, sag ich Ihnen. Die dürfen ja keine Streifen haben. Weder durch die Strahler von oben noch durch das Tageslicht von vorne. Was würde das denn für einen Eindruck machen?«

So nachdrücklich Saskia Meier beim Thema Ex-Mann war, so schwungvoll konnte sie doch das Thema wechseln, das musste ich ihr lassen. Ich gebe zu, ich habe den leeren To-go-Becher zu einem sehr kleinen Ball geknüllt. Aber ich bin sicher, mein Gesichtsausdruck war neutral. Ich habe mal gelesen, dass adlige Mädchen früher zu lächeln geübt haben, während sie sich Sticknadeln in die Hand gestochen haben. Das könnte ich auch.

»Ist es ungewöhnlich, dass jemand in die Werkstatt kommt?«

»Außer Michael? Ja! Sogar ich darf da nur freitags rein, um mit dem Spezialsauger zu saugen und zu wischen. Den Staub bringt Michael alle paar Monate in die Metallscheideanstalt, wissen Sie. Da kommt schon was zusammen. Das hat mir Gabriel erzählt. Ach, so ein toller Mann …«

»Können Sie mir etwas über den fremden Mann in der Werkstatt sagen?«

»Er war so Anfang sechzig. Sie haben über einem ganzen Tablett Schmuck ihre Köpfe zusammengesteckt und über Zahlen gesprochen, aber nur ganz leise, und am Ende hat der Mann gesagt, er sei einverstanden, und dann noch etwas von drei Monaten. Michael hat sich bedankt und erleichtert gewirkt, würde ich sagen. Er hat Michael Kollege genannt.«

»Würden Sie den Mann wiedererkennen?«

»Auf jeden Fall. Ich vergesse nie ein Gesicht.«

Ich zückte mein Handy, dann konnte ich nur hoffen: Ich rief die Website der Goldschmiedevereinigung auf und suchte die Liste mit den Mitgliedern. Unter den meisten Namen fand sich ein Link zur Homepage der jeweiligen Läden oder Werkstätten. Insgesamt waren es siebenundzwanzig. Ich startete mit den traditionell Klingenden. Die ersten drei hatten keine Fotos der Eigner oder Angestellten. Nummer vier und fünf waren die falschen, aber als ich »Schmuck Neumeier – Verkauf, Ankauf & Reparatur« aufrief, blickte mir ein Mann mit Halbglatze, Brille und Vollbart entgegen. Er trug einen doppelreihigen Blazer und lächelte übertrieben in die Kamera. Saskia Meier nickte sofort und war anscheinend sowohl zufrieden mit sich (»Ich hab's ja gesagt: Ich vergesse nie ein Gesicht.«) als auch beeindruckt von meinen Fähigkeiten (»Leonie hat erwähnt, dass Sie einen guten Ruf haben.«).

»Vielen Dank, Frau Meier, Sie haben mir sehr geholfen.«

»Gerne. Und so bin ich ja auch mal rausgekommen … Glauben Sie, wir müssen uns Sorgen um Michael machen?«

Ich hab ihr nicht geantwortet, sondern mich auf den schnellsten Weg nach Hause gemacht.

In der U1 an einem sonnigen Frühlingssonntag fühlte ich mich so fehl am Platz wie selten in der Stadt, in der ich geboren und aufgewachsen bin. Eingekeilt zwischen jungen und alten Touristen, belagert von Junkies, die immer wieder eine einzige zerknitterte Ausgabe einer Obdachlosenzeitung zusammen mit ihrer Geschichte zum Kauf anboten, indem sie gegen die Boombox und die Stimmen der südosteuropäischen Straßenmusiker anschrien, und umgeben von dem Geruch nach Marihuana, Bier, Schweiß und Sex musste ich mich sehr bemühen, so flach wie möglich, aber doch regelmäßig ein- und auszuatmen. Ich wünschte mir fast eine Sticknadel, die hätte mich vielleicht von der Übelkeit, die gefährlich in meine Speiseröhre drängte, abgelenkt.

Am Kottbusser Tor eilte ich, so schnell ich konnte und womöglich den einen oder anderen Mitreisenden zur Seite schubsend, aus der ausrollenden Bahn. Ich folgte dem Strom der feiernden Menschen bis zur Admiralsbrücke und ließ dann alles hinter mir, als ich in die Straße einbog, in der ich seit etwa fünfzehn Jahren wohne.

ACHT

Es war früher Nachmittag, als ich die Wohnungstür zum zweiten Mal an diesem Tag aufschloss. Beim ersten Mal hatte ich die Stille vorgefunden, die nur schlafende Menschen verursachen können. Obwohl es mitten in Kreuzberg in einem großen Mietshaus mit Altbauwohnungen, die alle alte Dielenböden und Wohnungstüren mit Briefschlitzen haben, natürlich nie wirklich leise ist, fühlt sich eine Wohnung voller schlafender Menschen für mich an wie eine Kirche oder ein Museum. Ich weiß nicht, wieso.

Jedenfalls war das am Nachmittag nicht mehr so. Alle Zimmertüren und Fenster standen offen, aus den Lautsprechern im Wohnzimmer schallte Billie Eilish, es roch nach Pizza und ein kleines bisschen nach Gras, das natürlich von der Straße hochgezogen sein konnte, aber ich hatte eher Tina und Tobias unter Verdacht.

Ich habe nichts dagegen, dass Tina kifft. Ich mache mir auch keine Sorgen um Karl. Ich bin sicher, dass er es ausprobiert hat, und ich weiß, dass ich nicht kontrollieren kann, was er mit seinem besten Freund Cem nach dem Fußballtraining macht. Ich vertraue ihm. Nicht, weil ich glaube, dass er sich besonders gut Dinge vorenthalten kann, die er will – wer kann das schon dauerhaft? –, sondern weil ich nicht glaube, dass er irgendetwas, auch keine Drogen, braucht, um zufrieden und entspannt zu sein. Er hat sich schon als kleines Kind in kürzester Zeit wieder beruhigt, egal, ob er sich wehgetan oder ich ihm etwas verboten hatte. Ich fand das schon immer faszinierend. Von mir und Tina hat er das jedenfalls nicht. Ich komme einfach selten in Situationen, die mich aufregen, oder zumindest war das bis vor Kurzem so. Und Tina lebt ihre Gefühle immer aus. Sie nennt mich Spaßbremse, wenn ich nicht mit ihr bis ans Ende ihrer Kräfte tobe. Wenn sie glücklich ist, wackeln bei uns die Wände von ihrem Lachen, wenn sie traurig ist, kann nichts und niemand sie trösten. Sie unterstellt mir, dass mir das Leben gleichgültig sei. So hart ich den Vorwurf finde, kann ich ihn doch nicht ganz von mir weisen. Ist das so verkehrt? Wer sagt, dass das Leben aufregend sein muss, dass es einem etwas bedeuten muss?

Trotzdem wollte ich nicht, dass bei uns gekifft wird. Wegen Ava. Ich wollte nicht die Verantwortung dafür haben, wie sie mit diesem Thema in Kontakt kam oder umging. Ich kenne ihre Eltern nicht. Natürlich gehe ich davon aus, dass sie eher gelassen sind, wenn sie ihre fünfzehnjährige Tochter bei ihrem ersten Freund übernachten lassen. Ich habe nur einmal mit ihrem Vater telefoniert, einem Literaturkritiker, der von zu Hause aus arbeitet. Er klang freundlich und hatte Humor. Er hat mir zu Karl gratuliert, der das anscheinend Unmögliche geschafft hat, nämlich, dass die ganze Familie ihn möge und er jederzeit willkommen sei. Dass sogar Avas jüngerer Bruder, der niemanden außer Ava ausstehen könne, mit der Beziehung einverstanden sei, solange Karl ihm bei jedem Besuch einen neuen Fußballtrick beibringe, sei absolut einmalig. Ava hat noch einen großen Bruder, den Karl, glaube ich, ziemlich cool findet. Karl und ich sprechen wenig, ich hoffe immer noch, dass das so ist, weil wir es nicht müssen, sondern uns auch so verstehen. Aber wenn er von Ava und ihrer Familie spricht, dann hat seine Stimme eine ganz besondere Färbung. Ich glaube, sie klingt sehnsüchtig. Kitschiges Wort. Ich benutze es eigentlich nie, aber ich sehe ihn vor mir, wie er es genießt, Teil einer stabilen, großen Familie zu sein. Wenn auch nur auf Zeit.

Ich weiß, dass er deshalb auch so gerne bei Cem ist. Der hat einen älteren Bruder und zwei kleine Schwestern. Seine Mutter ist Hausfrau und den ganzen Tag für ihre Kinder da. Karl und Cem sind seit dem Kindergarten befreundet. Und während Karl es liebt, in Cems Familienleben einzutauchen (dabei würde ich ihn zu gerne mal beobachten), genießt Cem es schon immer, bei uns zu sein. Er findet es bei uns »cool«, und als die Jungs in der zweiten Klasse mal zerstritten waren, hat er mir vorgeschlagen, er und Karl könnten, statt sich wie sonst zu verabreden, einfach für den Nachmittag die Familien tauschen. Das war dann aber doch nicht so cool, und die beiden haben sich noch am Abend desselben Tages wieder versöhnt.

Als ich die Küche betrat, war diese, wie immer, seit Eugen bei uns war, blitzblank. Am Kühlschrank hing das neueste Blatt von Tinas Inspirationskalender. Ein unerträgliches DIN-A4-großes Hochglanzverbrechen, das einen Zweig mit Kirschblütenknospen im Morgenrot zeigte. Und drunter war in Weichzeichner und Strebermädchenschönschrift geschrieben: All is well. (Henry Scott Holland)

Auf dem Tisch standen ein Teller mit zwei großen Stücken Pizza, eine halb volle Salatschüssel und eine Portion Tiramisu für mich, aber ich hatte keinen Hunger. Meine fünf »Mitbewohner« saßen auf dem Balkon um den alten Bistrotisch, den Tina im letzten Sommer mit Regenbogenglitzerlack »verschönert« hatte. Alle trugen Sonnenbrillen, hatten Gläser mit Schirmchen vor sich und spielten Poker. Sie spielten um Geld, und ganz offenbar hatte Eugen eine Glückssträhne. Ein beträchtlicher Haufen Münzen lag vor ihm. Er hatte einen Sonnenschutzaufsatz auf seine übliche Metallrahmenbrille geklippt und lächelte sein seliges Goldzahnlächeln. Ich musste an einen alten Hund denken, der zufrieden sein Rudel betrachtet. Karl und Ava spielten zusammen, aber vor allem tuschelten und turtelten sie und saßen so dicht nebeneinander, wie es die alten rostigen

Flohmarktstühle zuließen. Tina hatte einen riesigen Strohhut auf, trug ein cremefarbenes Seidenkleid mit einer quietschbunten Mohairjacke darüber und dicke Wollsocken. Sie war so schön, dass es albern war. Sie erzählte gerade mit großen Gesten eine total bescheuerte Geschichte von ihrem letzten Drehtag für einen Fernsehfilm, in dem sie die intrigante Sekretärin des Ehemanns der Hauptfigur gespielt hatte. Tina empörte sich darüber so pointiert lustig, aber gleichzeitig mit so viel echter Wut, wie nur sie es konnte. Mal wieder wurde mir klar, wie viel zu klein die Bühne unseres Küchenbalkons für sie war. Tobias fand das anscheinend auch, denn er beobachtete sie derart hingerissen, dass ich dachte, ich müsste ihn ans Atmen erinnern.

Ich kenne Tobias nicht gut. Aber er scheint eine willkommene Ausnahme von Tinas üblichem Beuteschema zu sein. Er ist Mitte vierzig, geschieden, hat keine Kinder und arbeitet seit zehn Jahren als Maskenbildner beim Fernsehen. Wie er dazu gekommen ist, weiß ich nicht. Er spricht wenig, aber wenn, dann wirkt es aufrichtig, und meist hat es einen humorvollen Unterton. Ich werde ihn vermissen, wenn Tina ihn durch den nächsten narzisstischen Medienidioten ersetzt, wie sie üblicherweise auf ihrer Speisekarte stehen.

Ich weiß nicht, wie lange ich so in der Küche stand und die Pokerrunde beobachtete, bevor Eugen mich sah. Ich befürchtete, er würde die anderen auf mich aufmerksam machen. Aber er nickte nur unmerklich, so, als verstehe er, dass ich nicht dazugehörte, nicht mittenrein zumindest. Er gewann wieder und ließ sich eine Menge Kupfermünzen aushändigen. Dabei strahlte er, als wären sie aus Gold.

»Da bist du ja! Willst du mitspielen? Irgendjemand muss Eugen stoppen!«, erklärte Tina grinsend, als sie mich einen Augenblick später bemerkte. Ich hatte mich gerade umgedreht, um mich ins Wohnzimmer zurückzuziehen, und zuckte ertappt zusammen.

»Sorry, ich hab noch zu arbeiten. Danke, dass ihr mir was zu essen aufgehoben habt.« Meine Stimme klang ein wenig heiser, so, als hätte ich sie heute noch nicht benutzt.

»Uuuh, so spannend! Der Erbonkel?« Ava nahm ihre Sonnenbrille ab. Es hätte mich nicht gewundert, wenn sie mich gefragt hätte, ob sie helfen könne, so neugierig und abenteuerlustig sah sie mich aus großen bernsteinfarbenen, fast goldenen Augen an.

Stattdessen saß ich kurz darauf neben Eugen in seinem Taxi.

Wie immer in den Wochen seit seinem Herzinfarkt fuhr ich. Das Taxischild war ausgeschaltet. Wie immer zuckten seine Füße und Hände zeitgleich mit meinen, wenn ich schaltete, bremste, kuppelte oder Gas gab, während er lächelnd auf dem Beifahrersitz saß. Ich glaube, er bemerkte das nicht einmal.

Eugen hatte sofort angeboten mitzukommen, als ich von meinem Plan erzählt hatte, nach Moabit zu fahren, um Herrn Neumeier einen Besuch abzustatten. Auf dessen Website stand, dass sein Geschäft Sonntag geöffnet habe, aber keine Beratung und kein Verkauf stattfinde. Das war mir recht, so konnte ich mich umsehen, ohne stundenlang über Schmuck reden zu müssen.

Ich trage nie welchen. Besitze auch keinen eigenen. Ich habe nur ein Kästchen voller Erbstücke meiner Mutter, aber die interessieren mich nicht. Das einzige Stück, das mir je etwas bedeutet hat, war ein silberner Anhänger in Form einer schlichten, kleinen Kugel. Sie war hohl. Charles hat sie mir in einem winzigen verwunschenen Laden in Vancouver gekauft. Ich hab sie einen Tag lang an einem langen Lederband um den Hals getragen und dann abgelegt, nachdem er abgereist war, denn zurückzuschauen war noch nie mein Ding. Mit dem Band habe ich später die Fotos, Notizen und Erinnerungen an meine Reise durch Kanada zusammengebunden. Als ich die Kugel daran das letzte Mal gesehen habe, war sie schwarz angelaufen.

Ich hatte befürchtet, dass Eugen mitkommen wollte, um mich auszuhorchen. Ich glaube, dass er mich beobachtet und meist besser weiß, was in mir vorgeht, als ich selbst. Aber meist will ich gar nicht wissen, was in mir vorgeht, also will ich meist nicht hören, was er zu sagen hat. Doch er saß die ganze Fahrt einfach lächelnd und vor sich hin summend neben mir und betrachtete aus dem offenen Fenster »sein« Berlin. Erst, als wir direkt vor Neumeiers Laden einen Parkplatz fanden – natürlich, denn halb Berlin war im Umland unterwegs –, sah er zu mir herüber und bemerkte: »Es wird auch wieder besser.« Ich fragte nicht, was besser werden würde, vielleicht hatte ich Angst davor, dass er es wusste.

Gemeinsam betraten wir den Laden, der längst nicht so aufgeräumt und sauber war wie der der Gabowskis. Neumeier schien eher an Masse interessiert zu sein und schreckte auch vor Modeschmuck nicht zurück.

Wir wurden von einer älteren Dame mit zu dunkel gefärbten kurzen Haaren und einem unruhig gemusterten Kostüm begrüßt. Als Eugen ihren russischen Akzent bemerkte, verwickelte er sie sofort in ein Gespräch. Ich war sicher, falls sie irgendetwas für den Fall Relevantes wusste, Eugen würde es ihr entlocken und sie würde es nicht einmal mitbekommen.

Ich ging in einen zweiten kleineren Verkaufsraum. Dort standen mit alten Uhren, Pokalen, Kerzenleuchtern und Besteck zugeramschte Glasvitrinen neben einem Verkaufstresen und dahinter der Mann, den ich aus dem Internet als Sven Neumeier kannte. Er war gerade entgegen den Vorschriften und der Ankündigung an der Ladentür sehr wohl in eine Preisverhandlung vertieft, und zwar mit einem jungen Mann, der ganz sicher drogenabhängig war. Ich lächelte den beiden zu und tat so, als interessierte ich mich für einen sterlingsilbernen Kerzenleuchter. Doch Neumeier hob sofort seine Stimme und verkündete extradeutlich, dass er dem jungen Mann nicht weiterhelfen könne.

Der Mann begann irritiert zu widersprechen, verstummte aber, als er mich sah, und verabschiedete sich fahrig. Neumeier grüßte extrafreundlich und verzog sich durch eine Tür, auf der »Privat« stand. Ich hatte vorerst genug gesehen und verließ den Laden. Ich baute auf Eugen.

Der hatte in der Tat etwas herausgefunden, aber den wichtigsten Hinweis des Tages enthielt eine Audionachricht, die eingegangen war, während ich Neumeier beobachtet hatte.

Nach mehrmaligem Räuspern und einem Husten, das so laut war, dass das Mikro zerrte, hörte ich schließlich: »Hallo. Hier ist der Bernd. Ick sollte mir doch melden, wenn mir noch wat einfällt, und mir is jetzt wat einjefallen. Da dachte ick, ick melde mir mal. Hatten wir ja so abjemacht, wa? Also … ick war jerade uffm Weg zum Späti, Kippen besorgen, weeßte? Und da bin ick am Jemeindesaal vorbeijekommen, der is ja hier gleich umme Ecke. Und da is mir einjefallen, dass der Micha da 'ne Zeit lang hinjejangen is. Ick hab ihn da 'n paarmal jesehen. Vielleicht ooch letzten Montagnachmittag. Ick hab mir noch jewundert, weil der Micha ja normalerweise da uff Arbeit is, aber dann is mir wieder einjefallen, dass er seit 'nem halben Jahr oder so Montagnachmittag den Laden ja zumacht. Ja, det war Montag, janz sicher. Jedenfalls weeß ick noch, dass ick dit so merkwürdig fand, weil der Micha ja absolut nüscht mit de janzen Kirchentheater am Hut hat. Ick hoffe, dit hilft dir jetze weiter.« Es folgten eine Pause, noch ein schmerzhaft lautes Räuspern, dann nichts mehr.

TEIL 2

»Gib nie etwas auf,
an das du jeden Tag
denken musst!«

EINS

Ich wäre am liebsten direkt nach Friedenau gefahren, um mich in dem Gemeindesaal umzusehen. Aber erstens machte es mehr Sinn, das zu der Zeit zu tun, zu der Bernd Michael Gabowski dort gesehen hatte – und ich konnte nur hoffen, dass seine Erinnerung korrekt war –, und zweitens bestand Eugen darauf, dass ich Feierabend machte.

»Versuch doch, dich für sie zu freuen. Das ist gut für dein Herz, moya malen'kaya.« Er lächelte ausnahmsweise nicht. Ich wusste, dass er über Karl und Ava und über Tina und Tobias sprach, wollte aber um jeden Preis ein Gespräch über frisch verliebte Menschen vermeiden. Oder überhaupt ein Gespräch über etwas anderes als den Fall Gabowski.

Wenn ich es richtig anstelle und mich ganz auf einen Fall einlasse, wird alles andere unwichtig. Die Zeit vergeht schneller, ich schlafe weniger, esse kaum, und am Ende steht Klarheit. Es fühlt sich dann ein wenig so an wie meine erste große Steinarbeit an der Kunsthochschule. Nach unserem ersten gemeinsamen Mittagessen (und dem ersten Sex) hat Sebastian mir ein Buch über den Flow geschenkt. Während wir auf die Rechnung warteten, hatte er mit glänzenden Augen davon erzählt, wie es ihm bei einem anspruchsvollen Fall oder beim Schwimmtraining ging. Ich erinnere mich daran, wie er mir das Gefühl beschrieb, so, als sei klar, dass ich es nicht kennen konnte. Ich hab gelächelt und nichts gesagt. Natürlich hat er das als Aufforderung aufgefasst. Zu unserem nächsten Treffen hat er dann das Buch mitgebracht. Es war noch in der Papiertüte der Buchhandlung, der Kassenzettel lag bei. Ich hab es nie gelesen. Ich glaube, es liegt noch irgendwo im Büro.

Dieses Gefühl hatte ich jedenfalls im Fall Gabowski nicht. Zu jedem Gedanken und jedem Schritt musste ich mich zwingen, so, als müsse ich durch eiskaltes Wasser waten. Trotzdem tat ich es lieber, als zu Hause zu sein, wo ich mich gerade wie ein Tier in einem Käfig fühlte.

Eugen beobachtete mich aufmerksam von der Seite, während ich mich in den Kreisverkehr um die im Abendlicht kitschig glänzende Goldelse einfädelte. Es machte mich wütend, dass er glaubte, ich freue mich nicht für Karl und Tina oder neidete ihnen ihr momentanes Glück sogar. Ich bin nicht neidisch. Wirklich nicht, war ich noch nie. Ich glaube, das liegt daran, dass es wenig gibt, was andere haben und ich haben will. Zumindest macht es das einfacher. Die Vorstellung, mit einem Mann Händchen zu halten – allein der Ausdruck macht doch schon deutlich, wie absurd das ist. Ihn anzuschauen, als sei er ein Kunstwerk, oder ihm an den Lippen zu hängen, als spreche er die Weisheit der Welt aus! Ich will nichts »halten« und an etwas »hängen« schon gar nicht. Und überhaupt: Eugen sollte sich lieber um sein eigenes Herz kümmern, das die Ärzte erst vor ein paar Wochen gerade so wieder ans Laufen gekriegt hatten. Solange meines schlug und damit seinen Job machte, war alles in Ordnung.

Eugen seufzte auf dem Beifahrersitz. Ich verbot mir, herausfinden zu wollen, ob es ein enttäuschtes, erschöpftes oder trauriges Seufzen war. Das war sein Problem. Ich hatte ihn nicht darum gebeten, sich so viele Gedanken um mich zu machen.

»Was hat die Frau bei Neumeier dir erzählt?«, drängte ich auf einen Themenwechsel. Eugen seufzte noch einmal, was ich noch einmal ignorierte, und begann seinen Bericht.

Die Frau kam aus einem kleinen Dorf am Schwarzen Meer,

hatte zwei Kinder und drei Enkel. Ihrem Sohn war sie vor zehn Jahren nach Berlin gefolgt. Seit sieben Jahren arbeitete sie dreimal die Woche bei Neumeier und war zufrieden mit ihrem Job. Sie konnte bei der Arbeit lesen und hatte meist ihre Ruhe. Nur manchmal machte sie sich Sorgen wegen der finsteren Typen, die einen Teil ihrer Klientel ausmachten. Eugen hatte sie gefragt, ob sie Angst vor einem Überfall habe, das hatte sie lachend verneint.

Ich dankte Eugen und musste ihm versprechen, vorsichtig zu sein. Ich versuchte, mich daran zu erinnern, ob er das früher auch gesagt hatte. Ich meine, vor Katharina und allem, was nach ihrem Tod passiert war. Ich kam zu der Erkenntnis, dass er mir früher entweder mehr vertraut oder geglaubt hatte, dass meine Fälle weniger gefährlich waren. Dabei weiß man nie, was ein betrogener Freund oder ein enttarnter Dieb macht, wenn er sich in die Ecke getrieben fühlt. Tatsächlich hat mir eine untreue Ehefrau, die durch meine Ermittlungen bei ihrer Scheidung sehr viel Geld verloren hat – das Paar hatte einen für sie ziemlich unvorteilhaften Ehevertrag –, im Gerichtssaal gedroht, mich umbringen zu lassen. Ich bin auch heute noch sicher, dass sie ihre Drohung damals ernst gemeint hat. Aber mit der Zeit wird sich ihr Hass auf mich schon in etwas anderes verwandelt haben, oder? Vielleicht in Wut, dann in Verachtung, dann in Frust. Vielleicht hat der sich dann zu Gleichgültigkeit gewandelt im Lauf der Jahre. Man sagt doch, die Zeit heilt alle Wunden. Oder gilt das nur für Schmerz? Und toben Hass und Wut dann unveränderlich in einem weiter und weiter? Das erscheint mir unfassbar anstrengend. Ich frage mich, ob ich überhaupt schon mal jemanden so richtig gehasst habe. Ob ich weiß, wie sich das anfühlt.

Als Eugen und ich nach Hause kamen, machte Karl in seinem Zimmer Hausaufgaben, und Tina versuchte, ihren Trennungsschmerz wegzumeditieren, wie sie mir später ungefragt erklärte. Dabei war Tobias gerade erst eine Stunde weg. Auf dem Weg zurück nach München.

Beim Abendessen bot Eugen mir an, sich wegen Neumeier und dessen Geschäft umzuhören. Ich lehnte ab, denn ich wollte nicht, dass er sich das zur Aufgabe machte und sich damit stresste. Als ich von meinem Verdacht erzählte, dass Neumeier Diebesgut ankaufte, wurden Tina und Karl hellhörig. Gegen meinen Willen musste ich schmunzeln, als die beiden in ihren Erinnerungen daran schwelgten, wie Karl vor ein paar Jahren versucht hatte, das Geheimnis um den Raub der »Big Maple Leaf«-Münze aufzudecken. Er hatte sich zu seinem zehnten Geburtstag – der erst ein paar Monate später war – nichts anderes gewünscht, als dass wir ihm dabei helfen sollten. Also hatten wir mehrere Tage hintereinander die Museumsinsel besucht, kartografiert, fotografiert, alle Zeitungsartikel über den absurden Fall gesammelt und waren mehrfach im Bode-Museum gewesen. Karl hatte Angestellte befragt und alles, was sie gesagt hatten, genau in seinem Detektivnotizbuch vermerkt (»Kein Kommentar.«, »Ich darf leider nicht mit dir darüber sprechen.«, »Ich kann dir da nicht weiterhelfen.«, »Das wüsste ich selbst gerne, es gibt bestimmt eine Belohnung!«). Karl hatte nächtelang nicht geschlafen, weil er nicht glauben konnte, dass sich eine hundert Kilo schwere Münze aus »reinem Gold, Mama!« unbemerkt aus einem gesicherten Museum tragen und »mitten in Berlin-Mitte, Mama!« mit einer Schubkarre fortschaffen ließ. Als er später las, dass die Münze laut Polizeivermutung direkt nach dem Raub zersägt und eingeschmolzen worden war, hatte er geweint. Nicht nur, weil es so schade um die schöne Münze war, sondern vor allem, weil er sie jetzt nie würde finden können.

Am nächsten Morgen – Karl war schon in der Schule, und Tina schlief noch, sie hatte bis in die frühen Morgenstunden mit Tobias geskypt – forderte mich Eugen gut gelaunt auf, ihn auf seiner Sportrunde zu begleiten. Also marschierte ich kurz darauf, umringt von sieben alten Männern aus sechs Ländern, durch die Hasenheide.

Ich kannte sie alle zumindest vom Sehen: aktive oder ehemalige Taxifahrer, die sich zum Teil seit Jahren bei Wind und Wetter trafen, um sich vor ihrer nächsten oder nach ihrer letzten Schicht etwas zu bewegen. Und danach bei Kaffee und Zigaretten über Politik, Familie, Kollegen und Sport zu diskutieren. Einige von ihnen sehen es nicht gerne, wenn Frauen Taxi fahren oder sich einmischen, wenn die Fahrer in irgendwelchen Spätis oder Stehcafés zusammenstehen, aber weil ich zu Eugen gehöre, machten sie eine Ausnahme für mich. Ich habe mich nie drum geschert, ob irgendwelche Männer sich an mir oder meinem Leben stören. Tina sagt immer, dass ich mir das nur leisten kann, weil ich mir den richtigen Beruf und statt eines Freundes oder Ehemanns sie als Mitbewohnerin ausgesucht habe. Sie hat bestimmt recht. Aber was kommt zuerst?

Eugen lächelte mir verschmitzt zu, als er, kaum war unsere Gruppe die leichte Anhöhe hinaufgeschnauft, das Thema Hehlerei im Allgemeinen und Neumeier im Speziellen erwähnte. Er ist ein Meister des »Anschiebens« von Gesprächen. Alles, was ich über Klienten- und Zeugenbefragungen weiß, habe ich von ihm. Er beginnt ein Thema scheinbar absichtslos und bricht dann ab, um jemandem Platz zu machen, der Informationen hat und oft nicht einmal weiß, dass er sie teilen will oder wird. Dabei sieht er seinen Gesprächspartner immer wieder mit offenem Blick an, und wenn es irgendwie geht, berührt er ihn. An Schulter oder Unterarm. Ganz leicht und doch so, dass eine Verbindung auch körperlich spürbar wird. Das habe ich nicht übernommen. Nicht nur, weil es in meinem Beruf unangebracht ist, sondern auch, weil ich dann ja ebenfalls verbunden wäre.

Eine Dreiviertelstunde durch den frühlingserwachten Park, der mir kahl, verschneit und trostlos tausendmal lieber war, und etliche Anekdoten über Familienschmuck, Juweliere und Überfälle später (Einmal war dem Schwager eines der Männer mit vorgehaltener Waffe das Taxi gestohlen und kurz darauf bei einem Überfall auf einen Goldschmied und Uhrmacher benutzt worden. Die Täter waren damit einfach durch das Schaufenster gefahren – Totalschaden. Entkommen waren sie anschließend zu Fuß. Sie wurden nie gefasst.) hatte sich mein Verdacht bestätigt. Neumeier war als Mann, der Gold und Schmuck aller Art ankaufte und keine Fragen stellte, bekannt. Und als nicht zimperlich, wenn man ihm in die Quere kam.

ZWEI

Den Vormittag verbrachten Tina und ich im Büro. Sie damit, Rechnungen zu schreiben und Ablage zu machen, ich damit, Abschluss- und Zwischenberichte zu verfassen. Ich mag diesen Teil meiner Arbeit. Was auch immer es in einem Fall an Beobachtungen, Hinweisen und Informationen gibt, in dem Moment, in dem ich mich hinsetze und ein neues Dokument öffne, gebe ich ihnen eine Ordnung. Auch wenn ich mich bemühe, Vermutungen und Schlussfolgerungen zu vermeiden, sondern mich darauf beschränke, die Ereignisse chronologisch wiederzugeben und so knapp und schlicht wie möglich zu beschreiben, hat der Fall ab da eine Form. Wie beim Bildhauen. Jeder Splitter, den man abträgt, zwingt das Gehirn, sich ein neues Bild von dem zu machen, was man da vor sich hat. Am Ende steht »etwas«. Was man damit, daraus macht, wie man es versteht oder was »es« in einem bewirkt, das müssen die Klienten selbst entscheiden. Für mich bleibt Form, bleibt Klarheit.

Als Tina mit dem Frühstück kam – Muffins und Kaffee –, kämpfte ich gerade mit einer möglichst neutralen Formulierung für die Tatsache, dass der langjährige Ehemann einer Klientin mehrmals in der Woche den Straßenstrich auf der Kurfürstenstraße in Tiergarten aufsuchte, um dort die »Dienstleistungen« sehr jung aussehender Mädchen in Anspruch zu nehmen. Glücklicherweise hatte ich mit dieser Kundin vereinbart, ihr den Abschlussbericht per E-Mail zu schicken. So würde ich nicht bezeugen müssen, was er mit ihr machte. Es war offensichtlich, dass sie ihrem Mann gegenüber misstrauisch war, sonst hätte sie mich nicht beauftragt; womit genau er seine Zeit verbrachte, schien sie jedoch nicht zu ahnen. In unserem Erstgespräch hatte sie die Befürchtung geäußert, er würde sich in Spielotheken »herumtreiben«.

Im Gegensatz zu Tina, die, ohne zu fragen, meinen Schreibtisch freiräumte, während ich die letzten Sätze tippte und den Bericht verschickte, kann ich meine Gedanken gut bei mir behalten. Das heißt, ich malte mir nicht aus, wie es meiner Klientin gehen würde, wenn sie ihn las. Vielleicht tat sie das jetzt gerade, während Tina und ich uns darüber unterhielten, ob der Blueberry- oder der Chocolate-Chip-Muffin besser war.

»Hörst du mir überhaupt zu?«

»Blueberry.«

»Ich hab dich gefragt, ob du heute Abend mit mir ins Kino gehst. Du darfst den Film aussuchen, Popcorn und Prosecco, komm schon!«

»Ich muss arbeiten!«

Tina schlug mit der flachen Hand so laut auf die Tischplatte, dass ich vor Schreck meine Kaffeetasse umstieß.

»Verdammt, Isa! Du versteckst dich seit Wochen hinter der Arbeit! Ist es wegen Katharina Schneider? Oder wegen Sebastian? Sag nicht, du hast dich wirklich in ihn verliebt? Rede mit mir!«

Einen Moment spielte ich mit dem Gedanken, sie auf ihrer falschen Fährte zu lassen. Egal, welcher von beiden. Ich hätte nur nicken müssen und bedröppelt gucken, und ihre Fantasie hätte mir viel Ärger erspart. Stattdessen war es mir aus irgendeinem Grund wichtig, klarzustellen, dass ihre Vermutungen vollkommener Blödsinn waren. Es mag sein, dass ich sie dabei wütend angeschnaubt habe. Ja, Katharinas Tod war zumindest zum Teil meine Schuld – auch wenn das Ermittlungsverfahren gegen mich eingestellt worden war. Damit werde ich leben müssen, vielleicht eines Tages können. Auch mit der Tatsache, dass ich ihren Mörder habe entkommen lassen. (Nachdem ich mit ihm geschlafen hatte, aber das war eine andere Geschichte, die ich Tina niemals erzählen würde. Schlimm genug, dass Sebastian und sein ganzes Team davon wussten.) Und ja, der Sex mit Sebastian fehlte mir. Unsere Treffen in meinem Hinterzimmer, bei denen alles ganz einfach gewesen war. Es hatte nur den Moment gegeben, keine Fragen, keine Antworten, keine Ansprüche … für eine Weile. Verliebt in ihn war ich nicht, nie gewesen. Ich glaube, ich weiß nicht mal, was das genau ist. Ist Verliebtsein etwas, das einem passiert? Etwas, das man tut? Muss man das können oder einfach nur finden?

Doch all das sagte ich nicht. Ich sah Tina nur wütend an und sagte: »Ich will einfach nur arbeiten und nicht ins Kino!«

»Dann behauptest du, mit dir ist alles in Ordnung, obwohl du nicht schläfst, nicht isst und ständig so geladen bist, dass ich mich frage, ob du irgendwann Amok läufst?«

»Keine schlechte Idee«, murmelte ich, schnappte meine Jacke und meine Tasche und flüchtete aus meinem eigenen Büro.

Ich hätte tausend Sachen machen können, machen sollen. Wie das immer ist, wenn man erwachsen ist. Ich bin gut darin, eine Aufgabe nach der anderen abzuarbeiten und mich nicht von dem Wissen stressen zu lassen, dass ich nie fertig werde. Normalerweise. Tina sagt, das liegt daran, dass mir auf der Liste nichts wirklich wichtig ist und damit die Reihenfolge gefährden und mich aus dem Rhythmus bringen könnte.

Als Karl noch klein war, standen er und die Dinge, die er machen wollte oder die es mit oder für ihn zu tun gab, immer ganz oben. Ich hatte nicht die Probleme, über die die anderen Mütter im Kindergarten klagten: dass sie Zeit für ihre Beziehung und ihre Freunde und für sich haben wollten und der

Tag nicht lang genug war oder die Energie nicht ausreichte. Ich hatte keine Beziehung: Ich hatte Sex. Und der ließ sich immer irgendwie einrichten. Die Männer vor Sebastian waren meist (aber nicht immer) ungebunden, aber sie hatten, zumindest am Anfang, nichts dagegen, sich ohne jede Verpflichtung mit mir zu treffen, wenn es in meinen Zeitplan passte. Ich hatte keine Freunde: Ich hatte Tina und Eugen, und beide sah ich eh jeden Tag. Eugen an den Taxiständen, an denen wir gemeinsam auf Kundschaft warteten, und später, nachdem ich meine Detektei eröffnet hatte, weil er mich nur zu gerne zu meinen Einsätzen fuhr. Und Tina, weil wir zusammenwohnten und arbeiteten und sie auf Karl aufpasste, wenn ich nachts arbeitete. Viele hielten uns für ein lesbisches Paar, und Tina machte sich einen Spaß daraus, vor allem ihre spießige Familie in Niedersachsen im Zweifel zu lassen. »Es würde zumindest erklären, wieso sie in ihrem Alter noch immer unverheiratet und kinderlos ist«, hatte sie ihre eigene Mutter vor einigen Jahren auf einer Familienfeier zu einer Tante sagen hören. Ich hab Tränen gelacht, als sie mir bei ihrer Rückkehr empört davon erzählte. Empört nicht, weil ihre Mutter sie nicht endlich direkt nach ihrer sexuellen Orientierung fragte, sondern weil sie »in ihrem Alter« gesagt hatte. (Das laut Tinas Personalausweis mittlerweile fünfunddreißig, laut ihrer Schauspielagentur zweiunddreißig Jahre ist.)

Und ich brauchte keine Zeit für mich. Wozu auch?

DREI

Ich fuhr zum Zoo. An beiden Eingängen fragte ich die Angestellten, ob sie Michael Gabowski, der, solang Leonie denken konnte, ein Jahresticket besessen hatte, in den letzten Tagen gesehen hatten. Jedes Jahr besuchen mehrere Millionen Menschen den Zoologischen Garten in Berlin, aber ich wollte nichts unversucht lassen, ihn zu finden. Und ich wollte etwas zu tun haben, was nicht »mit Tina reden« war. Tatsächlich erkannte einer der Männer, die die Eintrittskarten scannen, Leonies Onkel auf dem Foto, das ich ihm in meinem Handy zeigte. Der Mann antwortete bereitwillig (»Den hab ick schon 'ne Weile nich mehr jesehn.«), aber als ich mich bedankte und gehen wollte, hakte er nach.

»Wieso woll'n Se det wissen?«

»Seine Nichte sucht ihn«, murmelte ich.

»Ach, dann biste die Leonie, wa? Er hat von dir erzählt. Wir sitzen manchmal bei de Flachland-Anoas. Ick mach da meene Pausen, ick mag die Viecher.«

Da er für sich eine Erklärung dafür gefunden hatte, mit wem er sprach, und darum nicht misstrauisch war, wollte ich die Gelegenheit nutzen und mehr über das Verhältnis von Michael zu seiner Nichte herausfinden. Doch zu meiner Enttäuschung drehte er sich wieder den wartenden Besuchern zu und brummelte nur: »Ick muss weitermachen. Grüß ihn ma. Und sag ihm, det Kälbchen is da. Darauf hat er jewartet.«

Bei Bedarf würde ich zurückkommen, aber erst einmal fuhr ich nach Hause.

Ich bin mittags selten in der Wohnung. Karl isst in der Schule und hat dreimal die Woche Nachmittagsunterricht und zweimal Fußballtraining. An diesen zwei Tagen geht er oft mit zu Cem, bevor sie zusammen zum Sportplatz fahren. Seit es Ava für ihn gibt, hat er das Training einige Male ausfallen lassen, was sowohl Cem als auch der Coach nicht gut fanden.

Ich stieg am Südstern aus der U7 und machte mich auf den Heimweg durch meinen Graefekiez. Die milde Frühlingsluft und das Vogelgezwitscher in den Vorgärten nervten mich, und wenn mir ein lächelnder Mensch entgegenkam, wechselte ich die Straßenseite. Ich wollte eine leere Wohnung und meine Ruhe, bevor ich am Nachmittag im Gemeindezentrum in Friedenau meine Nachforschungen fortsetzen würde. Doch zu meiner Überraschung war zwar Eugen wie erwartet bei der Krankengymnastik, aber Karl und Ava saßen auf dem Balkon, die Füße auf der Brüstung, und unterhielten sich.

Ich wollte nicht lauschen. Ehrlich nicht. Tatsächlich würde ich viel drum geben, wenn ich es hätte verhindern können. Aber ich habe im ersten Moment gar nicht darauf geachtet, was die beiden geredet haben, ich war zu sehr damit beschäftigt, meinen Sohn fasziniert zu beobachten. Er sah Ava so aufmerksam und offen an, wie ich es von ihm als Kind kannte. Bevor er sich dieses entscheidende bisschen in sich zurückgezogen hat, so, als trage er eine innere Sonnenbrille. Macht das Sinn? Jedenfalls tat er das jetzt nicht, hier mit Ava auf dem Balkon. Er war ganz da und hielt nichts zurück, das merkte ich aber erst, als mein Gehirn endlich auch auf die Wörter reagierte, die er sprach:

»Sie hat gesagt, dass sie ihn kaum kannte. Ich hab nicht wieder gefragt. Irgendwie war immer klar, dass sie nicht drüber sprechen wollte. Tina behauptet, dass sie richtig in ihn verliebt war. Aber wieso hat sie ihn dann nie gesucht?«

Ava zögerte.

»Vielleicht war er nicht in sie verliebt …?«

»Oder sie hat sich getäuscht, und er ist ein totales ...«

Ava unterbrach ihn hastig. »Wie alt warst du, als du mit ihr gesprochen hast?«

»Mit Mama oder mit Tina?«

»Isa.«

»Zehn oder so.«

»Vielleicht fand sie, dass du zu jung warst? Frag sie doch noch mal. Vielleicht erzählt sie dir jetzt mehr?«

»Hm.«

»Wenn er dir auch nur ein bisschen ähnlich ist, dann ist dein Vater toll.«

Das junge Mädchen, das mein Sohn liebte und das jetzt schon mutiger war, als ich es je sein würde, sah ihn mit einem Ernst an, den man vielleicht nur mit fünfzehn haben kann, und nahm seine Hand.

Sie haben mich nicht bemerkt. Ich bin aus der Küche geschlichen und durch den Flur. Ich hab die Wohnungstür geräuschlos hinter mir geschlossen, bin die Treppen runter und aus dem Haus gestolpert. Erst auf der Straße holte ich wieder Luft.

Ich habe wirklich gehofft, nicht mit Karl über Charles sprechen zu müssen. Jemals. Natürlich weiß ich und wusste ich immer, dass das vollkommen unrealistisch, verrückt und auch moralisch falsch ist. Dass Karl ein Recht auf seinen Vater hat und Charles auf seinen Sohn. Aber Karl hat nur ein paarmal nach ihm gefragt, zuerst im Kindergarten, als er wissen wollte, warum er keinen Papa hat wie die meisten anderen Kinder, und dann eben mit zehn. Ich kann mich gut daran erinnern. Und daran, wie übel mir war, nachdem ich ihn abgewimmelt hatte. Damals dachte ich noch, dass Charles irgendwo lebt und eines Tages auftauchen könnte, oder dass ich es schaffen würde, ihn zu suchen. Aber ich wusste nicht, was ich erwartete oder erhoffte, deshalb hab ich es nicht versucht. So habe ich eben gewartet und darauf gehofft, dass Karl nicht wieder fragt oder ich eines Tages eine Antwort haben würde. Denn wie kann man einem anderen Menschen etwas erklären, was man selbst nicht versteht?

VIER

Es war noch früh am Nachmittag, als ich vor dem Laden der Gabowskis ankam. Im Windfang vor der Eingangstür hatte sich weiterer Müll gesammelt, ansonsten sah alles unverändert aus. Auf dem Schild mit den Ladenöffnungszeiten stand noch immer »Montag 10 bis 19 Uhr«. Michael hatte also entweder bisher nicht die Zeit gehabt, es an seine neuen Gepflogenheiten anzupassen, nicht vorgehabt, die Schließung am Montagnachmittag zur Gewohnheit zu machen, oder es war ihm egal. Ich sah in meinem Handy nach, wo sich der von Bernd erwähnte Gemeindesaal befand, und ging los. Dabei fiel mir ein schwarzer 4er BMW auf, der auf der anderen Straßenseite parkte. Darin saßen zwei Männer in schwarzen Trainingsanzügen und mit schwarzen Sonnenbrillen. Einer der beiden schnippte eine Kippe aus dem Fenster auf die Fahrbahn. Es war fast albern, wie klischeehaft sie nach Ärger aussahen. Ich merkte mir die Autonummer und tippte sie, sobald ich außer Sichtweite war, in mein Handy. Die Typen machten gar keinen Versuch, unauffällig zu sein. Ich rief Bernd an und bat ihn, sich die beiden im Vorbeigehen anzusehen und mir Bescheid zu geben, wenn es die Männer waren, die Michael in der Vorwoche bedrängt hatten.

Keine fünf Minuten später erhielt ich eine Audionachricht von ihm. Wieder begann sie mit schmerzhaft lautem Räuspern: »Hallo, der Bernd hier. Dit sind die Typen. Uff jeden Fall. Ick hab mir nüscht anmerken lassen, bin janz locker aus der Hofeinfahrt, hab so jetan, als müsste ick mir die Schuhe zubinden, damit ick se mir in Ruhe ankieken konnte, dann bin ick weiter. Ick geh jetzt ma mit'n paar Kumpels Boule spielen uffm Rüdi. Wenn de magst, kannste ja auf 'n Bier vorbeikommen.«

Ich erinnere mich daran, dass ich zu gleichen Teilen gerührt und entsetzt war von seiner Einladung. Ich tippte ein knappes »Danke« zurück und öffnete die schwere Tür des Gemeindesaals, vor dem ich auf Bernds Antwort gewartet hatte.

Im Vorraum roch es nach Putzmittel und Staub, und der runtergetretene dunkelrote Filzteppich klebte an meinen Füßen. An einer großen Pinnwand hingen neben etlichen bunten Flyern, die zur Teilnahme an Kinder- und Erwachsenenchören, an Bastelgruppen, dem Vorlesedienst in Altersheimen und Krankenhäusern und der Einkaufshilfe für Menschen mit Behinderungen aufriefen, auch der Belegplan für die zwei zur Verfügung stehenden Räume (»klein« und »Saal«). Für den Montagnachmittag standen an: Seniorentanzen, Anonyme Alkoholiker, Konfirmationsunterricht und die Gesprächsgruppe für Trauernde. Die Alkoholiker und die Trauergruppe trafen sich parallel, was mir nicht als die beste Lösung erschien.

Ich hatte noch zwei Stunden totzuschlagen. Das Naheliegendste wäre gewesen, ins Büro zurückzufahren und dort eine Stunde zu arbeiten. Stattdessen entschied ich mich dafür, drei Männern und zwei Frauen in ihren Fünfzigern beim Boulespielen und Biertrinken auf dem Rüdesheimer Platz zuzusehen. Der Bernd reichte mir strahlend ein Bier, das ich ablehnte, und stellte mich seinen Freunden vor. Die Gruppe war freundlich, aber ganz und gar auf ihr Spiel konzentriert. So sehr, dass ich einmal um die Gesundheit eines Kleinkinds, das mit seinem Laufrad angeflitzt kam, und einmal um einen aufgekratzten Welsh Terrier fürchtete, der sich samt roter Leine von seiner Besitzerin losgerissen hatte, weil er mitspielen wollte.

In einer Spielpause hatte ich endlich Gelegenheit, Bernd noch einmal für den Hinweis auf den Gemeindesaal zu danken und ihn zu fragen, was er über Neumeier, Michaels und Gabriels Ex-Frauen und Leonies Privatleben wusste. Leider waren die Informationen spärlich. Neumeier erkannte er auf dem Foto von dessen Website nicht, Michaels Ex-Frau war in Spanien mit dem belgischen Diamantenhändler verheiratet, mit dem sie Michael nach nur ein paar Jahren Ehe betrogen hatte, von Gabriels Ex, Leonies Mutter, hatte er nie wieder etwas gehört, bestätigte damit also Saskia Meiers Angaben, dass die Gabowskis nicht über sie sprachen. Und über Leonie wusste er nur, dass sie kurz nach der Krebsdiagnose ihres Vaters von ihrem langjährigen und ersten »richtigen« Freund verlassen worden und zu Gabriel und Michael gezogen war. Sie hatte im Wohnzimmer geschlafen, bis ihr Vater gestorben war – an Komplikationen bei einer Operation, bei der sein künstlicher Darmausgang nach erfolgreicher Krebsbehandlung zurückverlegt werden sollte. Kurz darauf hatte sie eine Wohnung in Steglitz gefunden, und dort wohnte sie wohl alleine. Mir fiel auf, wie die Freunde abrückten, als Bernd Gabriels Tod erwähnte. Vielleicht war es die Tatsache, dass sie alle im gleichen Alter waren (»zu jung zum Sterben«), vielleicht hatten sie ihn gemocht und vermissten ihn jetzt, vielleicht wollten sie einfach so weit weg von dem Thema, wie es ihnen höflich möglich war.

Während ich schweigend in der Frühlingssonne stand und silbernen Kugeln dabei zusah, wie sie im Staub aufeinander zu-, aber fast immer aneinander vorbeikullerten, bemerkte ich, wie verspannt mein Nacken und mein Rücken waren, wie fest ich die Zähne aufeinanderbiss. Ich streckte mich und versuchte, meinen Kiefer zu entkrampfen, indem ich gähnte, aber das machte alles nur schlimmer, weil noch deutlicher wurde, wie schmerzhaft es war, mich zu bewegen. Einen Moment spielte ich mit dem Gedanken, Sebastian doch auf seine Mail zu antworten. Egal, ob er sich das vorher eingestand oder nicht, ich war sicher, dass wir Sex haben würden, wenn wir im selben Raum wären. Das würde mir guttun.

Stattdessen nahm ich dann doch das angebotene Bier. Es schmeckte nach Metall, und das erinnerte mich an Blut, und ich ärgerte mich darüber, dass ich den ganzen Tag kopflos hin und her lief und nichts zu Ende brachte.

»Meenste, es jeht ihm jut?« Bernds Augen waren wieder gerötet und glasig. Es sah aus, als brauche er die Boulekugel in der einen und die halb leere Bierflasche in der anderen Hand, um sein Gleichgewicht zu halten.

»Ich weiß es nicht.«

»Ick find, er sah besser aus in letzter Zeit. Irjendwie leichter, wenn de weeßt, wat ick meene. Vielleicht macht er einfach 'n paar Tage Urlaub. Hat ja seit Jahren nur malocht und allet jemacht und jeregelt, weeßte?«

Ich wollte ihn anschreien: »Nee, ick weeß jar nüscht!« Hab ich aber nicht.

Ich verabschiedete mich und ging zurück zum Gemeindesaal. Als ich ankam, war ich immer noch eine halbe Stunde zu früh. Ich setzte mich auf eine niedrige Mauer neben dem Fahrradständer und wartete. Aber nicht einmal das schaffte ich!

Ich stand wieder auf und ging rastlos um das Gebäude herum. Auf der Rückseite, neben den Mülltonnen, leerte ein schwitzender, übergewichtiger Mann eine kleine Flasche Wodka und ließ sie in der Altpapiertonne verschwinden. Er zuckte ertappt zusammen, als er mich sah, drehte sich um und hastete mit unsicheren Schritten davon. Wieder kochte Wut in mir hoch, strahlend weiß und stechend schmerzhaft. Ich war wütend, weil der Typ die Flasche in die falsche Tonne geschmissen hatte, weil er sich Lebensmut antrank, bevor er zu seinem AA-Treffen ging, weil ich einen Mann suchte, der wahrscheinlich nicht gefunden werden wollte, weil ich nicht klar denken und ruhig sitzen konnte, weil ich fand, ein lauwarmes Bier war längst nicht genug, an alldem etwas zu ändern.

Ich kehrte auf meinen Platz am Fahrradständer zurück. Außer dem schwitzenden Mann, der so tat, als bemerke er mich nicht, trudelten noch weitere Teilnehmer an der einen oder anderen Gruppensitzung ein. Ich bin gut in meinem Job, und das bin ich, weil ich gut beobachten kann und die Hinweise sich vorsichtig zusammensetzen lasse. Ich höre nicht auf meine Intuition, wie Tina zum Beispiel.

Eine Zeit lang hing bei uns in der Küche eine Karte, auf der stand: »Told you so! Sincerely, your intuition«. Irgendwann hat sie sie abgenommen. Sie hat gesagt, sie brauche die Erinnerung nicht mehr. Angesichts ihrer Männergeschichten sehe ich das anders.

Jedenfalls versuchte ich, Hinweise dafür zu finden, in welches der Meetings die Ankommenden später gehen würden. Ich lag in allen Fällen richtig, angefangen bei dem Wodka-Mann, wobei ich sicher bin, dass drei aus der Trauergruppe auch zu dem anderen Treffen hätten gehen können, und das galt andersherum wahrscheinlich ebenso.

Michael Gabowski kam nicht.

Ich ahnte, dass die anderen Teilnehmer mir nicht einfach so verraten würden, ob er in die eine oder andere Gruppe ging und ob sie wussten, wo er war. Also stand ich auf und blickte mich suchend um. Dabei musste ich mir nicht mal Mühe geben, um angespannt zu wirken. Ich sah auf mein Handy und steckte es wieder weg. Als ich die Aufmerksamkeit von einigen Frauen in meiner Nähe hatte, zog ich es wieder aus meinem Mantel, tat so, als rufe ich jemanden an, der nicht abnahm, und sprach dann scheinbar eine Nachricht. Sie lautete: »Leonie, ich bin jetzt im Gemeindezentrum. Michael ist nicht hier. Ich … ich will da nicht alleine rein. Meinst du, er kommt noch?« Dann seufzte ich deutlich hörbar und steckte das Gerät wieder ein. Wie erwartet meldete sich eine der Frauen, eine ältere Dame mit dünnem, zu dunkelrot gefärbtem Haar und knallroten Fingernägeln.

»Vielleicht weiß Lukas mehr. Die beiden sind befreundet.« Sie deutete auf einen Mann Ende vierzig mit halblangen mittelbraunen Haaren, der gerade das Foyer des Gemeindezentrums betrat. Wegen der milden Temperaturen stand die Tür offen. Er trug Hornbrille und Hipsterbart, eine helle Leinenhose und einen bunt gestreiften Wollpullover. Über einer Schulter hatte er eine Jutetasche, auf die eine Blume des Lebens gedruckt war. Ich bedankte mich und wollte ihm gerade folgen, als sich die Menschen um mich herum in Bewegung setzten. Sie teilten sich in zwei Gruppen, und mir blieb nichts anderes übrig, als der rot gefärbten Frau und dem Leinen-Lukas in den kleineren Raum zu folgen. Ehe ich mich's versah, war die Tür hinter mir geschlossen, und ich wurde zu einem freien Stuhl gedrängt. Eine Frau in meinem Alter mit einer furchtbaren Stimme, einem bescheuerten bunten Seidenschal und hässlichen Lederschuhen, die aussahen, als habe sie sie selbst genäht, hieß mich in salbungsvollem Ton willkommen in der Selbsthilfegruppe für Trauernde.

Ich war gefangen!

FÜNF

Ich hasse es, über Gefühle zu sprechen. Ich hasse es, wenn andere über ihre Gefühle sprechen. Ich verstehe nicht, was das an ihnen ändern soll, wenn sie negativ sind, und ich weiß, dass es sie verwässert, wenn sie positiv sind. Ich finde Gefühle anstrengend und verwirrend und …

Meine Eltern haben nie über ihre Gefühle gesprochen. Sie haben überhaupt nicht viel gesprochen, weder miteinander noch mit mir. Nur, wenn sie sich gestritten haben. Ich frag mich heute, wie man es überhaupt schafft, zu streiten, wenn nicht zuerst einer von beiden etwas »Falsches« sagt. Ich bin nicht meine Eltern, ich streite mich fast nie. Und ich bin mir sicher, dass Karl weiß, wie viel er mir bedeutet, wie sehr ich ihn liebe. Auch ohne dauernd mit ihm drüber zu sprechen. Hm, jetzt rede ich doch über Gefühle …

Jedenfalls saß ich noch nicht ganz auf einem knarrenden Klappstuhl in einem weiß gestrichenen Raum mit verblasstem Linoleumboden, einem Holzkreuz an der Wand und einer blauen Glasvase mit blühenden Kirschzweigen in der Mitte eines Stuhlkreises, als die rothaarige Frau schon unter Tränen von ihrer vergangenen Woche berichtete. Ich konnte ihr nicht richtig zuhören, als sie mir mit laufender Nase und geröteten Augen, mit flatternden Händen und Schweißflecken auf ihrer Seidenbluse gegenübersaß. Ich hatte keine Ahnung, wer Frieder war, wann oder woran er gestorben war und wie sie ohne ihn ihren sechzigsten Geburtstag begehen sollte. Ich konzentrierte mich auf die Blumenvase. Durch das Glas hindurch konnte ich erkennen, dass Blätter ins Wasser gefallen und darin vergammelt waren. Dort, wo sie aus der Brühe ragten, hatte sich um die Äste eine dicke Schicht fluffigen Schimmels gebildet, und das Wasser selbst zeigte Schlieren und Blasen auf seiner Oberfläche. Ich glaubte, die Jauche riechen zu können, obwohl die Fenster geöffnet waren. Mein Hals fühlte sich zu eng an.

Die Frau redete und redete, und die Anwesenden nickten und wischten sich verstohlen Tränen von ihren glänzenden Wangen. Sie redete davon, wie sehr Frieder ihr jeden Tag fehlte und dass jemand ihr gesagt habe, dass das Leben weitergehe und sie sich doch darüber freuen solle, dass sie zweiunddreißig Jahre mit ihm gehabt habe. Ein Kopfschütteln ging durch die Runde wie eine Welle, die sich dann an mir brach. Ich konnte nicht mitschütteln, mich nicht empören über gedankenlos dahingequatschte Worte von irgendjemandem. Ich konnte nicht sitzen bleiben.

»Halt die Klappe! Zweiunddreißig Jahre zusammen? Ist das nicht genug? Wie kommst du darauf, dass dir noch mehr zusteht?«

Eine und wirklich nur eine einzige Sekunde, bevor ich ihr meine Gedanken ins verquollene Gesicht gespuckt hätte, schaffte ich es, aufzuspringen und aus dem Raum zu sprinten.

Die Tür hinter mir fiel laut ins Schloss. Das Geräusch hallte eine Weile in meinen Ohren nach und machte dann der Stille im Foyer Platz. Mein Herz raste, und ich musste mich schütteln, als hätte ich einen Stromschlag bekommen. Die Tür öffnete sich erneut, und eine der Frauen, die mit der Rothaarigen zusammengestanden hatten, streckte ihren Kopf heraus. Ich riss mich augenblicklich zusammen und signalisierte ihr, dass ich in Ordnung war. Und das war ich natürlich, davon war ich überzeugt. Zu wenig geschlafen und gegessen, vielleicht. Sie sah mich noch einen Moment prüfend an. Ich lächelte wie der Profi, der ich bin. Sie zog sich zurück und schloss die Tür. Ich atmete auf.

Die folgende Stunde lief ich geometrische Muster in den Filzteppich und versuchte dabei, an nichts zu denken, was ich nicht zu meinen Füßen sehen konnte.

In den ersten dreißig Minuten kam ich dabei immer wieder an einer jungen dunkelhaarigen Frau vorbei, die neben der Tür zum Saal mit den Alkoholikern stand. Aus den Augenwinkeln sah ich, dass sie zwei Mal die Hand an der Klinke hatte, aber letztlich hat sie sich umgedreht und ist verschwunden. Ich gratulierte ihr innerlich und setzte meinen Weg über Schmutzflecken, ausgebleichte Stellen im Teppich, festgetretene Kaugummis und zusammengeknülltes Papier hinweg fort. Acht Schritte in die eine, elf in die andere Richtung.

Der Mann mit der Leinenhose namens Lukas war der Letzte, der den Raum verließ, als die Sitzung endlich beendet war. Er sprach mit einem Mann in meinem Alter, der mit versteinerter Miene zuhörte und nervös seine Hände knetete. Lukas bemerkte mich nicht, weil er so in seinen eigenen Redefluss vertieft war. Er berührte seinen Zuhörer dabei mehrfach an der Schulter und reichte ihm schließlich eine Visitenkarte. Der jüngere Mann steckte sie mit einem Nicken ein und gab Lukas zum Abschied die Hand. Lukas Wie-auch-immer hielt die Verbindung mehrere Sekunden und mit beiden Händen aufrecht, erst dann gab er ihn frei.

»Lukas?« (Ich hasse es, jemanden mit »Entschuldigung« anzusprechen. Wofür sollte ich mich entschuldigen? Es ist ja nicht so, als ob ich den Leuten zu nahe käme. Reicht nicht eine Erklärung? Und die folgt ja automatisch.)

»Ja, bitte?«

»Ich sollte mich hier mit Michael Gabowski treffen, und mir wurde gesagt, Sie wüssten mehr.« Ich zwang mich zu einem

Lächeln. Das ist natürlich gefährlich. Sobald ein Mensch spürt, dass er belogen wird, und sei es durch ein falsches Lächeln, ist es viel schwerer, eine Information von ihm zu erhalten oder sonst irgendetwas. Dabei muss ihm das ja nicht einmal bewusst sein. Aber Lukas Irgendwie war so damit beschäftigt, selbst falsch zu lächeln, dass er mich nicht einmal richtig ansah. Ich konnte ihn nicht leiden. Okay, ich gebe zu, an diesem Tag wäre alles andere eine Überraschung gewesen, aber ich war tatsächlich erstaunt darüber, wie sehr ich ihn nicht ausstehen konnte. Ich glaube, es war die Art, wie er dem anderen Mann zugenickt hatte, so, als müsse dieser sich für seine Aufmerksamkeit bedanken, als sei sie eine Gnade. Bei der Erwähnung von Michaels Namen flackerte das oberflächliche Lächeln einmal kurz, dann hatte er sich wieder gefangen. Oder ich war so schlecht gelaunt und voreingenommen, dass ich gerade echt schlechte Arbeit machte.

»Das tut mir leid. Ich hab ihn heute auch vermisst. Wahrscheinlich hat er zu arbeiten. Er hat mir letzte Woche von einem schwierigen Stück erzählt, das er restaurieren soll.«

Ich hab ihm nicht geglaubt. Zu viele Worte, zu viel Erklärung und zu viel An-seinem-Bart-Gezupfe. Ich bedankte mich und wollte gehen.

»Ich hab deinen Namen gar nicht mitbekommen. Wie fühlst du dich denn jetzt? Die erste Session ist für alle schwer. Ich kann dich echt gut verstehen.«

»Danke.« Ich habe mich nicht umgedreht, sondern bin einfach gegangen, nicht, weil ich ihm antworten wollte: »Es gibt absolut nichts zu verstehen, und hör auf, mir was vorzumachen und dir auch und überhaupt: Fuck you!«, sondern weil ich wusste, dass er log und dass ich nicht konzentriert genug war, um ihn jetzt erfolgreich aus der Reserve zu locken. Er hatte Heimrecht und fand sich offenbar super, während ich am liebsten aus der Haut gefahren wäre. Ich habe nie verstanden, was dieser Spruch soll, bevor ich tatsächlich das Gefühl hatte, meine Haut habe sich um die Wut in mir herum zusammengezogen und war nun viel zu klein. Oder die Wut zu groß. Ich konnte nicht sagen, woher sie kam, wo genau sie war. Ich konnte sie nicht orten.

Aber ich konnte Lukas folgen. Also tat ich das.

SECHS

Ich frage mich manchmal, wie Privatdetektive früher erfolgreich observiert haben. Als Menschen noch nicht nonstop in ihre Mobiltelefone versunken, sondern sich womöglich ihrer Umwelt bewusst waren. Klar haben sie Zeitung und Bücher gelesen, aber nicht alle und nicht im Gehen, im Stehen, beim Warten am Bahnsteig oder an der Ampel. Ich jedenfalls profitiere täglich davon, dass die Mehrheit der Leute entweder telefoniert oder etwas liest oder anschaut, wenn sie zu Fuß oder mit den öffentlichen Verkehrsmitteln unterwegs ist.

Ich ließ Lukas Hipsterbart einen Vorsprung bis zur ersten Straßenecke, dann drehte ich zur Sicherheit meinen Wendemantel von Dunkelblau auf Beige, setzte eine Sonnenbrille und eine cremefarbene Mütze auf, sodass meine braunen Haare bedeckt waren, und war verschwunden. Von der unfreundlichen, dunkel gekleideten Brünetten wurde ich in fünfzehn Sekunden zu einem hellen Umriss, den niemand wirklich wahrnimmt. Das ist meine Superkraft. Unsichtbar werden.

Er sah sich nicht um, nicht auf dem Weg zum Bundesplatz, nicht, als er in die Ringbahn stieg, und auch während der ganzen Fahrt bis nach Prenzlauer Berg nicht. Stattdessen tippte er pausenlos in sein Handy, las dann kurz und tippte weiter. Die Tram, die er an der Schönhauser Allee nahm, war so Rushhour-voll, dass er stehen musste (wie ich auch), bis wir am Zionskirchplatz ausstiegen. Einen Moment befürchtete ich, ihn in der Menge der Bartträger, die die Kastanienallee bevölkerte, verloren zu haben, fand seinen geringelten Pullover dann aber gerade noch rechtzeitig wieder, bevor er in einer Hofeinfahrt verschwand.

Ich konnte von der Straße aus beobachten, wie er die Tür zum rechten Seitenflügel des ersten Hofs aufschloss und hineinging. Dem Schild neben der Einfahrt entnahm ich, dass er entweder in ein Architekturbüro, ein Postproduktionsstudio oder eine Praxis für ganzheitliche Lebensberatung wollte.

Natürlich war es Letzteres. Was sonst hätte an einem Tag passieren können, an dem alle Menschen um mich herum ununterbrochen über Gefühle sprachen statt meinetwegen sogar über das verdammte Frühlingswetter! Als ich die Homepage der Praxis aufrief, grinste mir Lukas Meister – Arm in Arm mit seiner Frau Karola – entgegen und hieß mich »aus ganzem Herzen willkommen«. Ich beschloss, Feierabend zu machen.

Auf dem Nachhauseweg durchquerte ich den Volkspark am Weinberg – eine Entscheidung, die ich sofort bereute, sobald ich den internationalen Frühjahrswahnsinn sah, der an diesem milden Nachmittag dort tobte. Während ich mich durch Menschenmassen den Hügel hinuntertreiben ließ, fragte ich mich, was der Unterschied zwischen einem stinknormalen Park in Berlin und einem ebenso lahmen Stück Grünfläche mit Mülleimern in New York, Barcelona oder Melbourne war. Ich konnte weder die zur Schau gestellte Lebensfreude noch den Hype um Berlin verstehen.

»Berlin ist, was du draus machst.« Sagt Tina, aber die nervte mich ja eh. Mir war die einsame Tina lieber. Fies, ich weiß. Dabei wusste ich, dass sie recht hatte. Ich stellte mir vor, dass ich vor zehn Jahren vielleicht auch auf dem zerzaust aussehenden Rasen hätte sitzen können, mit Wein, Tina und ein paar ihrer Schauspielerfreunde, die mich, so bescheuert ich sie fand, doch immer wieder bestens unterhielten. Oder vielleicht hätte ich mit einem bezaubernd verloren wirkenden jungen Mann aus Neuseeland oder Charlottenburg auf einer Parkbank geknutscht, ohne später wegzulaufen oder ihn wegzuschicken.

Hätte, hätte, wenn was? Wenn ich nicht Isadora Winter wäre? Einzige Tochter meiner Eltern, die beide froh gewesen waren, als die Ärzte ihnen gesagt hatten, dass sie nicht mehr lange zu leben hatten? Wenn ich Charles nicht getroffen und verloren hätte? Wenn ich bereit gewesen wäre, mich furchtlos ins Leben zu stürzen, anstatt darauf zu warten, dass es kam und mich mitriss? Wenn ich – damals wie heute – wüsste, was das ganze Finden und Verlieren, Hoffen und Enttäuschtwerden, Fallen und Aufstehen für einen Sinn hat?

Ich bahnte mir einen Weg durch die Menschenmenge am Rosenthaler Platz und in die U8, wo ich mich gegen eine der zwei defekten Türen lehnen konnte und merkte, wie müde ich war. So müde, dass ich mich weder an dem Gerempel noch an den herausfordernden Blicken und Sprüchen einer Teeniemädchen-Clique störte. Sollten sie doch erst mal Mitte dreißig werden.

An der Schönleinstraße stieg ich aus und war froh, als ich kurz darauf wieder zu Hause war. Dieses Mal klingelte ich, um wen auch immer vorzuwarnen. Ich wollte in meiner eigenen Wohnung niemanden mehr belauschen oder beobachten müssen bei Sachen, die mich nichts angingen, mich nicht interessierten, mich wütend oder müde machten.

Tina öffnete mit dem Ellenbogen, denn ihre Fingernägel waren gerade frisch lackiert und leuchteten in Orangerot. »Koralle«, verbesserte sie mich, als ich versuchte, einen möglichst unverfänglichen Start zu finden. Ich brauchte schließlich ihre Hilfe.

Eine der besten Eigenschaften von Tina ist, dass sie absolut nicht nachtragend ist. Manchmal frage ich mich, ob ihr unsere

Meinungsverschiedenheiten nicht in Erinnerung bleiben, weil sie ihr schlicht nicht dramatisch genug sind. Denn wenn ich sie vergleiche mit den Streits, die sie mit ihrer Mutter, ihren diversen Freunden, Liebhabern oder Regisseuren (wobei da durchaus Personalunion bestehen kann) hat, haben ich und mein genervtes Mich-Zurückziehen nicht den Hauch einer Chance.

»Ich geh allein. Sekt, Schokoriegel, und welcher Film auch immer in Kino 2 läuft.«

Tina wedelte mit ihren Händen herum und ging voraus in die Küche. Dort hatte sie offenbar schon mit dem Trinken angefangen, denn auf der Anrichte stand unter einer neuen an die Wand gepinnten Postkarte mit der Aufschrift »Gib nie etwas auf, an das du jeden Tag denken musst!« eine offene Flasche ihres Lieblingscrémants. Ich bin sicher, dass der Weinhändler, von dem sie ihn kauft, in Tina verknallt ist und dass sie das auch weiß. Ich war dabei, als er ihr eine eigentlich für einen anderen Kunden reservierte Kiste von genau diesem Crémant zum Einkaufspreis verkauft hat, weil sie gnadenlos mit ihm geflirtet hat – auf ihre Tina-Art lustig, bis auf roten Lippenstift ungeschminkt und umwerfend hübsch. Jetzt stand sie in einem langen karierten Kleid, mit hochgedrehten Haaren und barfuß vor mir, nahm umständlich und doch irgendwie elegant ihr Glas und funkelte mich böse an. Ich weiß, wann Tina sauer ist – und an diesem Abend war sie es längst nicht mehr.

»Wieso Kino 2?«

»Hä?«

»Wieso guckst du den Film, der in Kino 2 läuft?«

»Keine Ahnung. War so eine Eingebung«, verkündete sie staatstragend und deutete mit einem Kopfnicken auf die Flasche.

»Schade, ich hatte gehofft, du könntest mir vielleicht helfen.« Ich nahm mir ein Glas und zog mein Laptop aus der Tasche. Ich tat, als bemerkte ich nicht, dass sie sofort angebissen hatte, und sie tat, als wüsste sie das nicht. Ich rief die Website der Meisters auf und drehte den Bildschirm so, dass sie ihn einsehen konnte, ohne sich etwas anmerken zu lassen.

»Uuuh, schamanische Traumreise. Wollte ich schon immer mal machen.«

»Ich verstehe nicht mal die Hälfte von dem Kram, der hier steht. Kannst du übersetzen?« Ich markierte die lange Liste der Angebote, die die Meisters ihren Klienten machten. Sie bestand aus vielen Abkürzungen und Begriffen, die aus mindestens drei englischen Wörtern zusammengesetzt waren, einige mit einem Registered Trademark R versehen.

Tina zog sich einen Stuhl heran und stürzte sich begeistert in die Recherche. Ich rief unterdessen die Website des Babylon Kreuzberg auf und schaute nach, welcher Film in Kino 2 gezeigt wurde. Als ich Tina den Titel nannte und sie fragte, was nun mit ihren Plänen sei, nahm sie einen Schluck Crémant und bemerkte trocken: »Der ist doof, den kenn ich schon.«

SIEBEN

Die Flasche war leer, und mir rauschten die Ohren von dem Hokuspokus, von dem Tina mir erzählt hatte. Von einigen Methoden des Ehepaars Meister hatte selbst sie noch nie gehört, aber sie war Feuer und Flamme.

»Aber wieso interessiert dich das alles überhaupt? Ich denke, du suchst den Juwelier?«

»Goldschmied.«

»Wie auch immer. Manchmal bist du echt eine ziemliche Haarspalterin, Isadora Winter!« Wenn man ganz genau hinhörte, war ihr »z« ein kleines bisschen verschliffen, und so, wie sie die beiden Silben meines Nachnamens gleich stark betonte, war klar: Tina war betrunken.

»Worauf soll ich jetzt antworten? Auf die Frage nach Gabowski oder auf deine Beleidigung?«

»Haarspalterin, sag ich doch.«

Ich sah meine Mitbewohnerin an. Da war noch etwas hinter dem Schwips, hinter der Von-mir-Genervtheit.

»Alles in Ordnung mit dir?«

»Sehr.«

»Dann ist ja gut.« Ich wartete einen Moment, um ihr die Möglichkeit zu geben, doch noch zu antworten. Stattdessen kaute sie auf einem ihrer frisch lackierten Fingernägel herum.

»Na dann. Der Goldschmied hat anscheinend in den letzten Wochen so eine Selbsthilfegruppe für Trauernde besucht.«

»Ah, wow. Ein Mann, der über seine Gefühle spricht! Ist er hübsch?«

»Wieso willst du das wissen? Nicht mehr zufrieden mit Tobi?«

»Ich hab an dich gedacht! Du könntest die Ritterin in strahlender Rüstung sein, ihn retten, und dann seid ihr glücklich, bis dass der Tod euch scheidet.«

»Ritterinnen gab es nie.«

»Erzähl das Jeanne d'Arc.«

»Die war doch keine …, wie auch immer. Ist ihr nicht grade gut bekommen.«

»Ahhh, das ist doch nicht der Punkt!«

In meiner Erinnerung haben wir beide gelacht, aber ich wusste schon damals, dass sich das falsch angefühlt hat.

Ich erzählte, dass Lukas Meister auf meine Frage nach Michael nicht die Wahrheit gesagt hatte.

»Schon mal was von Schweigepflicht gehört? Vielleicht ist Gabowski ein Klient von ihm.«

»Eben.«

»Du willst jetzt nicht all die angebotenen Kurse hier besuchen, oder?«

»O Gott, hoffentlich nicht! Macht ja auch keinen Sinn: Wieso sollte er dann seit Tagen nicht zu Hause sein? Er könnte zu den Veranstaltungen oder auch den Einzelsitzungen ja einfach nach Prenzelberg fahren.«

Tina nahm den letzten Schluck aus ihrem Glas und gluckste.

»Schade eigentlich. Ein bisschen holotropes Atmen würde dir bestimmt guttun.«

Ich hatte längst vergessen, was das von den anderen Methoden zum Blockadenabbau, zu Transmutation, Integration von was auch immer und zur Freischaltung des vollen Ich-Potenzials unterschied, die Tina mir vorgestellt hatte, aber ich musste zum Glück nicht weiter darüber nachdenken.

»Bingo!«

Tina deutete triumphierend auf den Bildschirm. Unter dem Tab »Retreats« wurden Wellness- und Transformationsaufenthalte in einem – zugegebenermaßen sehr hübschen – Vierseithof in der Uckermark angeboten. Der letzte hatte am vergangenen Dienstag begonnen und bis Sonntag gedauert. Michael hätte zwar längst zurück sein müssen, aber es war eine Spur.

»Wir fahren in die Uckermark.« Tina strahlte mit glasigen Augen.

»Wir?«

»Na logisch. Ohne mich bist du doch verloren!«

Sie stand auf, geriet ins Schwanken und wäre gestolpert, wenn ich sie nicht an der Schulter festgehalten hätte.

TEIL 3

»Das Leben ist schwächer
als der Tod, und der Tod
ist schwächer als die Liebe!«

Khalil Gibran

EINS Ich klärte noch am selben Abend mit Leonie die zusätzlichen Reisekosten ab und wies sie mehrfach darauf hin, dass ich ihr nichts versprechen konnte. Mich nervte ihr aufgeregtes, mädchenhaftes »Natürlich! Auf jeden Fall. Ich kann sofort einen Vorschuss überweisen, wenn Sie wollen …«, aber ich beendete das Telefonat professionell ruhig. Dann schaute ich mit Karl und Eugen ein Fußballspiel der Herren-Nationalmannschaft. Oder sagen wir, ich saß daneben, während die beiden einen großen Spaß daran hatten, einen nie gefährdeten Sieg zu bezeugen. Ich suchte in Karls Worten oder seinem Verhalten nach Hinweisen, ob und wie sehr er darunter litt, dass er ohne Vater aufgewachsen war. Und musste mir schließlich eingestehen, dass ich keine Ahnung hatte, woran ich das hätte erkennen können.

Danach versuchte ich, online mehr über die Meisters und Neumeier herauszufinden, aber meine Ausbeute war spärlich. In Neumeiers Geschäft war vor einigen Jahren eingebrochen und der entstandene Schaden auf mehrere Zehntausend Euro geschätzt worden. Die Meisters waren auf allen Social-Media-Kanälen sehr präsent und legten offenbar viel Wert auf Testimonials. Diese waren natürlich hymnisch und berichteten allesamt von weltbewegenden, lebensverändernden Erfahrungen mit dem Paar und ihren Mitarbeitern.

Ach, und ich habe einen Anruf von Sebastian ignoriert und auch die SMS danach. Tina hatte sich in ihr Zimmer verkrümelt, und es war ausnahmsweise nicht zu hören, dass sie mit Tobias skypte. Ich nahm mir vor, am nächsten Tag nachzuhaken, vergaß es dann aber. Ich schlief früh ein, keine zwei Seiten in dem Buch, das ich gerade las, weitergekommen. Oder besser, das ich seit Wochen zu lesen versuchte. Tina hatte es empfohlen, selbst sie fand es »leichte Kost«, was sich verheißungsvoll angehört hatte. Ich hab es mittlerweile in die »Zu verschenken«-Kiste vor unserem Haus gelegt.

Nachts bin ich wieder schweißgebadet aufgewacht. Ich schlich in die Küche, nahm mir ein Glas Wein und meinen Daunenmantel, den ich schon längst mit den anderen Wintersachen weggepackt haben wollte, aber eben nicht weggepackt hatte, und setzte mich auf den Balkon. Drei Etagen über der Straße, die menschenleer unter mir lag. Ein feiner Frühlingsregen ließ das Kopfsteinpflaster nass glänzen. Aus einem offenen Fenster in der Nähe klang Jazz zu mir hoch. Die Musik passte irgendwie. Sie war unruhig und getrieben. Während mein Herzschlag sich widerstrebend beruhigte und der Schweiß in meinem Nacken trocknete, fragte ich mich, wo Michael Gabowski war, und wunderte mich im nächsten Moment darüber. Ich kannte ihn nicht, er war mir völlig egal, oder? Ich versuchte, mir vorzustellen, wie es war, ein Leben lang so mit einem Menschen verbunden zu sein, wie Zwillinge es waren – die auch noch zusammen wohnten und arbeiteten. Wussten sie, wo sie aufhörten und der andere anfing? Hatten sie je eine Chance gehabt, es herauszufinden? Wie fühlte Michael sich, seit Gabriel so überraschend gestorben war? Und wieso wollte ich das plötzlich wissen? In meinem Gehirn schien es nur Sackgassen zu geben.

Irgendwann bin ich eingenickt und wieder aufgeschreckt, als das Weinglas mit einem fast zarten Klirren auf dem Betonboden des Balkons zersprang. Ich kehrte die Scherben zusammen und ging zurück ins Wohnzimmer. Da fiel ich in einen, glücklicherweise diesmal traumlosen, Schlaf. Ich hab erst am

Morgen bemerkt, dass ich mich am Zeigefinger geschnitten hatte. Meine Bettdecke war voller Blut, wo ich meine Hände über der Brust verschränkt hatte, wie ich es immer tue.

Ich ging wieder laufen. Und nahm mir gleichzeitig vor, mir das ja nicht zur Gewohnheit werden zu lassen. Denn so gut es tat, meine Anspannung wegzuschwitzen und wegzutreten, so allein war ich dabei auch mit meinen Gedanken, die sich vor allem damit befassten, wie ich das düstere Hamsterrad aus Albträumen, Wut und Müdigkeit, in das ich irgendwie irgendwann geraten war, wieder verlassen konnte. Wodurch es mir nur noch bewusster wurde.

Ich war gerade nach Hause zurückgekehrt, da klingelte es mehrfach an der Wohnungstür. Eugen war mit seiner Altherrentruppe in der Hasenheide, Karl in der Schule und Tina »Accessoires« kaufen für unseren Trip in die Uckermark. Also stieg ich fluchend wieder aus der Dusche, noch bevor ich sie angestellt hatte, und tapste, in ein Handtuch gewickelt, zur Tür. Davor stand Sebastian. Ich fluchte leise, aber sicher laut genug.

»Hallo, Isa.«

»Hallo.«

Er stand im Hausflur und versuchte nicht einmal, unauffällig dabei zu sein, als er mich von oben bis unten musterte. Das konnte ich auch. Hätte ich aber lassen sollen. Er sah gut aus. Leicht gebräunt, frisch rasiert, seine hellbraunen Augen waren wach, und noch etwas anderes blitzte in ihnen, das ich nicht deuten konnte.

»Du hast nicht auf meine E-Mail geantwortet.«

»Stimmt.«

»Hm… Wie auch immer. Ich bin beruflich hier.« Einen Moment wusste ich nicht, ob ich ihm glauben sollte. Doch dann war das, was ich in seinem Ausdruck nicht verstanden hatte, verschwunden, und er war ganz der Kriminalhauptkommissar Sebastian Maurer. Nicht mehr der Mann, mit dem ich zwei Jahre lang oft mehrmals in der Woche sehr guten Sex gehabt hatte. Ich versuchte, mich zu konzentrieren. Er war noch nie in meiner Wohnung gewesen, und das sollte auch so bleiben. Ich merkte, wie Wut in mir hochkochte. Wut auf ihn, weil er plötzlich vor meiner Tür stand und so unsere unausgesprochenen Regeln brach. Weil er mich wieder ansah als ... als was? Als wolle er weitermachen, wo wir aufgehört hatten? Als bereue er, dass wir je angefangen hatten? Und Wut auf mich, weil ich nicht auf seine Nachrichten reagiert hatte, denn dann hätte ich unser Wiedersehen kontrollieren können. Wut, weil ich müde und erschöpft und quasi nackt war.

»Kann ich reinkommen?«

Ich antwortete nicht schnell genug und hätte auch nur ein mechanisches Nein hingekriegt, aber er kam mir zuvor. Seine Stimme klang kalt.

»Oder willst du mit ins Dezernat kommen?«

»Willst du mich verhaften?« Ich erinnere mich daran, dass ich ein Lachen verstolperte.

»Sollte ich?«

»Gib mir zehn Minuten.«

»Ich warte im Wagen. Ich hab vor der Tür geparkt.«

Und so betraten wir eine halbe Stunde später zusammen sein Büro oder besser den Besprechungsraum neben seinem Büro im LKA 11. Die Fahrt über hatten wir geschwiegen. Ich fand das gut. Ich hatte nichts zu sagen und wollte nicht hören, was er zu sagen gehabt hätte.

Kommissar Möller begrüßte mich knapp und ausdruckslos und verzog sich dann an seinen Schreibtisch gleich außerhalb des Konferenzzimmers. Nur durch eine Glasscheibe von uns getrennt. Sebastian schloss die Tür und drehte einen Bildschirm so, dass ich ihn sehen konnte. An der Art, wie er auf die dazugehörige Tastatur einhämmerte, war klar zu erkennen, dass ich nicht allein wütend war. Ohne Vorwarnung erschien auf dem

Monitor ein Foto. Ich zuckte zusammen, und Sebastian nickte. Was das bedeutete, wusste ich nicht, und es war mir auch egal. Ich starrte auf das Bild. Es zeigte, vergrößert und bearbeitet und trotzdem ganz und gar unverkennbar: John Roddish. Ich weiß nicht mehr, ob ich gelacht habe, kann aber sein. Denn er saß tatsächlich an einer Strandbar, so, wie ich es befürchtet hatte: Drink in der Hand, in Badeshorts, mit Vollbart und nassem Haar. Er war offenbar mit einer sehr hübschen blonden Frau in ein sehr angenehmes Gespräch vertieft, denn er lächelte strahlend. Es war nicht das Lächeln von dem Abend, den wir miteinander verbracht hatten, aber es stand ihm gut. Ich hatte mir in den letzten Wochen so oft ausgemalt, was ich sagen und was ich tun würde, wenn ich ihn eines Tages finden würde. Denn auch wenn ich noch keinerlei Anstalten gemacht hatte, ihn tatsächlich zu suchen, war mir doch immer klar gewesen, dass ich Katharina Schneiders Mörder nicht ungestraft davonkommen lassen konnte. Und jetzt saß ich hier mit Sebastian und betrachtete – wie sich herausstellte – eine ganze Reihe von Fotos, die aussahen, als hätten Paparazzi sie geschossen.

»Erkennst du den Mann?«

»Roddish? Ja.«

»Keine Zweifel?«

»So wenig, wie man aufgrund von Fotos haben kann.«

»Seine ehemaligen Kollegen waren sich nicht so sicher.«

»Ich bin mir sicher.«

»Du kennst ihn ja vermutlich am besten.« Sebastian hatte seine Stimme hundertprozentig unter Kontrolle.

»Dazu kann ich nichts sagen.« Ich dachte gar nicht daran, in diese Falle zu gehen.

»Hm.«

»Wo sind die Fotos aufgenommen?«

»Dazu kann ich nichts sagen.«

»Wer hat sie gemacht?«

»Kollegen im europäischen Ausland. Sie waren nicht hinter ihm her, sondern hinter einem anderen Typ. Heiratsschwindler. Roddish haben sie erst identifiziert, als er schon abgereist war. Aber jetzt haben wir eine Spur, und er weiß nicht, dass wir ihm folgen.«

»›Folgen‹ ist etwas übertrieben, oder?« Ich weiß nicht mehr, wieso ich ihn in seiner Siegessicherheit bremsen wollte. »Kann ich jetzt gehen? Ich hab viel zu tun.«

Sebastian antwortete nicht, sondern tippte noch einmal auf der Tastatur herum, ging dann nach draußen und kehrte kurz darauf mit einem Blatt Papier, das noch druckerwarm war, zurück. Ich unterschrieb meine Aussage, in der ich bestätigte, dass es sich meiner Meinung nach auf den Fotografien um den mir als »John Roddish« bekannten Mann handelte. Blablabla. Sebastian brachte mich zur Tür und hielt mir zum Abschied die Hand hin. Ich sah ihn überrascht an. Ich verstand erst, als ich bemerkte, dass Möller und zwei weitere Kollegen uns beobachteten, und tat ihm den Gefallen. Als würden wir uns kaum kennen, schüttelten wir uns kurz und kräftig die Hände. Ich hab seine Hände immer am wenigsten an ihm gemocht, aber ihn anzufassen mochte ich immer noch. Es war zum Kotzen.

Hab ich schon gesagt, dass ich den Frühling hasse? Hab ich schon immer. Aber dieser ist besonders schlimm. Dieses ganze »frische« Grün und die »zarten« Blättchen und die Blüherei und die Leute, die an jeder Narzisse stehen bleiben und so tun, als habe ihr Leben plötzlich einen Sinn. Dabei könnten sie genauso gut daran verzweifeln, dass die alberne Blume auf ihrer Verkehrsinsel oder in ihrem schäbigen Vorgarten von Hunden angepinkelt wird, dass sie platt getrampelt wird, ein paar Tage später verwelkt ist oder ausgerissen in einer Vase vergammelt und dann mitsamt ihrem stinkenden Blumenwasser weggeschüttet wird.

»Gott, du hast ja ’ne Superlaune.« Tina saß mit ihrer neuen, riesigen Sonnenbrille auf der Nase, ein Seidentuch um den Kopf gewickelt wie Grace Kelly, die nackten Füße auf dem Armaturenbrett neben mir in Eugens Taxi und strahlte mich an. Wir waren auf dem Weg in die Uckermark, die Sonne schien, und aus den Lautsprechern schallte »Dreams« von Fleetwood Mac.

ZWEI

Wir fuhren quer durch Berlin und dann nach Norden aus der Stadt. Tina sang lauthals jeden Song ihrer verrückten Playlist mit, die durch ein Jahrhundert Musikgeschichte und einmal um den Globus reichte. Ich versuchte, sie zu ignorieren. Wirklich. Aber nach etwa einer Stunde schaltete ich die Musik aus.

»Hey!«

»Wir müssen noch besprechen, wie wir vorgehen.«

»Mir ist nach Impro! Lass uns doch abwarten, wie die Leute ticken.«

»Auf keinen Fall! Ich hab uns beide zum ›Erstgespräch‹, zu ›Meditation in Bewegung‹, ›Kennenlernen in der Gruppe‹ und dem obligatorischen gemeinsamen Abendessen angemeldet. Wir hören uns um, finden raus, ob Gabowski letzte Woche da war, und im besten Fall, wo er jetzt ist, und verschwinden wieder.«

»Du bist so eine Spaßbremse, Isa!«

Ich konnte nicht widersprechen.

»Nur, damit du es weißt, das ist nicht ›besprechen‹, das ist ›bestimmen‹!«

»Was?«

»Dir ist ganz egal, was ich will.«

»Wohl kaum, sonst hätte ich dich nicht mitgenommen.«

Wir schwiegen eine Weile. Was ich gut fand und Tina sichtlich schwerfiel.

»Kann ich mir wenigstens aussuchen, wer ich bin?«

Ich hatte unter dem Mädchennamen meiner Mutter gebucht. Schwartz. Das tat ich häufig, der Name führte nicht zu mir und war doch irgendwie keine Lüge. Denn Lügen sind zu anstrengend. Tina hat mir mal unterstellt, mir fehle die Fantasie zum Lügen. Dabei will ich einfach nicht mitspielen. Ich will beobachten. Und ich glaube, ich könnte mir die ganzen Details, Namen und Storys irgendwann nicht mehr merken. Zumal sie ja alle Konsequenzen haben, weiterwachsen, sich irgendwann begegnen und kampfbereit gegenüberstehen. Ich bleibe eher in der Nähe der Wahrheit.

»Komm schon, Isa. Ich hab da eine echt interessante Rolle im Sinn.«

Tina schob sich die Sonnenbrille in die Haare, sah mich mit großen Augen in einem leicht schief gelegten Kopf an und klimperte völlig übertrieben mit den Wimpern. Ich beneidete sie in diesem Moment, daran kann ich mich gut erinnern. Für die völlige Hingabe, für die Freude, mit der sie sich die Idee von einem anderen Menschen anzog wie eines ihrer Seidenkleider.

Viel weiter kam ich nicht mit meinen Gedanken, denn das Navi wies mich an, von der Landstraße, die uns schon eine ganze Weile durch ein zur Hälfte verlassenes und zur anderen Hälfte von Berliner Stadtflüchtigen saniertes Dorf nach dem anderen geführt hatte, rechts abzufahren und einer Kopfsteinpflasterstraße zu folgen. Sie war von alten Eichen gesäumt, die sich alle ein wenig windschief nach Osten neigten. Das helle Grün der frischen Blättchen und die Sonnenstrahlen, die durch sie hindurchschienen, ließen Tina theatralisch aufseufzen. Sie fasste sich dabei sogar ans Herz und warf den Kopf in den Nacken. Ich atmete so langsam und so tief ein, wie es ging, und zählte eine ganze Weile stumm vor mich hin, um nicht laut zu fluchen. Und da verstand ich: Ich war nicht genervt, frustriert oder schlecht gelaunt. Es war, als bestünde ich in meinem

Inneren aus Wut. Weißer, brodelnder Wut. Als mir das klar wurde, war ich fast erleichtert. Ich war nicht einfach nur eine Zicke geworden. Auch wenn ich das nicht leugnen konnte. Es war, als sei in mir ein chemischer Prozess abgelaufen, der mich verändert zurückgelassen hatte. Und gerade als hinter einer leichten Kurve zwischen den Frühlingsbäumen inmitten frisch gepflügter Felder und unter strahlend blauem Himmel der »Sonnenhof« auftauchte, begriff ich, dass Charles schuld daran war. Er und sein absurdes, unnötiges, verdammtes Sterben in einer verfluchten Höhle in Schottland vor fünfzehn Jahren waren schuld an allem, was mir mein Leben und mich selbst so unmöglich machte.

Jetzt fluchte ich doch. Und zwar so laut und unvermittelt, dass Tina erschrocken zu mir herumfuhr. Sie sah mich an, sagte aber nichts, und ich wüsste gerne, ob das daran lag, dass sie sich nicht traute oder dass sie zu wissen glaubte, warum ich geflucht hatte, und damit natürlich falschlag. Ich hatte niemandem erzählt, was ich über Karls Vater herausgefunden hatte.

Ich schwor mir, alles daranzusetzen, Charles zu vergessen, oder besser noch die Tatsache zu vergessen, dass er tot war. Schließlich bestand der einzige Unterschied zu meinem bisherigen Leben in ein paar schwarzen Zeichen auf einem Bildschirm. Ich hatte Charles seit Vancouver nicht mehr gesehen, und das hatte mich vor dem Zeitungsartikel ja auch nicht gestört, oder? Wieso sollte sich irgendetwas daran geändert haben? Ich wollte meinen Frieden zurück. Und aus irgendeinem Grund schien es, kurz bevor wir die Auffahrt erreichten, der Kies unter unseren Reifen knirschte und Tina quietschte: »Uuuuh, hübsch!«, als bestehe zwischen dem Finden von Michael Gabowski und dem Sterben von Charles ein Zusammenhang. Ich kann es nicht besser beschreiben. Es war, als sei beides wie durch einen Tunnel miteinander verbunden, und wenn ich Michaels Verschwinden rückgängig machen konnte, dann könnte Charles auch irgendwo wieder lebendig sein. Ich machte einen Deal mit etwas in mir oder etwas, das viel größer war: Ich fand Gabowski, und Charles würde leben. Oder so hoffte ich zumindest. Beschwor ich, betete ich, obwohl ich nicht wusste, zu wem oder was.

Mechanisch parkte ich neben etwa zehn Autos mit Berliner Kennzeichen, die unter einer Reihe blühender Kirschbäume standen.

Der Hof und seine Umgebung sahen aus, als seien sie für ein Lifestyle-Magazin zurechtgemacht. Der hellgelbe Putz bröckelte an manchen Stellen pittoresk und gab den Blick auf hundert Jahre alte Ziegelsteine preis. Die Rahmen und Läden der Fenster waren weiß gestrichen, viele standen offen. Zwischen dem Haupthaus und einer riesigen Backsteinscheune mit funkelnagelneuem Tonziegeldach ging es in den Innenhof. Der war voller blühender Sträucher, überall wuchsen Frühlingsblumen, in der Mitte eines Rasenstücks plätscherte ein Springbrunnen, und daneben befand sich eine große gepflasterte Fläche, auf der Tische und Stühle standen. Tina und ich wurden von etwa einem Dutzend Männer und Frauen zwischen Anfang zwanzig und locker Ende siebzig mit freundlichen Blicken empfangen. Sie standen in lockeren Grüppchen zusammen. Es dauerte eine Weile, bis ich mir alle so genau angeguckt hatte, dass ich ausschließen konnte, dass Michael Gabowski unter ihnen war.

»Ich bin übrigens die Jenny. Schau und staune«, flüsterte Tina, und bevor ich sie aufhalten konnte, war sie bereits zu dem ersten Gespann, vier Frauen in ihren späten Vierzigern, hinübergegangen und stellte sich vor. »Jenny« war betont forsch und beharrlich. Sie kam ihren Gesprächspartnern einen Tick zu nah und sprach sehr schnell und laut. Ich musste zugeben, dass Tina wirklich gut war in ihrem Job. Innerhalb von nur ein paar Schritten hatte sie sich in ein anderes Wesen verwandelt. Ihre

Haltung war aufrechter und eckiger, ihre Bewegungen weniger fließend. Sie war weniger zugänglich und sogar weniger hübsch.

Tina hat schon immer am liebsten unsympathische Figuren gespielt. »Es gibt nichts Besseres, Isa. Es ist wie Magie. Nicht für die Rolle, die hat ja tausend Probleme. Aber innen drinnen bin ich vollkommen frei, wenn niemand mich mögen muss. Es ist so großartig …«, sie hatte innegehalten, um nach dem richtigen Wort zu suchen, und mich dann angestrahlt: »… verboten, als Frau unsympathisch, unfreundlich, rücksichtslos oder so zu sein.« Ich erinnere mich noch gut an den Abend in unserer Küche. Karl war noch ganz klein gewesen. Tina hatte die Hauptrolle in dem neuen Stück einer jungen Autorin bekommen, das, wie sich später herausstellte, nie aufgeführt werden sollte, weil sich alle Beteiligten zerstritten und das Geld nicht reichte. Aber an diesem Abend war Tina glücklich gewesen. Sie hatte so von der Frau, die sie verkörperte, geschwärmt, weil die einfach so war, wie sie sich fühlte, nichts erklärte, sich nahm, was sie wollte, und über Leichen ging, wenn sich ihr jemand in den Weg stellte.

»Aber ob das Leute sehen wollen?«, hatte ich, einen Drink mit Schirmchen in der Hand, den Tina für mich gemixt hatte, gefragt.

»Du meinst, weil es nicht ein Mann ist, der genau dasselbe macht und den dann alle cool und sexy finden?« Tina hatte sich in Kampfposition begeben, doch ich hatte die Hände gehoben und beschwichtigt.

»Ich habe doch gar nicht gesagt, dass ICH das nicht sehen will. Ich frage mich nur, ob der Rest der Welt schon bereit ist für Tina 2.0.«

»Scheiß auf die Welt. Die muss eben sehen, wie sie damit klarkommt, dass die Zeiten sich ändern.«

Darauf hatten wir angestoßen.

Im Herzen eines kitschig schönen Vierseithofes in der Uckermark mehr als zehn Jahre, »Black Lives Matter« und #MeToo später war ich so damit beschäftigt, die Verwandlung von Tina in Jenny zu beobachten, dass ich nicht bemerkte, wie Lukas Meister in blauem Leinenoutfit auf mich zukam.

DREI

»Willkommen! Was für eine Überraschung. Du warst doch gestern in Friedenau.« Nichts an seinem Verhalten ließ darauf schließen, dass er misstrauisch war. Tatsächlich wirkte er viel weniger aufgesetzt und dafür aufrichtig freundlich, als er mir die Hand reichte.

»Hallo.«

»Wie kommst du hierher? Hat Michael von uns erzählt?«

Auch wenn es sich nicht anfühlte wie eine Falle, so war ich doch vorsichtig. Falls Meister mit Michael in Kontakt stand, würde eine Lüge sofort auffliegen, also wich ich aus.

»Ich hab gesehen, dass du gestern deine Karte verteilt hast, und da …« Ich ließ mein Schulterzucken die Aussage beenden, und Lukas hakte nicht nach. Stattdessen lächelte er mich an.

»Lukas Meister. Ich freu mich, dass du zu uns gefunden hast.«

»Isa Schwartz. Danke schön. Und das ist meine Freundin Jenny.«

Ich winkte »Jenny« heran, die eine der Frauen, mit denen sie sich unterhielt, mittlerweile von ihrem Stuhl vertrieben und ein Gespräch über Yoga-Stile an sich gerissen hatte. Dabei fuhr sie den anderen ins Wort, stand dann mitten im Satz auf und ließ ihre neuen Bekannten stehen.

Die Vorstellung der beiden war kurz, und ich musste mich abwenden, um nicht zu starren. »Jenny« lobte zwar den Hof beziehungsweise den ersten Eindruck, den sie von ihm hatte, monierte dann aber, dass es keinen Pool, sondern nur einen Badeteich gab, der zu dieser Jahreszeit natürlich noch nicht sehr einladend war. Sie forderte makrobiotisches Essen statt nur veganem und fragte, welche Füllung die Bettdecken und -kissen hatten. Lukas Meister blieb ruhig und souverän, aber sein Lächeln wich einer ausdruckslosen Miene.

Bis Karola Meister durch die große Doppeltür des Haupthauses trat. Sein Gesicht hellte sich derart auf, dass es fast albern war. Comic-Herzchen in den Augen wären angemessen gewesen. Es war, als sei in ihm ein Schalter umgelegt worden. Dabei machte seine Ehefrau auf den ersten Blick nicht viel her. Sie war älter als ihr Mann, wenn auch vermutlich nur ein paar Jahre. Sie hatte dunkle, mittellange Haare wie ich, die sie aber offen trug. Sie war kurvig und etwa einen Meter fünfundsechzig groß, trug ein wadenlanges Leinenkleid und eine Strickjacke darüber. Beides in Grüntönen, die, wie sich herausstellte, als sie nahe genug gekommen war, sehr gut zu ihren unglaublichen Augen passten. Die waren so hellgrün, dass sie kalt und stechend wirkten. Vielleicht auch, weil sich durch den Sonnenschein ihre Pupillen zu winzigen schwarzen Punkten zusammengezogen hatten.

Ich erinnere mich an den Moment, in dem sich unsere Blicke trafen. Ich habe so etwas noch nie erlebt und war absolut nicht darauf vorbereitet. Ich habe mich gefühlt, als sei ein Scheinwerfer auf mich gerichtet, nur auf mich und vielleicht sogar in mich hinein. Ich kam mir so gesehen vor, so nackt und schutzlos, dass ich meinen Blick senken musste.

Deshalb verpasste ich auch den ersten Kontakt von Karola Meister und »Jenny«. Tina hat mir später erzählt, es sei ein Armdrücken gewesen. Nur ohne Arme. Zuerst hat sie das auf die Tatsache zurückgeführt, dass sie so dicht neben Lukas stand. Sie ist es gewohnt, dass Ehefrauen, Freundinnen oder Möchtegern-Partnerinnen eifersüchtig auf sie reagieren. Ein Problem, das ich selten habe. Ich weiß nicht, ob das daran liegt, dass ich nicht

»gefährlich« genug aussehe oder dass ich immer Abstand halte – zu allen. Tina hat dann jedenfalls verstanden, dass es nicht um Eifersucht, sondern um Dominanz ging, wie sie es bezeichnete. Das fand sie fantastisch, denn für ihre Rolle konnte sie den Kampf annehmen, dem sie sonst immer ausgewichen wäre. (»Es sei denn, ich hätte den Mann wirklich toll gefunden, natürlich.«) So standen sich die beiden Frauen wortlos gegenüber, als ich mich von meiner Erschütterung wieder erholt hatte: die blonde Schönheit mit manikürten Händen und blutrot bemalten Lippen und die rundliche Frau in Birkenstocksandalen mit Erde unter den Fingernägeln.

Ohne ihren Blick von »Jenny« abzuwenden, sagte Karola Meister schließlich: »Willkommen! Ich freue mich auf unsere gemeinsamen Tage. Sie werden uns allen helfen zu wachsen.«

Auch wenn ich beeindruckt davon war, wie überzeugt sie klang – ich kann nicht beschreiben, wie viel Widerstand gegen diese Aussage, diese Behauptung sich in mir regte. Wer will schon wachsen? Ich weiß, dass das alle behaupten. Aber mal im Ernst: Wer will schon wachsen? Wenn doch gar nicht klar ist, wohin, wozu und mit welchen Konsequenzen. Ist man nicht einfach mal erwachsen, ausgewachsen? Was soll das überhaupt heißen? Wer oder was wächst? Das Ego? Das Bewusstsein? Das Herz? Ich konnte mit diesen ganzen Konzepten nichts anfangen. Vielleicht hatte sie mir auch noch nie jemand richtig erklärt. Vielleicht sind sie in den meisten Fällen aber auch ein bloßes Pfeifen im Walde auf dem Weg durch die Willkür des Lebens. Plattitüden, die sich gut auf Instagram machen.

»Jan wird euch eure Zimmer zeigen. Eure Termine für unser Gespräch habt ihr per Mail bekommen. Wir treffen uns am Brunnen.« Auf ein Kopfnicken von Karola hin löste sich ein Mann Anfang, Mitte zwanzig aus dem Schatten eines blühenden Strauches ganz in der Nähe und kam auf uns zu. Er hat mich erschreckt, denn ich hatte ihn tatsächlich nicht bemerkt.

Ohne ein Wort nahm er »Jenny« und mir die Taschen ab und ging voraus in die Scheune. Als wir durch das große Tor traten, dauerte es einen Moment, bis sich meine Augen an die Dunkelheit gewöhnt hatten. Dann erkannte ich, dass der ehemals offene Innenraum in mehrere Schlafräume umgewandelt worden war. Auf der rechten und der linken Seite des Tors befanden sich jeweils vier davon, von denen immer zwei zum Innenhof hin lagen, zwei nach draußen orientiert waren; und das Gleiche wiederholte sich noch einmal auf dem ehemaligen Heuboden, der über eine schöne Holztreppe zu erreichen war. Einige der Türen standen offen und gaben den Blick auf schlichte Zimmer mit Einzelbett, Tisch, Stuhl und einem Spind aus Metall frei. Auf jedem Tisch stand eine Vase mit einem einzelnen blühenden Kirschbaumzweig. »Jennys« und mein Zimmer lagen so weit auseinander, wie es in dem Gebäude überhaupt möglich war. Meines war rechts unten das letzte, ihres befand sich links oben mit Blick auf die Felder. Was sie natürlich zum Anlass nahm, sich bei Jan zu beschweren. Der zuckte jedoch nur bedauernd mit den Schultern. Ich wusste, dass Tina es nicht dabei belassen würde, denn es ging ihr vermutlich darum, ihre Rolle in Auseinandersetzung mit einem schüchternen jungen Mann auszuprobieren, der seinen Rücken nicht gerade und keinen Blickkontakt halten konnte. Also quälte sie ihn noch ein bisschen mit Fragen und Anforderungen, auf die er nicht antwortete, während ich mich in meinem Raum einrichtete. Das bedeutete vor allem, die Tür zu schließen, mich hinzusetzen und die momentane Stille zu genießen. Die Aussicht, den Rest des Tages inmitten einer Menschenmenge zu verbringen, aber auch ein Einzelgespräch mit Karola (dreißig Minuten!) aushalten zu müssen, lag wie eine dunkle Wolkenwand vor mir. Also schloss ich meine Augen und wartete darauf, dass sie sich verzog oder meine Weckerfunktion mich zwang, mich ihr zu stellen.

Eine Viertelstunde später nahm ich mitten im Innenhof auf einem unbequemen Stuhl Platz. Ich saß mit dem Rücken zur Scheune und den Menschen, die geschäftig von einem Gebäude ins andere wechselten. Einem Lageplan nach, den ich in der Scheune entdeckt hatte, befanden sich im Hauptgebäude Büro- und Privaträume, im ehemaligen Stall waren Behandlungsräume und ein Saal untergebracht und im ehemaligen Schlachthaus Küche, Speiseraum und weitere Privaträume. Ich fühlte mich wie auf einem Präsentierteller. Karola hingegen saß mir über einen Bistrotisch hinweg gegenüber, ihr Rücken geschützt von einem rosa blühenden Liebesbaum, wie Tina ihn nennt, obwohl ich ihn von meiner Mutter unter dem Namen Judasbaum kenne, und sah mich an. Der Brunnen war zu laut. Die erste Minute saßen wir uns schweigend gegenüber. Ich fühlte mich gedrängt und fragte mich, ob das meinen Klienten auch so ging. Denn wenn sie zu mir kommen, lass ich sie auch erst einmal reden. Ungeleitet und ununterbrochen. Und ich folge ihnen, wohin ihre Ängste und Sehnsüchte sie führen. Nach gefühlt einer weiteren Minute war ich mir sicher, dass ich nicht so schob. Ich muss zugeben, dass ich zufrieden war, als sie zuerst sprach.

»Isa, was führt dich zu uns?«

»Das kann ich nicht sagen.«

»Kannst du oder willst du noch nicht?«

Ich musste lachen.

Sie lachte mit, aber zögernd und nicht echt.

»Lukas hat erwähnt, dass er dich aus der Trauergruppe in Friedenau kennt.«

»Ja.«

Wieder Schweigen.

»Du bist hier willkommen, mit allem, was du mitbringst. Vielleicht kannst du einiges hierlassen und leichter in dein Leben in Berlin zurückkehren.«

Ich habe selbst gemerkt, wie sich meine Arme wie von allein vor der Brust zusammenschoben. Karola Meister natürlich auch.

»Wir werden sehen. Unser Retreat ist modular aufgebaut, das bedeutet, dass wir deinem Weg folgen können. Vielleicht möchtest du morgen an der Meditationswanderung teilnehmen oder lieber eine Klangtherapiesession machen. Vielleicht eine Lomi-Lomi-Massage oder Theta Healing ausprobieren. Hör auf dich und erlaub dir, dich treiben zu lassen. Hier und jetzt ist Zeit und Raum für Heilung. Wenn du Fragen hast, wende dich an Lukas.«

Ich dankte ihr und stand auf. Ich war mir sicher, dass sie mir nachsah. Ich konnte ihren Blick spüren.

»Jenny« nutzte im Gegensatz zu mir ihre dreißig Minuten voll aus. Was auch immer sie Karola gegenüber als ihr Anliegen präsentierte, es hielt beide gefesselt, bis Lukas mit der nächsten Teilnehmerin im Schlepptau zu ihnen ging und sie unterbrach. Tina war sehr zufrieden mit sich und ihrer Rollenarbeit. Ich hatte dafür keinen Kopf. Ich wollte mich auf dem Gelände umsehen und mit den Angestellten sprechen, die vielleicht bereit waren, mir zu sagen, ob sie etwas über Michael Gabowski wussten. Es war leicht, die Mitarbeiter von den Teilnehmern zu unterscheiden. Sie trugen entweder Kleider oder Hose und Hemd aus Leinen in einem leuchtenden Blaugrün, das aus der Mischung von Karolas grüner und Lukas' blauer Kleidung entstanden sein könnte.

Doch alle, die ich sah, und es waren insgesamt mehr als ein Dutzend, schienen sehr mit den Gästen beschäftigt oder huschten so schnell über den Hof und in die Gebäude, dass schwer an sie heranzukommen war. Zumindest, wenn es sich zufällig anfühlen sollte, und das war mein Plan.

VIER

Ich war gereizt, als Lukas und Karola nach einem Gongschlag, der aus überall auf dem Anwesen verteilten Lautsprechern geklungen hatte, die Teilnehmer am Brunnen zusammenriefen. Nach einer kurzen Willkommensansprache von Lukas sollten wir »zum Ankommen« in die gemeinsame »Meditation in Bewegung« starten. Sie entpuppte sich als Spaziergang um das Gelände, das aus etlichen Hektar Weideland für eine Herde Schafe mit jeder Menge Lämmern und einer in voller Blüte stehenden Apfelplantage bestand. Die Anweisung lautete, zu schweigen, auftauchende Gedanken wahrzunehmen und sie weiterziehen zu lassen. Spätestens, wenn Lukas, der voranging, einen kleinen Gong schlug, sollte man zum Wahrnehmen des »Hier und Jetzt« zurückkehren. Ich war sicher, dass mir das ohne dämliches Gebimmel, theatralisches Geseufze und schleppendes Getapse der Menschen um mich herum sehr viel besser gelungen wäre. Ich wollte mich zurückfallen lassen, aber Karola, die die Gruppe abschloss, direkt im Rücken zu haben, fühlte sich nicht gut an, und sie ließ nicht zu, dass ich hinter ihr lief.

Ich versuchte, mich darauf zu konzentrieren, meine Gedanken zu ordnen. Ich wurde noch wütender, weil es mir nicht gelang. Weil ich es überhaupt versuchen musste. Nur ein paar Wochen zuvor hätte ich einfach gewartet, bis sie sich von ganz alleine sortiert hatten. Das ging nicht mehr. In meinem Kopf stauten sich Bilder, Gedanken, Erinnerungen und ja, womöglich Gefühle, obwohl ich immer noch nicht weiß, ob die dahin gehören. Ich bereute, hergekommen zu sein. Es hätte sicher effizientere Methoden gegeben, um herauszufinden, dass Gabowski in diesem Moment nicht wie ein Gänseküken einem Gong schlagenden Typen hinterherlief – vielleicht nie hinterhergelaufen war. Tina glaubt, es war kein Zufall, dass ich mich für diesen Weg entschieden habe. Aber Tina glaubt ja auch, dass ihre Haare nur an Tagen nach einem Vollmond geschnitten werden dürfen. Oder genau dann nicht? Ich weiß es nicht mehr.

Ich hatte mal einen Klienten, einen emeritierten Psychiatrieprofessor, der auf der Suche nach seinem jüngeren Bruder war. Er war mit einer Pastorin verheiratet und hat mir zum Dank für meine Arbeit (den mittlerweile an Alzheimer erkrankten Bruder hatte ich in einem Altenheim in Wuppertal gefunden) ein Buch geschenkt, das sie gemeinsam geschrieben hatten. Ich habe es nicht geschafft, es zu lesen; es ging um Glauben, Wissenschaft und psychische Gesundheit. Ich konnte mir noch nie richtig vorstellen, etwas zu akzeptieren, das sich nicht sehen, fühlen, schmecken, riechen oder anfassen lässt, egal, wie kunstvoll es hergeleitet oder ob es in komplizierten Versuchsanordnungen bewiesen worden ist. Ich habe mich höchstens während weingetränkter Gespräche und dann nie weiter als ein paar Sätze tief in die Welt des Glaubens gewagt. Es schien mir ein unnötiges Risiko, festen Boden zu verlassen.

Das ging mir durch den Kopf, während ich als Teil einer Menschengruppe, deren Teil ich nicht sein wollte, über den matschigen Feldweg stolperte. Ich dachte auch darüber nach, wie ich hatte glauben können, auf eine Art, die darüber hinausging, dass sich unsere Gene zu einem Kind vereinigt hatten, mit Charles verbunden zu sein. Das hatte ich wirklich. Ich hatte so oft das Gefühl gehabt, er sei ganz in meiner Nähe, so, als könne ich ihn fast anfassen, fast sehen, und das, obwohl sein Körper längst zerfallen war. Dabei hatte ich ja gedacht, er lebe noch irgendwo, und hatte nicht geahnt, dass nichts mehr von ihm übrig war als die Erinnerung an den jungen Mann, den ich einmal gekannt hatte wie niemanden sonst und dem ich Einsichten in mich gewährt hatte wie niemandem sonst. Lukas' Gong half mir zurück in die Uckermark.

Nach dem Spaziergang traf sich die Gruppe in einem großen, hellen Saal im ehemaligen Stall. Er hatte einen Holzboden und pastellrosa gestrichene Wände, roch nach Leinöl und Räucherstäbchen. Wir mussten uns auf Meditationskissen im Kreis um einen großen Bergkristall in der Mitte des Raumes herum setzen. »Jenny« saß mir gegenüber und schien so in ihrer Rolle aufgegangen, dass sie mich gar nicht beachtete. Ich war sicher, dass ihr Auftrag – sich nach Gabowski umzusehen und umzuhören – längst ihrer legendären Spielfreude zum Opfer gefallen war. Als wäre das nicht ärgerlich genug, begann Karola, in ihrer Einleitung davon zu sprechen, dass alle Anwesenden ein gemeinsames Thema mitgebracht hätten: Verlust. Mir wurde kalt in der Magengegend. Noch während sie über Suchen und Finden sprach, flossen die ersten Tränen. Einige der Teilnehmer senkten schamvoll den Blick, andere präsentierten ihre glasigen Kuhaugen, als gelte es, einen Preis für sie zu gewinnen. Ich wusste, dass ich nicht schon wieder so einen Auftritt wie in Friedenau hinlegen konnte, ohne zu viel Aufmerksamkeit auf mich zu ziehen, also verbarrikadierte ich mich in meinem Kopf und suchte nach Dingen, über die ich nachdenken konnte. Es traf mich unerwartet hart, als mir nichts einfiel, was meine Laune verbessert hätte. Wo auch immer ich in meinem Leben hinsah, ich fand nichts, worauf oder worüber ich mich freuen konnte. Noch vor ein paar Wochen hätte ich gemeinsame Essen mit Karl und Tina, Taxifahrten mit Eugen und Sex mit Sebastian gehabt, aber an diesem Nachmittag: nichts.

Ich schreckte zusammen, als ich Lukas' Hand auf meiner Schulter spürte. Er hatte mich offenbar schon einmal angesprochen, denn er und alle anderen sahen mich ernst an und schienen auf etwas zu warten.

»Möchtest du teilen, was du dir von deinem Aufenthalt hier erhoffst?«

»Hoffnung hab ich mir abgewöhnt.« Der Satz war draußen, bevor er sich aufhalten ließ, und ich konnte ihm kein schiefes Grinsen mehr mitgeben und keinen ironischen Unterton. Er füllte den Raum wie eine Rauchgranate. Ich schwieg in die betroffenen Gesichter und habe vergessen, was Karola gesagt hat, um dem nächsten Teilnehmer den Weg zu ebnen. »Jenny« versuchte, Blickkontakt aufzunehmen, aber ich verweigerte mich und suchte in meinem Kopf nach angenehmen Erinnerungen oder nach Ideen und Vorstellungen für die Zukunft. Doch auch da: Fehlanzeige. Also versuchte ich lediglich, nicht zu schreien oder wegzulaufen.

Die Vorstellungsrunde endete mit »Jenny«, die den angeblichen Unfalltod ihrer Mutter vor zwei Jahren nicht verarbeiten konnte. Was sie in einer von Tinas besten Vorstellungen zum Ausdruck brachte. Ich wollte raus. Doch Karola hatte andere Pläne. Ich muss zugeben, dass sie durch meine Wut und mein Unwohlsein hindurchdrang. Mit diesem Scheinwerferblick, der mich immer wieder streifte.

»Khalil Gibran sagt: ›Das Leben ist schwächer als der Tod, und der Tod ist schwächer als die Liebe!‹« Sie ließ eine lange Pause. Und sie hielt sie meisterhaft, das musste ich ihr lassen. »Ich lade euch jetzt zu einer Reise ein. An einen Ort, an dem alles, was ihr verloren zu haben glaubt, weiterlebt, wächst und größer und stärker ist, als ihr es erinnert. Nichts ist je verloren. Ihr müsst nur wissen, wo es zu finden ist …«

Und dann hat sie noch einiges mehr gesagt, mit einer Stimme, die ruhig und bestimmt war, ganz klar und irgendwie warm. Aber nichts davon konnte ich hören. Stattdessen sah ich mich selbst als kleines Mädchen, wie ich mir unter dem Esstisch, verborgen hinter der Tischdecke, die Ohren zuhielt und mir selbst ein Gutenachtlied vorsummte. Ich war wieder das kleine Mädchen, das zwar die Hand seiner Mutter auf seinem Unterarm bemerkt, aber nicht spüren kann. Das ungeduldig aus seinem Versteck gezogen wird und nicht aufhört zu summen, auch als seine Mutter seine Hände festhält und zu schimpfen beginnt. Das kleine Mädchen kneift einfach die Augen zu, summt einfach lauter, selbst als die Stimme der Mutter bedrohlicher wird. Ich sah mich als Teenie im Regen auf der Fensterbank meines Zimmers im vierten Stock sitzen. Ich summte nicht mehr selbst, ich trug Kopfhörer, und der Regen lief mir über das Gesicht. Wusch die Wimperntusche in schwarzen Tränen ab, die ich nicht selbst weinen konnte. Ich hielt eine Zigarette in der Hand, die schon längst durchgeweicht war, und konnte meine Finger doch noch nicht von ihr lösen, damit sie endlich fallen konnte, durch den Regen, auf den Asphalt, vielleicht auf einen der Regenschirme der Passanten, die tief unter mir vorbeihasteten. Ich habe nichts gehört, weder die Stimmen vor meiner Zimmertür noch die in meinen Kopfhörern. Ich habe ganz flach geatmet, weil es nicht anders ging, und gewartet, bis der Wunsch, weiterzuleben, und die Kraft dazu wieder etwas – und wenn auch nur ein klitzekleines etwas – stärker war als der Sog, der Sumpf, das Was-eben-war.

FÜNF

Auch diese Stunde in einem Kreis von Menschen, die ich nicht kannte, ging irgendwie vorbei. Genau wie das Abendessen.

Ich hatte kurz davor Tina an ihren Auftrag erinnert und daran, dass ihre Mutter nicht bei einem Autounfall gestorben war, ohne ihr je gesagt zu haben, dass sie sie liebte, sondern quietschlebendig, wenn auch hochneurotisch, in Salzgitter lebte. Als sie fragte, ob ich in Ordnung sei, und mich dabei sogar am Ärmel festhielt, hatte ich mich förmlich losgerissen und sie stehen lassen.

Kaum war der letzte Teller abgeräumt, stand ich auf und verließ den ebenfalls ärgerlich hübsch eingerichteten Speiseraum im ehemaligen Schlachthaus ohne einen Gruß. Ich hatte zwischen einer jungen Frau, die den Tod ihrer Katze betrauerte, und einem Mann Anfang fünfzig, der von seinem Ehepartner verlassen worden war, gesessen. Da ich mich jedem Gesprächsversuch widersetzt hatte, hatten sie sich um mich herum und über mich hinweg darüber unterhalten, ob man in dem Gebäude, in dem nun Leinenvorhänge in Pastellfarben um Kirschblüten in handgetöpferten Blumenvasen flatterten, die Angst und das Leid der getöteten Tiere noch spüren konnte oder nicht. Sie einigten sich darauf, dass das ganze Gelände energetisch gereinigt und ent- oder neu aufgeladen worden sei. Ich spürte weder Leid noch energetische Frische, aber ich spürte ja eh nichts außer meiner Wut, an die ich mich mittlerweile gewöhnt hatte wie an einen chronischen Schmerz. Es erinnerte mich ein bisschen an die Magenschleimhautentzündung, die ich als Teenager einige Monate lang gehabt hatte: So präsent der dumpfe Schmerz in meiner Mitte und die lauernde Übelkeit damals gewesen waren, wenn ich an sie gedacht hatte, so widerstandslos waren sie in den Hintergrund getreten, wenn irgendetwas meine Aufmerksamkeit erfordert hatte.

Im Innenhof des Anwesens war es dunkel und still. Lediglich die Kieswege, die zu den verschiedenen Gebäuden führten, wurden von im Rasen steckenden Solarlampen spärlich beleuchtet. Laut meinen Tischnachbarn war die Tatsache, dass man nicht direkt von einem Gebäude zum anderen konnte, sondern immer an dem leise plätschernden Wasserspiel in der Mitte vorbeimusste, ein Bild dafür, dass man »über seine Mitte« solle. Was auch immer man tue. Ich hatte keine Ahnung, wovon sie sprachen, und war sicher, dass irgendein hoch bezahlter Landschaftsarchitekt es so einfach hübscher gefunden hatte. Ich ging quer über den Rasen, denn ich hatte keine Lust auf das Geknirsche der Steinchen, die alle gleich groß und gleich weiß waren. Es war kein Mensch zu sehen oder zu hören, und doch hatte ich das Gefühl, nicht alleine zu sein. Ich entschied mich dafür, einen Rundgang um den Hof zu machen, obwohl ich nicht wusste, was ich mir davon erwartete.

Ich hatte nicht wirklich damit gerechnet, nach dem Essen in der Uckermark zu bleiben, auch wenn mir klar war, dass Tina sich das wünschte. Ich hatte für uns beide zwar für alle Fälle den »Schnuppertag inkl. einer Übernachtung« gebucht, konnte jetzt aber weder mit Bestimmtheit sagen, dass der weitere Aufenthalt hier Zeitverschwendung war, noch, dass ich mir zusätzliche Erkenntnisse von ihm erwartete. Ich fluchte leise.

Ich verließ das Gehöft über den Weg zwischen ehemaligem Stall und Haupthaus. Kaum lag es hinter mir, war es stockdunkel. Dabei war es noch nicht mal neun. Dichte Wolken verbargen den viel gepriesenen Uckermarker Sternenhimmel. In für mich nicht abschätzbarer Entfernung blitzte das Fernlicht eines Autos auf und verschwand bald wieder. Ich tastete mich über den unebenen Boden zwischen den ersten Apfelbäumen der Plantage hindurch, bis ich an dem von »Jenny« bemängelten Badeteich ankam. Dort setzte ich mich auf einen großen Stein. Entweder hatten sich meine Augen an die Dunkelheit gewöhnt, oder die Wolkendecke war dünner geworden und ließ nun mehr Restlicht durch. Auf jeden Fall erkannte ich nicht nur die glänzende Wasseroberfläche, sondern auch die Seerosenblätter darauf, das Schilf am Ufer und den kleinen Holzsteg, der in den Teich führte. Der Wind in den Bäumen und ein gelegentliches Rascheln im Gestrüpp der Uferböschung waren die einzigen Geräusche, die ich bemerkte. Die Stille um mich herum und der Tumult in mir drin prallten mit voller Wucht aufeinander. Ich begann zu zittern. Ich hatte keine Jacke angezogen, und sobald die Sonne untergegangen war, hatte die feuchte Kälte wieder übernommen, die noch vor ein paar Tagen rund um die Uhr geherrscht hatte. Ich wollte nicht zurück, aber auch nicht weitergehen. Ich wollte nicht herumsitzen, aber ich wollte auch nicht arbeiten. Hätte gar nicht gewusst, wie – das erste Mal, seit ich meinen Job vor sieben Jahren begonnen hatte, wusste ich nicht weiter. Auch wenn mir klar war, dass ich damit vollkommen falschlag, denn es gibt ja immer Wege, Optionen, Möglichkeiten. Immer. Womöglich waren sie bescheuert, unerwünscht, gefährlich, absurd, unmoralisch oder führten in die falsche Richtung, aber es gab sie. Das hatte mich immer beruhigt. Mich ausgemacht. Dieses Wissen. Aber auf einem unbequemen Findling in der nach Gülle stinkenden (und womöglich auch nach Apfelblüten, aber das hab ich nicht bemerkt) Uckermark fühlte ich mich wie in einer Sackgasse, oder schlimmer: wie in einem Sumpf, denn es gab auch kein Zurück mehr und ich konnte mich nicht bewegen.

»Ich liebe diesen Ort.«

Ich hatte Karola nicht bemerkt, bis sie sich neben mir auf dem Stein niederließ. Sie trug ein Windlicht, das so wild flackerte, dass ich sicher war, es würde erlöschen.

Ich antwortete nicht, aber das schien sie nicht zu stören. Zwischen unseren Ellenbogen lagen vielleicht zwanzig Zentimeter. Ich finde das viel, viel zu wenig. Es sei denn, ich stehe in einer vollen U-Bahn oder bin auf einem Konzert. Inmitten dieser Weite war die Nähe mehr als unangenehm, sie war absurd. Obszön.

»Du kannst dich nicht ewig zusammenziehen und gleichzeitig so wütend sein.«

Ich rückte ab, so weit es der Stein zuließ, weigerte mich aber, zu fliehen. Ich wollte mir ihren Kommentar verbitten, doch dann erinnerte ich mich gerade noch rechtzeitig daran, dass ich sie – ihrer Meinung und meiner »Tarnung« nach – genau dafür bezahlt hatte. Für ihre Einmischung, ihre Sicht, ihren Rat, und was sie sonst noch zu bieten hatte. Also schwieg ich.

»Ich kann sehen, wie du kämpfst. In deiner Aura.«

Natürlich.

»Das musst du nicht. Du hast dich dafür entschieden. Du kannst dich auch für etwas anderes entscheiden.«

»Wofür?«

»Für alles, was du willst.«

Ich bin sicher, dass ich geschnaubt habe vor Unwillen und Empörung.

»Ich weiß, dass du mir noch nicht glauben kannst. Aber das wirst du. Ich sehe viel Kraft in dir.« Ihre Stimme passte nicht zu ihren stechenden Augen, die im Zwielicht verborgen lagen. Sie war weich und warm und schien von überallher zu kommen. Zumindest in meiner Erinnerung.

Karola reichte mir das Windlicht, stand auf und trat hinter mich. Bevor sie ging, legte sie mir ihre Hände auf den Rücken, knapp unterhalb der Schulterblätter. Ich zuckte zusammen und ließ es doch geschehen. Ihre Hände waren warm und stark und … ich lehnte mich in sie hinein. Nur kurz und gegen Widerstand, aber ich hab's getan. In diesen Sekunden spürte ich die Wut nicht mehr und auch nicht die Kälte. Nur noch Müdigkeit.

Karola Meister verschwand so lautlos, wie sie gekommen war, und ich blieb sitzen, bis das Teelicht in seinem gläsernen Gefängnis leer gebrannt und die Wut zurückgekehrt war und mich wieder gefüllt hatte. Dann stolperte ich an der Rückseite des Schlachthauses entlang, durch dessen Fenster man den immer noch hell erleuchteten Speisesaal sehen konnte, bis zur Scheune. Ich schrieb Tina eine SMS mit den Worten: »Gewonnen. Wir bleiben bis morgen. Gute Nacht.« Und schaltete mein Handy aus. In dem Bad, das ich mir mit dem Nebenzimmer teilte, duschte ich so lange, bis mir wieder einigermaßen warm war, bevor ich ins Bett ging. Die fremden Gerüche, das Blinken des Feuermelders an der Decke und die Stille hielten mich noch eine ganze Weile wach. Doch irgendwann fiel ich in einen unruhigen Schlaf.

SECHS

Ich schreckte hoch, bevor die Sonne aufgegangen war. Mein Zimmer fühlte sich eng und dunkel an. Ich sprang in meine Klamotten und verließ es, so schnell ich konnte. Mit Blick auf die Uhr wurde mir klar, dass es Frühstück erst in mehr als zwei Stunden geben würde. Es war kurz vor sechs. Ich fluchte und trat aus der Scheune in den menschenleeren Hof. Den Kies vermeidend, ging ich zwischen Scheune und Hauptgebäude hindurch zurück zum Parkplatz. Dort suchte ich die Türablage der Fahrerseite und den Beifahrerfußraum von Eugens Taxi ab und wurde fündig. Nachdem ich ein Paar Wanderschuhe und ein Paar High Heels von Tina beiseitegeschoben hatte, rollte mir die Thermoskanne mit schwarzem Kaffee, die ich vor der Fahrt eingepackt hatte, entgegen. Das extrastarke Gebräu war bitter, sauer und eiskalt, aber das war mir egal. Ich trank direkt aus der Flasche und machte mich auf den Weg.

Ich wäre lieber in Richtung der Bundesstraße, weg von Karola, Bergkristallen und Aura-Gerede gegangen, aber das wäre unprofessionell gewesen, und ich hatte mir vorgenommen, mich zusammenzureißen. Also stapfte ich in einem großen Bogen rechts um die Gebäude herum, zwischen der Schafweide und einem Rapsfeld hindurch, das aber noch einige Wochen von seiner knallgelben Blüte entfernt war. Zum Glück. Quietschgelbe Felder, morgenrosiger Himmel und fluffige weiße Lämmchen auf grünem Grund wären echt zu viel gewesen. Über der Wiese hingen Nebelschwaden. Die Schafe standen eng zusammen und beäugten mich misstrauisch. Ein Bock trabte auf mich zu, drehte dann aber ab, als ich einfach weiterging. Eine Weile eskortierte er mich noch in einigem Abstand, dann kehrte er zu seiner Herde zurück. Zu meiner Rechten, wo die hügeligen Felder nur von einigen Eichen und einer Überlandleitung in weiter Ferne unterbrochen wurden, ging langsam die Sonne auf. Ich beeilte mich, in den Mischwald zu kommen, der am Ende der Weide begann. Im Schatten der ersten Bäume war es kalt, feucht und dunkel. Das fühlte sich besser an. Ich leerte die Thermosflasche und ging auf einem Trampelpfad tiefer in den Wald hinein. In einiger Entfernung war ein Specht zu hören, und im Unterholz vor mir knackte es. Mein Magen zog sich zusammen. Ich hatte am Vorabend mitbekommen, wie sich einige der Teilnehmer über die vielen Wildschweine in der Gegend unterhalten hatten. Plötzlich einer Rotte mitsamt Frischlingen gegenüberzustehen, erschien mir nicht erstrebenswert. Ich bewegte mich von den Geräuschen weg und ging parallel zum Waldrand nach Westen.

Ich vermute, man muss herausfinden, wovor man wegläuft, um zu verstehen, wo man hingeht. Aber so weit war ich noch nicht. Jedenfalls wurde das Knacken lauter und kam näher, und ich fragte mich, ob Wildschweinmütter auch in jemandem, der vor ihnen flüchtet, eine Gefahr für ihre Kinder sehen. Ob sie das überhaupt verstehen oder ob sie einfach grundsätzlich rotsehen, wenn man ihnen zu nahe kommt. Wieso eigentlich rot? Ich sah mich nach etwas um, das ich als Waffe benutzen konnte, und kam mir gleichzeitig albern vor. Im Ernstfall würde mich weder ein Stein noch ein Ast retten.

Ein lautes Krachen, ich fuhr herum und stand nicht den erwarteten Tieren, sondern einem Mann gegenüber. Sein Gesicht konnte ich nicht erkennen. Es war von der Kapuze eines Anoraks verborgen. Er schien genauso überrascht wie ich. Und trotzdem sagten wir beide kein Wort. Ich weiß noch, wie besonders ich das fand. Dass ich wenig sprach, war ja normal. Aber bei anderen erlebe ich es selten, zumal in so einer Situation. Die meisten Menschen würden vermutlich ihrem eigenen Schreck Ausdruck verleihen und eine Verbindung zu ihrem Gegenüber herstellen wollen, die sie beruhigt. Nicht so der Mann mit der Kapuze. Es war, als nahm er mich lediglich als unerwartetes Hindernis wahr, nicht als Mensch. Er korrigierte seine Route nur so weit, dass er gerade eben um mich herumgehen konnte. Als er mit mir auf einer Höhe war, konnte ich die untere Hälfte seines Gesichts erkennen.

»Michael Gabowski?« Meine Stimme war an diesem Tag noch unbenutzt.

Ich glaubte, ein Zucken bemerkt zu haben, dann schüttelte er den Kopf, und seine Schritte wurden definitiv schneller. Ich überlegte einen Moment, dann lief ich ihm nach. Dass er mich ignorierte, mich, falls ich mit meiner Vermutung richtiglag, belog, machte mich wütend. Blödsinn! Ich war schon vorher wütend gewesen. Meine Wut jagte mich förmlich durch das dunkelgrüne Zwielicht. Dass ich ihn nicht herumgerissen habe, ist auch wirklich alles. Stattdessen verstellte ich ihm den Weg.

»Sind Sie Michael Gabowski? Leonie sucht Sie.«

Er ging weiter. Schneller. Ich folgte. Mein Herz raste. Da war Wut, klar, aber auch noch etwas anderes. Aufregung? Angst?

»Mein Name ist Isadora …« Fast hätte ich Winter gesagt, konnte aber gerade noch in Richtung »Schwartz« abbiegen.

Es wurde heller, wir hatten den Waldrand erreicht. Jetzt war ich mir sicher. Hagerer als auf den Bildern, eine andere Brille, aber der Mann, der vor mir flüchtete, war Gabowski! Irgendetwas in mir geschah. Mir wurde schwindelig. Ich fühlte mich, als falle ich. Ich fiel irgendwohin, scheißegal, jedenfalls raus aus der Wut. Ich hatte Gabowski gefunden. Meinen Teil des Deals erfüllt!

Der vermummte Mann hetzte über die Schafweide – direkt auf den »Sonnenhof« zu. Ich ließ ihn laufen.

Als ich einige Minuten später zwischen Schlachthaus und Scheune den Hof wieder betrat, war er nirgendwo zu sehen. Dafür aber »Jenny«. Sie hatte mehr als die Hälfte der Gruppenteilnehmer dazu gebracht, früher aufzustehen und mit ihr auf der Rasenfläche neben dem Wasserspiel Yogaübungen zu machen.

Ich habe Tina oft beim Yoga erlebt. Ihre Bewegungen sind flüssig und mühelos. Natürlich ist es ihr wichtig, die Übungen korrekt auszuführen, aber vor allem geht es ihr, glaube ich, ums Erleben. »Jenny« ist anders. Sie ist ehrgeizig und verspannt und laut in ihren Anweisungen. Sie hätte sich in einer Strafanstalt oder in einem Bootcamp gut gemacht. Als sie mich sah, herrschte sie ihre Schüler an, weiterzumachen, sprang auf und kam auf mich zugerannt.

Sie zog mich beiseite und zischte: »Wo warst du denn? Du hast mal wieder dein Handy ausgeschaltet, oder? Ich hab mir Sorgen gemacht, du blöde Kuh.«

»Ich habe …«

»Leonie hat schon dreimal im Büro auf die Mailbox gesprochen. Das Schaufenster von Gabowskis Laden ist eingeschlagen worden. Es wurde wohl nichts geklaut, aber im Geschäft lag eine tote Katze.«

»Hm, kein Wunder, dass er sich versteckt …«

»Wovon redest du?«

Ich hab sie stehen lassen und bin zurück in mein Zimmer gehastet.

SIEBEN

Leonie Gabowski hatte auch auf meinem Handy angerufen. Viermal. Und eine Voicemail hinterlassen, in der sie aber auch nicht mehr sagte als das, was ich schon von Tina erfahren hatte. Aber eben mit dieser Stimme, die ich schwer erträglich fand. Außerdem hatte ich einige WhatsApps von Karl und von Eugen. Nichts Wichtiges. (»Wo ist das Schachbrett? Eugen gibt mir Unterricht.« »Karl sagt, er darf abends Cola trinken? Ist das so?«) Und eine Audionachricht von Bernd: »Ick bin's. Der Bernd. Dit mit de Fenster waren die Fatzkes in dem BMW, ick bin mir janz sicher. Ick hab die nüsch jesehn oder so, aber ick hab die jehört. Ham jelacht und sind dann mit quietschenden Reifen abjehaun, die Schweine! Ham dem armen Kater eenfach den Hals umjedreht. Der jehört der Elsie von jejenüber. Die is fix und feddich! Sechzehn Jahre alt war der jewesen. Ick kann mir noch dran erinnern, als der so 'n kleenet Fellknäuel war. Der war richtich niedlich jewesen.« Dann folgte eine lange Pause. Ich hörte ein Schlucken, schließlich ein Räuspern, dann sprach er weiter: »Jut, dass der Micha nich da wa. Ick hoffe nur, dass er jesund is. Pass uff dir uff, wa?« Wo früher noch ein Klicken das Ende der Nachricht angezeigt hätte, klang jetzt nur Stille. Mich irritiert das immer wieder. Ich will einen Anfang, eine Mitte und einen Schluss. Ich will wissen, wann ich mich wegdrehen und anderen Dingen oder Menschen zuwenden kann.

Ich habe mal mit Tina darüber gesprochen, als sie zum x-ten Mal etwas mit einem Regisseur angefangen hatte, der sie wieder und wieder belog und betrog. Sie hat damals behauptet, mir falle es so leicht, »Sachen«, Beziehungen und Gespräche zu beenden, weil ich mich nicht tief genug auf sie einlasse. Sodass es auch nicht schmerzt, auf die guten Seiten zu verzichten. Tina sagt solche Dinge häufig, und sie lächelt dabei sanft oder hat sogar Tränen in den Augen, und manchmal schüttelt sie zum Abschluss den Kopf und sagt so was wie: »Ach, Isa.« Oder: »Wart's ab, das ändert sich eines Tages.« Ich lächele dann kopfschüttelnd zurück, schimpfe sie überheblich oder herablassend, und manchmal meine ich das auch so. Doch meistens lass ich sie einfach so sein, wie sie ist, und das sagen, was sie will. Aber frage mich gleichzeitig, wieso sie so viel darüber nachdenkt, wie ich bin oder warum ich tue, was ich tue. Wie sie glauben kann, mich so gut zu kennen. Sie sagt, es macht ihr Spaß, Menschen zu beobachten, sie zu »erfühlen« und in sie hineinzuschlüpfen. Macht ja auch Sinn, sonst wäre sie nicht Schauspielerin geworden. Ich verstehe nur nicht, wie sie dafür so viel Energie und Leidenschaft aufbringen kann. Ich bin schon vollauf damit beschäftigt, mein eigenes Leben auf die Reihe zu kriegen … oder eben nicht.

Nachdem ich mein Handy geholt hatte, ging ich rüber zum Schlachthaus, denn in diese Richtung war Gabowski verschwunden. Die Yogagruppe ignorierte mich. Einschließlich »Jenny«. Der Haupteingang war noch verschlossen, aber durch die geöffneten Fenster konnte ich Geschirrgeklapper hören. Ich ging um das Gebäude herum, und tatsächlich stand auf der Rückseite eine Tür offen. Ich betrat einen schmalen Gang, in dem es nach Müll roch. Dort öffnete ich vorsichtig mehrere Türen, fand aber nur einen begehbaren Kühlschrank, einen Vorratsraum und eine Spülküche. Ich wollte gerade um eine Ecke, als ich Schritte hörte. Ich erwartete keine großen Probleme, auch wenn ich mich eine Stunde vor der Frühstückszeit in einem Haus aufhielt, das für die Gäste noch geschlossen war, wollte aber kein

Aufsehen. Also versteckte ich mich in einem Abstellraum zwischen Staubsauger, Wischmopp und biologischen Putzmitteln. Den Geräuschen nach waren es mehrere Menschen, die den Gang entlang und in die Spülküche gingen. Ihre Schritte waren gleichmäßig und langsam und störten mich. Ich ging mir selbst auf die Nerven mit meiner Reizbarkeit oder besser Gereiztheit. Inzwischen brauchte ich längst keinen Anlass mehr, sondern nur noch ein Ziel für meine Wut.

Ich habe mich in der Vergangenheit das ein oder andere Mal gefragt, wie Menschen lange wütend sein können. Ich meine, monate- und jahrelang. Wut war mir immer als ein äußerst flüchtiges Gefühl vorgekommen. Wie ein hoch entzündliches Gas, vielleicht, das sich entweder verzieht oder mit einem Knall verpufft. Dabei wusste ich natürlich, dass es Menschen gibt, die jeden Tag brennen. Auf viele meiner Klienten trifft das zu. Das sind zum Beispiel Leute, die ihrem verhassten Nachbarn nachweisen wollen, dass der eben doch seinen Müll nicht korrekt trennt oder ihr WLAN gehackt hat. Ex-Partner, die ihren früheren Lebensgefährten wegen Steuerhinterziehung, Unterhaltsbetrug, Unterschlagung oder Falschaussage anzeigen wollen. Sie sitzen mir wöchentlich gegenüber und speien ihre Wut vor sich her wie Flammenwerfer, selbst Jahre nach der Trennung und wegen nichtiger Anlässe, wie nicht geputzter Treppenhäuser oder schlecht gestutzter Rasenkanten. Verstanden habe ich es nie. Bis zu dem Morgen in einer Besenkammer in der Uckermark. Da habe ich begriffen, wie sich Wut so in einem Menschen festsetzen kann, dass sie ihn vollkommen einnimmt. Ausmacht. Was vielleicht wirklich mal ein harmloses Gas gewesen war, hatte sich in mir verdichtet und war inzwischen noch nicht einmal mehr flüssig. Es war jetzt hart und scharfkantig wie Marmor, hatte sich zu etwas gewandelt, das ich fast anfassen konnte. Ich glaube, es hat so lange gedauert, bis mir das klar geworden ist, weil Wut in einem erfolgreichen Leben nicht vorgesehen ist.

Zumindest nicht im Leben einer Frau. Sie darf traurig sein, verzweifelt, erschöpft, womöglich sogar neidisch und missgünstig, aber so richtig, wirklich wütend? Mit all ihrem Gewicht, mit aller Kraft? Männer schon. Immer noch … Dafür haben sie es vermutlich schwerer mit dem Traurigsein. Vielleicht hatte Tina also recht, und es war eine echte Leistung, wenn ein Mann im Alter von Michael Gabowski sich in eine öffentliche Gruppe wagte, auf der in Großbuchstaben »Trauer« stand. Ich habe mich noch nie sehr dafür interessiert, was andere Leute für richtig hielten, was sie erwarteten, aber in dem dunklen, engen Raum, der kaum größer war als ein Sarg und nach Lavendelöl und stockigen Putzlappen roch, wurde mir klar, dass ich nicht wusste, was ich mit der Wut machen sollte. Wohin mit ihr? Ich hätte gerne jemanden gefragt, hatte aber absolut keine Ahnung, wer das hätte sein sollen. Vor der Holztür waren bloß Schritte und … Stille. Da ist mir erst aufgefallen, was in dem Gang fehlte: Stimmen.

Ich wartete noch einen Moment und verließ dann mein Versteck. Ich schlich weiter bis zum Speisesaal. Dort angekommen, spähte ich durch die angelehnte Tür. Die Tische waren zu einer Reihe zusammengeschoben, nur auf einer Seite davon standen auch Stühle. Die Anordnung erinnerte mich an da Vincis »Abendmahl«. In der Mitte der Tafel saßen Karola und Lukas nebeneinander, vor sich drei Becher, aus denen Dampf aufstieg. Sie wandten mir den Rücken zu. Ihnen gegenüber hockte Michael Gabowski auf einem Meditationskissen auf dem Boden. Ich konnte sein Gesicht sehen. Ihm liefen Tränen über die Wangen. Ich verstand nicht richtig, was Karola sagte, aber der Klang ihrer Stimme beruhigte mich und brachte Gabowski mehr und mehr zum Weinen. Ich konnte das Schütteln, das durch seinen Körper lief, fast spüren, dabei war er bestimmt sechs oder sieben Meter von mir entfernt. Er schien sich in Karolas Worte hineinzulehnen wie ich am Vorabend in ihre Hände. Ich fragte mich, ob er sich auch dafür schämte. Karola hatte aufgehört zu sprechen, aber es war, als klinge ihre Stimme nach. Oder irgendwie so, jedenfalls war das Schweigen, das in dem großen Raum herrschte, nicht leer. Ich weiß nicht, wie lange ich so dastand und den knienden Gabowski anstarrte, bevor ich mich abwenden konnte. Ich hatte nicht das Recht, ihn weiter zu beobachten. Mein Auftrag war erfüllt. Ich hatte ihn gefunden. Ich konnte Leonie einen Abschlussbericht und eine Rechnung schicken, und vielleicht, ganz vielleicht, wurde Charles dadurch ja wirklich wieder lebendig. Irgendwo im Hintergrund meiner Welt. Vielleicht würde ich dann wieder schlafen können.

Ich schlich den Weg zurück, den ich gekommen war, ohne einem Menschen zu begegnen. Dabei waren in der Küche und in den anderen Räumen deutliche Arbeitsgeräusche zu hören. Aber immer noch keine Stimmen. Draußen angekommen, ging ich über die Schafweide in Richtung Wald, bis ich ganz sicher außer Hörweite war. Erst dann rief ich Leonie an. Sie meldete sich nach dem zweiten Klingeln. Sie klang ängstlich.

»Frau Winter! Vielen Dank, dass Sie anrufen. Es ist so schrecklich! Ich habe solche Angst um …«

»Ich habe Ihren Onkel gefunden. Er ist hier auf dem ›Sonnenhof‹.«

Schweigen. Es dauerte eine Weile, bis ich verstand, dass sie weinte.

»Danke! Vielen, vielen Dank!«

Ich wusste nicht, was ich antworten sollte. Also sagte ich gar nichts.

»Geht es ihm gut?«

»Das kann ich Ihnen nicht sagen.«

»Ich bin in zwei Stunden da. Ich fahr gleich los.«

»Okay.«

»Würden Sie so lange bleiben? Ich habe Angst, dass er wieder verschwindet.«

»Ich glaube nicht, dass das nötig ist.« *Ich* wollte verschwinden. Ich wollte zurück nach Berlin.

»Bitte. Ich bezahle die Zeit natürlich.«

»Also gut.«

Sie verabschiedete sich hastig. Allerdings nicht, ohne sich noch x-mal bedankt zu haben. Ich fluchte so laut, dass die Schafe zusammenzuckten und der Bock angriffslustig auf mich zurannte.

Bevor es Frühstück gab, trafen sich alle Teilnehmer mit den Meisters am Brunnen. Die Anwesenden sollten sich in einem Kreis aufstellen und ihren Nachbarn die Hände reichen. Tina – eindeutig Tina und nicht »Jenny« – neben mir prustete los.

»Dein Gesicht!«, gluckste sie.

Ich fand das nicht witzig und versuchte, meine Hände in meine Jackentaschen zu retten, aber Tina schnappte sich die linke und drückte sie so fest, dass es wehtat, und die alte Dame auf der anderen Seite angelte sich meine rechte Hand, bevor ich es verhindern konnte. Sie hielt sie so behutsam, dass ich mich kurz fragte, ob wir überhaupt Hautkontakt hatten. Karola sah uns einem nach dem anderen in die Augen, während sie uns einlud zu irgendwas mit Tag und Weite und Klarheit und Liebe und was weiß ich noch. Ich senkte meinen Blick hastig. Dann sollten wir die Augen schließen und irgendwas fühlen. Unsere Füße und unseren Scheitel und unsere Hände. Irgendeine Verbindung zu keine Ahnung, was.

»Luft holen«, flüsterte Tina zwischen ihren eigenen, deutlich fühl- und hörbaren Atemzügen und drückte meine Hand noch stärker. Ich merkte erst da, dass ich tatsächlich zu wenig Sauerstoff bekam, so flach war meine Atmung.

Leonie hat es sogar in weniger als zwei Stunden geschafft. Ich hatte meine Tasche gerade fertig gepackt und zum Auto gebracht, als sie in einem weißen Fiat auf den Parkplatz gefahren kam. Ich glaube, sie wollte mich umarmen, ließ dann aber davon ab, als ich zurückwich. Ich bin nicht weggerannt oder so, hab noch nicht mal einen richtigen Schritt nach hinten gemacht, mich nur ein wenig zurückgelehnt. Ich glaube, ihr war die Situation peinlich. Aber das war ihr Problem. Meines war, »Jenny« zum Aufbruch zu bewegen und endlich diesem gottverdammten Idyll zu entkommen. Ich begleitete Leonie um den Hof herum in die Apfelplantage, wo ich Michael dabei beobachtet hatte, wie er mit einer Wurzelbürste die Stämme der Bäume schrubbte. Die alte Dame, die meine Hand gehalten hatte, hat mir später unaufgefordert erklärt, dass damit verpuppte Apfelwickler-Larven unter der Rinde entfernt wurden. Einen ganz kurzen Augenblick hatte ich Mitleid gehabt mit den Faltern, die nichts ahnend schliefen und dann aus ihrem Versteck herausgerissen wurden. Ob sie aufwachten, bevor sie starben?

Leonie dankte mir noch einmal und stürmte los. Ich blieb in sicherer Entfernung stehen. Als Michael aufschaute und seine Nichte sah, zuckte er zusammen, als durchfahre ihn ein Schmerz. Dann stand er starr und ausdruckslos da, ließ sich unbeholfen umarmen und hielt den Blick gesenkt, während Leonie auf ihn einredete.

Ich drehte mich um und ging davon, um »Jenny« zu suchen. Ich wollte Tina zurück. Aber sie war nirgends zu finden. Erst Lukas konnte mir sagen, dass sie eine Sitzung mit einem Mitarbeiter namens Matthias gebucht hatte. Ein meisterhafter Auraleser und Chakren-Irgendwas. Ich fluchte und ließ ihn stehen. Ich ging wieder zu Eugens Wagen, öffnete alle Türen und setzte mich hinein. Es mag sein, dass ich kurz eingenickt bin, aber als Leonie über den Kiesplatz kam, war ich hellwach. Sie hatte geweint.

»Er redet nicht mit mir.«

ACHT

Ich habe kein Problem damit, Nein zu sagen. Tina behauptet, dass sie mich darum beneidet, aber auch, dass ich dafür eben nicht Ja sagen könne. Wie auch immer, Nein fällt mir normalerweise leicht. Ich finde es klar und eindeutig und etwas, womit ich arbeiten kann. Ich verlasse mich auf die Neins von anderen Menschen, auch wenn ich weiß, dass sie manchmal nicht so unangefochten sind, wie sie behauptet werden. Ich finde, jemandem ein Nein zu geben, ist respektvoll und … praktisch. Was soll ich mich mit »Vielleichts« und »Mal sehens« und »Ich weiß nicht rechts« aufhalten, wenn ich doch eine Entscheidung getroffen habe? Was bringt es mir, wenn ich mich gegen meinen eigenen Willen zu etwas bewegen lasse, nur, weil es irgendjemand anderem passt? Ich habe schließlich die Konsequenzen zu tragen. Ich vermute, diese Haltung wird schwieriger, je mehr Menschen an einem herumzerren und schieben; ein weiterer Grund, wieso ich lieber Abstand halte. Ich mag meine Neins.

Auch deshalb findet Tina, dass ich oder mein Unterbewusstsein oder mein höheres Selbst, oder was sie da sonst für Teile und Instanzen zu kennen glaubt, gar nicht wegwollten vom »Sonnenhof«. Wenn ich daran denke, was ich mir hätte ersparen können, wenn ich abgefahren wäre, weiß ich, dass sie nicht recht haben kann. Eugen sagt an so einer Stelle: »Die Wege des Herren sind unergründlich.« Und dann lächelt er sein ganz eigenes und unwiderstehliches Goldzahnlächeln. Da ich weder an den »Herren« glaube (und er eigentlich auch nicht) noch an ein Ziel, zu dem man auf geheimnisvolle Art und Weise gelockt wird, verdrehe ich dann nur die Augen und gehe weiter.

Leonie Gabowski ließ sich nicht noch einmal vermeiden. Ich war kaum aus dem Wagen gestiegen, da hatte sie sich mir schon um den Hals gewickelt wie eine Würgeschlange. Okay, auch wie ein kleines Kind, das Angst hat und Schmerzen und womöglich übermüdet ist. Sie weinte so lange und so heftig, dass ihre Tränen den Kragen meines Pullovers durchweichten. Als sie wieder sprechen konnte, war ihre Stimme noch kleiner als sonst, zittrig, aber bestimmt.

»Finden Sie heraus, was mit ihm los ist. Ich kenne ihn so gar nicht. Er hat Angst, das sehe ich in seinen Augen! Bitte helfen Sie ihm.«

Ich fragte mich, ob es nicht eher um ihre Angst ging, aber das sagte ich nicht. Stattdessen argumentierte ich dafür, in Berlin Recherchen zum Anschlag auf den Laden anzustellen. Dabei wusste ich, dass das unfair war. Selbst, wenn ich herausfand und auch beweisen konnte, wer die Katze durch das Schaufenster geworfen hatte, so hatten die Täter nicht viel zu befürchten. Sachbeschädigung und Verstoß gegen das Tierschutzgesetz. Ich war sicher, dass das die Typen, die so einen »Gruß« sendeten, nicht davon abhalten würde … Von was? Wenn es um Geld ging, wieso hatten sie nicht zumindest die Vitrinen leer geräumt? Wenn Gabowski Geldprobleme hatte, wieso verkaufte er den Laden nicht? Wieso versteckte er sich auf dem »Sonnenhof«? Wieso hatte er Leonie nichts davon gesagt? War ihm egal, dass sie sich Sorgen machte, oder wollte er sie beschützen?

Leonies Stimme war überraschend scharf: »Ich habe mit der Polizei gesprochen. Sie kümmert sich um den Einbruch. Sie müssen auf Michael aufpassen und herausfinden, was mit ihm los ist!«

»Ich kann hier nichts …«

»Mit Ihnen wird er reden.«

»Wieso sollte er?«

Ich wollte nicht, dass sie recht hatte, wusste aber, dass es so war. Menschen reden mit mir. Oder besser, sie erzählen mir von sich. Das war schon immer so. Vielleicht, weil ich ihnen den Raum lasse. Ich höre zu. Ich lenke nicht ab mit meinen Geschichten. Ich werte nicht. Wie könnte ich? Mir fehlt ja jede Grundlage, jedes Bezugssystem, um ein Urteil abzugeben. Nicht, dass ich das wollen würde. Viel zu anstrengend. All die Widersprüche, die täglichen Veränderungen. Ich habe was anderes zu tun. Vielleicht war das genug. Vielleicht brauchen die Menschen gar keine Ratschläge, keine Versprechen, keine Absolution. Nur einen anderen Menschen, der ihnen gegenübersitzt und nichts von ihnen will.

Leonie hatte recht. Der Auftrag, den ich nie haben wollte, war noch nicht abgeschlossen. Ich fluchte. Laut.

TEIL 4

»Ich liebe mein Leben.«

EINS

Tina sah mich an, als zweifele sie an meinem Verstand. Oder an ihrem.

»Bist du sicher?«

»Ja.«

»Wie lange?«

»Solange es nötig ist.«

Sie sprang vom Bett, auf dem sie gerade noch im Schneidersitz gesessen hatte, und fiel mir um den Hals. Innerhalb von zwölf Stunden hatte ich Körperkontakt mit fünf verschiedenen Menschen gehabt. Das musste ein absoluter Rekord sein. Hab ich erwähnt, dass ich Abstand mag? Ich versuchte, Tinas Arme um meinen Hals zu lösen, aber ich hatte keine Chance. Ich nahm mir vor, mehr Sport zu machen.

»Ich hab gar nicht genug anzuziehen dabei«, beklagte sie sich, als sie schließlich von mir abließ.

Ich ging nicht darauf ein und begann zu erläutern, was ich im Gegenzug für den verlängerten Aufenthalt auf dem »Sonnenhof« von ihr erwartete. Sie musste Termine in Berlin verschieben, Social-Media-Kanäle nach Michael, Leonie und Neumeier durchsuchen und mir den Rücken freihalten, was Karola und Lukas anging. Sie war sofort einverstanden. Ich war mir allerdings nicht ganz sicher, ob sie mir wirklich zugehört hatte. Jedenfalls schien sie sehr damit beschäftigt, ihre bereits gepackte Tasche wieder auszuräumen und verschiedene Kombinationen ihrer Kleidungsstücke auf ihrem Bett auszuprobieren.

»Wie war deine Sitzung?«

Tina sah mich an, als hätte ich ihr noch nie eine Frage gestellt.

»Was ist?«

Sie zögerte einen Moment und berichtete dann ausführlich von ihren Chakren und wie gereinigt und geöffnet sie jetzt waren und wie grundsätzlich anders sie sich fühlte.

Ich habe keine Meinung zu all diesen Ideen, Konzepten, Konstrukten, Weltanschauungen und Glaubensrichtungen. Wie könnte ich? Ich kenne die meisten ja gar nicht, und wenn, dann nur oberflächlich. Also verbiete ich mir, meinen ersten (meist ablehnenden) Impulsen zu folgen, und mache meinen Frieden mit der Tatsache, dass ich eben keine Meinung habe. Früher fiel mir das schwer. Ich wollte alles verstehen und alle umstimmen, wenn ich fand, sie hatten die falsche Auffassung. Und habe mich wiederum mit aller Kraft gewehrt, wenn jemand mir seine Perspektive aufzwingen oder auch nur verkaufen wollte. Jetzt bin ich fünfunddreißig und sehe in meinem Job jeden Tag, wie viel kaputtgehen kann, wenn Menschen ihre Sicht der Welt wichtiger ist als die Menschen, mit denen sie ihr Leben teilen. Ich hatte mal eine Klientin, in deren Auftrag ich herausfinden sollte, ob ihre erwachsene Tochter tatsächlich jeden Sonntag in einer Suppenküche arbeitete, statt zu ihr zum Essen zu kommen. Davon wollte sie abhängig machen, wie sie sie in ihrem Testament bedachte. Sie wusste, dass womöglich dabei herauskommen würde, dass ihre Tochter nicht nur log, indem sie vorgab, jemand zu sein, den ihre denstrenggläubige Mutter gutheißen würde, sondern auch, dass ihre Tochter nicht bei ihr sein wollte. Doch sie verkündete: »Ich habe lieber recht, als glücklich zu sein.« Ich weiß noch, dass ich lachen musste. Die Tochter hat sogar dreimal die Woche in der Küche ausgeholfen. Das hab ich aber nicht in den Bericht geschrieben.

Tina war inzwischen dazu übergegangen, von Matthias' schönen Händen zu schwärmen und davon, dass man ihm ansehe, wie sehr er im Reinen mit sich selbst sei. Ich war kurz versucht zu fragen, woran genau man »reine Hände« erkennen könne, ließ es aber, als sie weitererzählte, dass er auf dem Hof wohne, wie auch die anderen Mitarbeiter, und wie sehr sie ihn darum beneide. Die Vorstellung, dass Tina dauerhaft auf dem Land wohnte, war so absurd, dass ich den Kopf schüttelte. Keine Cafés, keine Secondhandshops, keine Kinos und Theater und nur ein begrenztes Publikum – ich gab ihr eine Woche. Mit Lover im Schlepptau vielleicht zwei.

»Wie läuft es mit Tobias?« Normalerweise warte ich ab, bis Tina mich mit einem, deutlich zu detaillierten, Bericht überfällt.

Irgendetwas in ihrem Gesicht veränderte sich. Sie starrte einen Moment auf ihre Hände, und ich fragte mich, was sie dort wohl sah.

»Ich liebe ihn.« Den Satz hatte ich aus ihrem Mund schon so oft gehört, dass ich ihn ihr mittlerweile verboten habe. Was sie natürlich ignoriert. Ich habe einmal versucht, ihr zu erklären, dass wir unterschiedliche Definitionen von Liebe haben, woraufhin sie mich einen Snob geschimpft und mir abgesprochen hat, überhaupt zu wissen, was Liebe ist. Dieses Mal klang ihr Lieblingssatz aber anders. Dunkler, langsamer, ich kann es nicht anders beschreiben.

»Und?«

»Und er liebt mich. Alles super.«

»Na dann.«

Ich weiß, wann ich nicht weiterkomme. Dass zu drängen dann das Gegenteil von dem bewirkt, was man erreichen will. Ich kann ruhen lassen. »Wie gute Blini«, würde Eugen vermutlich sagen, der seinen Teig insgesamt dreimal und über vier Stunden gehen lässt. »Es lohnt sich, moya malen'kaya.« Und Karl würde ihm sofort recht geben.

Ich suchte Lukas und klärte mit ihm, dass »Jenny« und ich

bis auf Weiteres bleiben und an zwei Modulen pro Tag teilnehmen würden. Das war das Minimum. Ich nickte, so neutral es mir möglich war, während ich versuchte, aus dem Angebotenen eine Wahl zu treffen, die ich irgendwie ertragen konnte. Schließlich klickte ich im Tablet, das Lukas mir lächelnd hinhielt, eine Gruppenmeditation (sechzig Minuten »Schweigen, der Schlüssel zum wahren Ich«) an, um dann entsetzt festzustellen, dass nur noch eine »Loving Touch«-Sitzung bei Lukas, eine Hypnosetherapiestunde mit Karola und eine »Intuitive Massage« (neunzig Minuten) bei Esther frei waren. Ich fühlte mich in der Falle und fluchte in mich hinein, während ich die letzte Möglichkeit auswählte. Tina war begeistert von den ihr verbliebenen Optionen, da bin ich mir sicher, »Jenny« hingegen beschwerte sich natürlich erst einmal, weil sie angeblich lieber auch eine Massage gehabt hätte, aber eigentlich genoss sie es, mit jemandem um die Erfüllung ihrer Wünsche ringen zu können. Ich war wirklich beeindruckt von ihrer Kraft, als Lukas kurz vor Beginn meiner »Session« mit Esther zu mir kam und mich fragte, ob ich vielleicht mit »Jenny« tauschen und stattdessen ihre Sitzung bei ihm übernehmen würde. Ich muss zugeben, dass es mir gefallen hat, Nein zu sagen. Ich war schließlich sauer, weil ich überhaupt zwei dieser verfluchten Termine hatte.

Sich an einem anderen Menschen abzureagieren, ist mir fremd. Normalerweise drehe ich mich um und gehe weg, wenn ich wütend oder gestresst bin und einem anderen Menschen begegne. Kann sein, dass ich mich nicht zeigen will, wenn ich mich und mein Leben nicht im Griff habe, aber ich will vor allem niemanden hineinziehen, niemanden hineinmischen in das, was mich umtreibt. Was in mir ist, gehört mir und geht niemanden etwas an, und ich kann damit machen, was ich will. Ich ignoriere hier, dass ich Tina und Eugen, vielleicht sogar Karl, quasi lachen höre. Jedenfalls war mein Nein zu Lukas klar und hart, und er zog gereizt wieder ab, nicht, ohne vorher noch dreimal betont zu haben, dass es selbstverständlich vollkommen in Ordnung sei, dass ich bei meiner Entscheidung geblieben war. Meine Klienten machen das auch häufig: herausstellen, dass ihnen eine Nachricht nichts ausmacht oder dass sie keine Angst haben oder nicht wütend sind, dass sie es völlig okay finden, wenn ich einen Auftrag ablehne oder ihnen gewisse Informationen (die nichts mit dem Fall zu tun haben, zum Beispiel) vorenthalte. Und doch sagt alles außer ihren Worten das genaue Gegenteil – was für eine Zeit- und Energieverschwendung für alle Beteiligten. Ich sage lieber gar nichts.

ZWEI Esther trug ein blaugrünes, wadenlanges Leinenkleid, hatte weiße Haare, die in ihrem Nacken zu einem Knoten zusammengebunden waren, und begrüßte mich in ihrem Behandlungsraum im ehemaligen Stall mit einer Verbeugung. Sie sah mich mit großen braunen Augen in einem sonnengegerbten Gesicht an, und ich muss es sagen: Ihre Augen lächelten. Ich weiß noch, wie angespannt all meine Muskeln waren und wie viel Beherrschung es mich kostete, mich nicht umzudrehen und wieder zu gehen. Ich hasse Massagen. Vor ein paar Jahren wurden mir einige verschrieben, weil ich eine chronisch verspannte Nackenmuskulatur hatte. Ich war zwei Mal da und hab mich dann nie wieder gemeldet. Und zu meinem dreiunddreißigsten Geburtstag hat Tina mich in ein Luxus-Spa entführt, und es war ihr größter Spaß, mich mit Gold-Facial, Hotstone-Massage und Was-weiß-ich-Pediküre zu quälen. Sie wollte mir auch künstliche Nägel aufquatschen, hat aber davon abgelassen, als ich gedroht habe, sie als Waffe einzusetzen. Mein Problem bei Massagen ist nicht nur der fehlende Abstand, sondern auch das Ungleichgewicht der Macht zwischen den Beteiligten. Einer liegt, ist nackt, dreht dem anderen teilweise den Rücken zu und hat keine Ahnung, was ihn erwartet; der andere steht, ist angezogen, hat Hausrecht und einen Plan davon, was er tut. Ich fühle mich beobachtet und ausgeliefert und schwach. Tina sagt, es geht bei einer Massage überhaupt nur darum, Vertrauen zu haben und sich hinzugeben. Wohin?

Esther erklärte mir, in wie vielen unterschiedlichen Techniken sie ausgebildet war, dass sie intuitiv entscheiden würde, welche davon gerade die geeignetste sei, denn sie könne die Menschen, die zu ihr kämen, lesen. Sie wollte wissen, ob ich Fragen hätte und was mein Anliegen sei, und beobachtete mich aufmerksam, während ich den Kopf schüttelte und mit den Schultern zuckte. Schließlich nickte sie nachdenklich und deutete auf einen Paravent.

Hinter dem zog ich mich bis auf die Unterhose aus, wickelte mich, so gut es ging, in das bereitliegende Handtuch und wartete. Esther wartete auch. Das gefiel mir. Ich spielte mit dem Gedanken, meine gesamten neunzig Minuten hinter einem mit Leinen bespannten Wandschirm in der Zimmerecke zu verbringen.

»Möchtest du es wagen?«

Sosehr ich wusste, dass die Frage eine Aufforderung war, so sehr hatte ich das Gefühl, ich hätte auch Nein sagen können. Ich atmete tief durch und machte meinen Job.

Die Liege war bequem. Auf dem Boden, den ich durch die Gesichtsaussparung sehen konnte, lagen in einer flachen Tonschale ein paar Kristalle, ein Bündel angesengter Salbeiblätter und die offenbar obligatorischen Kirschblüten. Ich vermute, man hätte die Augen schließen sollen, aber das kam für mich nicht infrage. Als würde es im Ernstfall etwas nutzen, hielt ich sie geöffnet und starrte auf die glitzernden Steine unter mir. Bevor Esther mich berührte, schaltete sie Meditationsmusik an, mit allem Drum und Dran – Klangschalen, Regengeräuschen und Synthesizern –, und begann, in einem merkwürdigen Singsang zu murmeln. Ich kann eigentlich gut ignorieren oder besser: mich weg von Dingen, die mich stören, hin zu welchen, die mir gefallen, denken. Oder zumindest einen weiten Bogen machen um die ungewollten. In den letzten Wochen hatte sich das geändert. Als hätte ich die Kontrolle über meine Gedanken verloren, stürzten sie sich automatisch auf alles, was nervte, schmerzte oder eben wütend machte. Ich weiß natürlich, dass man seine Gedanken ohnehin nur begrenzt steuern kann, aber ich war bisher zufrieden gewesen mit meinen Fähigkeiten. Nun lag ich fast nackt auf einem malvenfarbenen Frotteelaken und konnte nicht anders, als der wirklich furchtbaren Musik zu folgen. Das änderte sich erst, als Esther an die Liege herantrat und mir ihre Hände auf Kopf und mittleren Rücken legte. Sie waren schwer und warm und voller Öl. Das roch nach Lavendel, Kamille und noch etwas, das ich nicht kannte. Es erinnerte mich an Schokolade. Esthers Hände lagen eine ganze Weile nur da. Auf mir, bis ich sie fast vergessen hatte. Ich musste an einen Naturfilm denken, den ich mit Karl gesehen hatte, als er klein war. In dem hatte sich ein Mann einem Wildpferd so ähnlich genähert. Geduldig und vor sich hin summend war er näher gekommen, bis es sich hatte anfassen lassen. Und dann hatte er ihm die eine Hand auf die Nüstern und die andere auf den Rist gelegt und gewartet. Es hatte mich beeindruckt, dass das Tier geblieben war. Seine Anspannung war ihm anzusehen gewesen, und es hätte jederzeit fliehen oder sich wehren können. Aber es stand da, und der Mann stand da, und dann war der Film aus.

Und so blieb ich einfach liegen, als Esthers Hände anfingen, sich zu bewegen. In ruhiger und gleichmäßiger Abfolge, mal stärker, mal so leicht, dass sie kaum spürbar waren, aber immer in einem Rhythmus, den ich kannte. Ich versuchte, mich zu wehren, aber ich war zu müde, um meine Muskeln weiter anzuspannen.

Ich muss eingeschlafen sein, denn das Nächste, was ich merkte, war, dass Esther mich mit einem Badelaken zudeckte, zu murmeln aufhörte und den Raum verließ. Auch die Musik war zu Ende, und so lag ich da in einer Stille, die mich erschreckte. Es war ein bisschen, als wäre ich aus einem Tunnel in eine Welt zurückgekehrt, in der etwas lauerte. Erst, als ich ein paar Vögel vor dem Fenster und mein eigenes Atemgeräusch in meinem Brustkorb fand, beruhigte ich mich wieder.

Als Esther nach einer Viertelstunde zurückkam, war ich voll gekleidet und sah sie trotzig an. Irgendetwas in ihrem Blick forderte mich heraus. Doch statt mich, wie erwartet, mit einer Verbeugung oder einem Lächeln zu entlassen, nahm sie meine Hände in ihre und sah mich an. Ich konnte ihren Gesichtsausdruck nicht deuten, und selbst als ich die Tränen in ihren Augen bemerkte, verstand ich ihn nicht.

Wir verabschiedeten uns mit einem Kopfnicken, denn ich hatte nichts zu sagen und sie anscheinend auch nicht.

Ich wollte in mein Zimmer oder besser nach Hause oder am besten irgendwo in eine Höhle tief unter der Erde. Mit Blick auf die Uhr wurde mir aber klar, dass schon bald die nächste Session anstand. Ich fluchte und hoffte dann, dass eine Meditation, in der es ums Nicht-Sprechen ging, einigermaßen erträglich sein würde. Wobei die Idee, sich in einem Raum mit fremden Menschen mit geschlossenen Augen anzuschweigen, wo man sich doch einfach aus dem Weg gehen konnte, mir in diesem Augenblick ganz besonders bescheuert vorkam.

DREI Ich entschloss mich, die halbe Stunde bis zur nächsten Sitzung zumindest ein bisschen sinnvoll zu nutzen und Michael Gabowski zu suchen. Wieso arbeitete er in der Apfelplantage, anstatt Teil der Gruppe zu sein? War er nicht dafür hergekommen? Warum war er bei keiner der Mahlzeiten aufgetaucht? Hatte er mit den Meisters und den Mitarbeitern gegessen? Was hatte er im Wald gemacht? Wieso war er vor mir weggelaufen? Hatte er gedacht, dass ich etwas mit Neumeier zu tun habe? Lag ich mit meiner Vermutung richtig, dass die Typen im BMW für seinen zwielichtigen Kollegen arbeiteten? Ging es nur um Geld oder um etwas anderes?

Ich war ungeduldig und genervt. Ich hatte einen Haufen Fragen, doch statt den schmierigen Juwelier oder seine Schläger zu beschatten und so einige von ihnen zu beantworten, lief ich Slalom durch eine Gruppe mittelalter Prenzelberger, die unter Lukas' Anleitung Qigong-Übungen machten. Als ich die Gebäude und die Menschen hinter mir gelassen hatte, rief ich mich zur Ordnung. Ich würde einen Weg finden. Das tat ich immer. Ich musste nur die Ruhe bewahren und den Abstand wiederfinden. Dann würde sich alles fügen.

Die Apfelplantage war menschenleer. Sie sah aus wie auf einem Werbeplakat. Die blühenden, gleichförmig gestutzten Bäume standen in Reih und Glied auf dem hellgrünen Rasen, die Schafe daneben machten es nur noch schlimmer. Ich schaltete mein Handy ein und rief Bernd an. Er war eindeutig nicht nüchtern, und ich fragte mich, ob er den Vorfall im Laden dankbar zum Anlass genommen hatte, schon vormittags zu trinken, oder ob er keinen mehr brauchte. Er stolperte zusammenhanglos durch seinen Bericht, der ohnehin nichts Neues enthielt, und verlor sich dann in bitteren Tiraden über die »Verbrecher« im Besonderen und die »Menschen heutzutage« im Allgemeinen. Ich versuchte, mir den jungen Studenten Bernd vorzustellen, der angetreten war, die Welt zu verändern. Keine Chance. Ich verabschiedete mich und schrieb Karl und Eugen Nachrichten, in denen ich erklärte, dass Tina und ich länger in der Uckermark bleiben würden. Beide antworteten innerhalb kürzester Zeit, dass Tina ihnen schon Bescheid gesagt hatte. Natürlich.

Ich drehte um, um auf dem Anwesen weiter nach Gabowski zu suchen und mich mit Tina zu besprechen. Vielleicht hatte sie etwas herausgefunden, das mir weiterhalf. Auf Höhe des Badeteichs entdeckte ich sie. Sie war eindeutig nicht in ihrer Rolle als Jenny. Sie hatte mir den Rücken zugekehrt und telefonierte. Ich war zu weit entfernt, um sie wirklich zu verstehen, aber es war klar, dass sie mit Tobi sprach. Besser gesagt, stritt sie mit ihm.

»Das hab ich nicht gesagt! Ich lass mich nur nicht unter Druck setzen …!« Ihre Stimme war schrill. Sie hörte einen Moment zu, dann zischte sie etwas wie »Vergiss es!« und beendete das Gespräch. Sie sank auf den Stein, auf dem ich am Vorabend mit Karola gesessen hatte, als drohe sie, in Ohnmacht zu fallen, es fehlte nur der theatralisch an die Stirn geführte Handrücken zu einem formvollendeten Auftritt. Ich schlich davon, bevor sie mich bemerkte. Ich würde der dazugehörigen Geschichte eh nicht entkommen können.

Da ich nicht davon ausging, dass Tina sich um die ihr übertragenen Aufgaben kümmern würde, verschob ich die Termine für den kommenden Tag selbst und versuchte, mehr über Michael, Gabriel und Leonie herauszufinden. Ich stieß auf

Gabriels Todesanzeigen, von denen eine sehr knapp gehalten war (»Wir trauern um unseren Bruder und Vater«), die anderen groß und wortreich und im Namen verschiedener Vereine, Vereinigungen und Freundeskreise. Sie bestätigten, was ich schon über die Gabowskis wusste: Michael und Leonie waren verschlossen und menschenscheu, während Gabriel äußerst beliebt und gerne unter Leuten gewesen war. Auch eine erweiterte Suche nach Neumeier und seinem Geschäft ergab nichts Neues. Es ist absolut nichts Besonderes, wenn man in einem Fall nicht weiterkommt. Im Gegenteil. Für eine Spur, die einen weiterbringt, jagt man erst einmal zehn nutzlosen hinterher. Das gehört dazu, macht den Rhythmus meiner Arbeit aus. Früher hatte mich das nie gestört.

Ich stoppte zwischen dem ehemaligen Schlachthaus und der Scheune, in der sich mein Zimmer befand. Auf der gegenüberliegenden Seite des Innenhofs stand die große Tür zum ehemaligen Stall, in dem ich meine Begegnung mit Esther gehabt hatte und in der auch die bevorstehende Meditation stattfinden sollte, offen. Ich hatte noch zehn Minuten und wusste nicht, wohin mit mir. Das war auch neu für mich. Also blieb ich, wo ich war, und zählte die Sekunden.

Ich habe gerne viel zu tun. Ich weiß gerne, was ich wann machen kann oder muss, um ein gewünschtes Ergebnis zu erzielen. Am liebsten den ganzen Tag, jeden Tag. Das kann durchaus sein, stundenlang irgendwo zu stehen oder zu sitzen und zu beobachten. Ich muss nicht in Bewegung sein, nicht etwas produzieren, ich muss nur eine Aufgabe haben. Was ist sonst der Grund, morgens aufzustehen?

VIER Im Flur vor dem Saal fand ich zu meiner Überraschung den gesuchten Michael Gabowski. Er stand im Schatten der Türlaibung eines Wirtschaftsraums und hielt seinen Blick gesenkt. Nach und nach fanden sich fast alle Teilnehmer einschließlich »Jenny«, aber auch einige der blaugrün gekleideten Mitarbeiter ein. Diese waren, genau wie Gabowski und ich, still, während die anderen Gäste lachten und plapperten. Ihre Stimmen vermischten sich zu einer Einheit, die mehr zu sein schien als die Summe der einzelnen Laute. Ich wollte weg.

Karolas Ankunft war fühlbar in jeder Hinsicht. Das Geschnatter verstummte, die Menschen wichen zur Seite, um ihr Platz zu machen, und die quirlige Atmosphäre veränderte sich schlagartig. Die unscheinbare Frau vom Vortag und der abendliche Schatten am Badeteich waren für mich kaum vereinbar mit der Person, die auf uns zukam. Karola Meister war da. Ich kann es nicht anders sagen. Sie schritt fest und doch leicht über den Dielenboden, ihr Gesichtsausdruck war konzentriert, aber nicht ernst, und ich fragte mich tatsächlich, woran sie gerade dachte. Das ist ungewöhnlich für mich. Die Wahrscheinlichkeit, dass man richtigliegt, ist schließlich verschwindend gering, und selbst wenn, ist das ja nur ein erster Schritt, von dem aus man wieder in unendlich viele Richtungen weitergehen kann, nur um vielleicht, ganz vielleicht, einen Moment lang Einblick zu haben in den Kopf eines anderen Menschen. Wozu sollte das gut sein?

Jedenfalls blieb Karola genau vor mir stehen, sah mich mit ihrem Scheinwerferblick an und machte eine einladende Geste mit der Hand, die eleganter war, als ich es von einer so kompakten Frau erwartet hätte, bevor sie sich umdrehte und in den Saal voranschritt. Erst jetzt bemerkte ich Lukas, der die Tür aufgeschlossen hatte und sie auch hinter der Prozession wieder schloss. Wieder fiel mir auf, wie viel weniger sichtbar er schien, wenn seine Ehefrau anwesend war. Als ducke er sich in ihren – für eine so kleine Person übergroßen – Schatten.

Wie am Vortag nahm sich jeder der Anwesenden – ich zuletzt – ein Meditationskissen und setzte sich auf den Boden. Ich landete zwischen Karola und Michael Gabowski. Er schien mich nicht zu bemerken oder wiederzuerkennen. »Jenny« saß mir in dem großen Kreis gegenüber, direkt vor der Tür, neben Lukas. Die Fenster waren ausnahmsweise geschlossen, was ich unangenehm fand. Ich wollte mehr Luft.

Als Karola zu sprechen begann, wurde es still im Raum. Nur ein paar Sekunden, und Hüsteln, Flüstern und Herumgerutsche legten sich. Übrig blieben Karolas Worte. Dabei hatte ich mir vorgenommen, Gabowski zu beobachten.

»Wir sind eins. Unabhängig von Ort und Zeit. Egal, ob wir dieses Leben oder ein anderes leben. Ein früheres oder ein folgendes. Wir sind alle miteinander verbunden. Doch das können wir nur wissen, wirklich wissen, wenn wir unser wahres, einzigartiges Selbst kennen. Wir sind nicht unsere Gedanken, nicht unsere Gefühle. Wir sind die, die denken, die fühlen, die erkennen können, dass wir unendlich sind und ewig und vollkommen. Hier ist der Raum. Jetzt ist die Zeit. Folgt mir …«

Ich höre ihre Stimme immer noch. Ich erinnere mich an jedes Wort und weiß doch, dass es nicht darum ging, was Karola sagte, denn ich hatte das alles schon x-Mal gehört, als Postkarte von Tina geschenkt bekommen, war über Bücher mit ähnlichen Titeln in unserer Wohnung gestolpert, hatte entnervt CDs und

DVDs mit entsprechenden Meditationsanweisungen ausgeschaltet oder hatte mit Karl darüber gelacht. Nein, es ging darum, wie sie es sagte: mit vollkommener Überzeugung und Ruhe. So, als habe ihr noch nie jemand nicht geglaubt, als habe sie nie etwas anderes über das Leben, die Menschen, die Welt gedacht. So, als widerspreche sie nicht allem, was wir messen können.

Ich bin ihr gefolgt. Bin ihr hinterhergetappt wie alle anderen auch. Ich hatte keine Kraft mehr, mich abzuwenden, wegzuhalten, allein zu sein in meiner Wut. Es war, als würde ich aufhören, zu strampeln und zu paddeln, und einfach untergehen. Ich saß im Schneidersitz und spürte meinen Körper, ich konnte die Menschen um mich herum hören und riechen, und dann sank ich durch lauwarmes Wasser, und sie verschwanden, und übrig blieb ich. Aber nicht so wie sonst, wie schon immer, solange ich denken kann. Nein, in dem Kreis war ich allein, aber nicht abgeschnitten, getrennt durch irgendetwas, das sich wie eine Scheibe aus Panzerglas anfühlte. Und das war okay. Das reichte im Moment. Ich weiß noch, wie ich dasaß und ein Teil von mir sich fragte, was da gerade mit mir passierte, aber der war schwach und wurde leiser und leiser.

»… jetzt atmet ein und sagt, fühlt, wisst: Ich liebe mein Leben.« Mit diesen Worten von Karola tauchte er auf. Ich hätte schwören können, dass er plötzlich vor mir saß. So nah, dass sich unsere Knie fast berührten. Es fühlte sich an, als schmelze mein Brustbein, und plötzlich hatte ich genug Platz – zu atmen, zu sein. Ich kann es nicht anders beschreiben. Ich hätte wütend sein müssen, weil er tot oder weil er vor sechzehn Jahren in Vancouver abgereist war. So wie bisher. All die Jahre hatte ich ihn mit Wut weggeschoben. Nicht mit dem Sturm, den ich fühlte, seit ich von seinem Tod wusste. Aber mit genug Kraft, um ihn auf Abstand zu halten. Ich war so überrascht über diese Erkenntnis, dass ich aus dem Atemrhythmus kam, der mich tiefer und tiefer hatte gleiten lassen. Ich hatte bis dahin gedacht, ich sei wütend auf mich, weil ich ihn aus Feigheit hatte gehen lassen. Er hatte gewollt, dass ich ihn aufhalte. Das hatte mir ein Bekannter von ihm in dem Hostel nach seiner Abreise verraten. Ich sei so schwer zu lesen gewesen und so unverbindlich. Da habe er sich nicht anders zu helfen gewusst. Ich hatte mir eingeredet, dass es so das Beste sei. Dass ich mich nicht verliebt hatte, und wenn, dann, dass das ja vorbeigehen würde. Ich war neunzehn. Da wartet die nächste große Liebe an der nächsten Ecke, oder nicht? Aber ich war ihn nicht losgeworden, er war nicht verschwunden aus meinem Kopf. Woche um Woche, Flirt um Flirt vergingen auf meiner Reise durch Kanada, aber am Ende, kurz vor dem Einschlafen und direkt nach dem Aufwachen, war da nur einer. Der schlaksige Schotte mit den zerzausten braunen Locken und dem Grübchen in der linken Wange. Er sah mich aus großen blauen Augen an, als sei ich das Tollste, was er je gesehen hatte. Das hatte ich nicht glauben können. Also habe ich ihn abhauen lassen. Eigentlich hab ich ihn weggeschoben, oder vielleicht bin ich selbst verschwunden. Geflohen vor diesem Blick, den zu enttäuschen ich nicht ertragen hätte. Aber er war abgereist. Hatte nicht noch mal nachgefragt, nicht gebeten, nicht gefleht. Also war ich ihm nicht wichtig genug gewesen, oder? Er hatte sich für seinen Stolz entschieden und gegen mich. Das habe ich ihm vorgeworfen, und ein paar Monate später, als Karl auf die Welt kam, habe ich ihn nicht gesucht, ich hätte ihn finden können. Ich hab täglich seine Abwesenheit beobachtet und ihn dafür gehasst.

Das alles macht keinen Sinn und war doch mit Karolas Worten, mit Charles Erscheinen plötzlich da und wahr, und die Widersprüche interessierten mich nicht, denn an dem Nachmittag in der Uckermark fast sechzehn Jahre nach unserem Abschied, Wochen, nachdem ich erfahren hatte, dass er fast genauso lange tot war, begriff ich noch etwas anderes. Plötzlich war alles klar, so, als sei ich wieder aufgestiegen durch das Wasser, dem ich mich erst kurz zuvor ergeben hatte. Durch Algen und Schlamm durchbrach ich die Wasseroberfläche, und da war sie, die Wahrheit: Er war auf dem Weg zu mir gewesen! Er hatte es geschafft, ein Gastsemester in Berlin zu bekommen, so, wie er es sich ausgemalt hatte, damit wir uns wiedersehen konnten. Die Höhlenexpedition, die ihn das Leben gekostet hatte, war die letzte Veranstaltung gewesen, bevor er umziehen wollte. Das hatte in dem Zeitungsartikel gestanden, durch den ich von seinem Tod erfahren hatte. Doch aus irgendeinem Grund war das Entscheidende bisher nicht bei mir angekommen: Er wollte zu mir. Aber jetzt, ich rang nach Luft, jetzt wusste ich: Charles hatte mich geliebt und ich ihn, und es hatte nicht gereicht. Es war nicht genug gewesen. Ich hatte es versaut. Mein ganzes Leben. Ich hatte nur einmal geliebt und Charles auch, aber er war tot, und ich musste leben.

Ich schluchzte so sehr, dass ich keine Luft mehr bekam. Und ich kann mich heute nicht daran erinnern, was von alldem ich gedacht und was ich laut ausgesprochen habe. Ich spürte Karolas Hände. Sie zogen mich in eine Umarmung, die nach Sägemehl und Lavendel roch, und hielten mich wie ein kleines Kind. Aus der Sicherheit ihrer Arme heraus tastete ich nach Charles, aber er war verschwunden.

FÜNF

Das Licht ging an, und dreißig Teenager stoben quiekend auseinander. Bevor ich begriffen hatte, was geschehen war, hatte mein Vater mich schon am Arm von der Couch gezogen. Die Tanzfläche des Partykellers hatte sich schlagartig geleert, und so standen nur wir beide in der Mitte des Raums.

»Ins Auto. Sofort!« Seine Stimme bebte vor Wut und roch nach Alkohol.

»Nein.« Ich hatte Angst, und ich war wütend, und ich hatte keine andere Wahl, als stehen zu bleiben und zu widersprechen.

»Jetzt!« Er sah mich gar nicht an. Er sah durch mich hindurch zur Tür.

»Nein.«

Seine flache Hand war so schnell, dass ich sie nicht kommen sah, oder ich hatte so wenig mit ihr gerechnet. Mein Kopf wurde herumgerissen, ich verlor das Gleichgewicht und taumelte zwei Schritte nach hinten. Ich stolperte über einen meiner Klassenkameraden und fiel zu Boden. Einen Moment herrschte entsetzte Stille.

»Ich warte im Wagen. Hol deine Sachen und wasch dir das Zeug aus dem Gesicht.« Ich fragte mich, ob er die Schminke oder die Tränen meinte. Denn obwohl ich es mit aller, wirklich aller Kraft verhindern wollte, hatte ich begonnen zu weinen. Erst tonlos, dann kam ein Schluchzen dazu. Ohnmächtige Wut drückte mir die Kehle zu. Und dann bemerkte ich meine Mitschüler, meine Schulfreunde – alle starrten mich an. Auf dem Boden mir gegenüber, von der grellen Neonröhre, die mein Vater angeschaltet hatte, natürlich überstrahlt, wechselte eine verstaubte Lichtorgel ihre Farben: Rot, Gelb, Grün, Blau, Rot, Gelb, Grün, Blau. Ich hab mich gezwungen, langsam aufzustehen, langsam meinen Rucksack aus der Ecke zu nehmen, meine Jacke, und dann bin ich meinem Vater langsam die Kellertreppe hinaufgefolgt. Ich habe mich so geschämt, dass ich niemanden ansehen und kein Wort sagen konnte.

Ich konnte so nicht in die Schule zurück. Also bin ich morgens aus dem Haus und habe dann im Park gewartet, bis die Museen aufgemacht haben. Dann habe ich den Rest des Tages die Werke berühmter Bildhauer von allen Seiten betrachtet und mir geschworen, dass meine eines Tages danebenstehen würden. Stumm und würdevoll und kalt. Als ich nach drei Tagen aufgeflogen bin, weil die Schule zu Hause angerufen hat, haben meine Eltern nur mit den Schultern gezuckt. Der Streit zwischen den beiden, der den Auftritt meines Vaters verursacht hatte, war schon längst vergessen und von mindestens einem neuen überlagert worden. Soweit ich weiß, war mein Vater wütend gewesen, dass meine Mutter mir erlaubt hatte, auf den vierzehnten Geburtstag meiner Freundin Sarah zu gehen, und er nicht gefragt worden war. Vermutlich hatten sie sich über irgendetwas in die Haare bekommen, wie immer, und er wollte ein Exempel statuieren, wie er es nannte. Ihr seine Macht demonstrieren. Ich habe ihn dafür gehasst, sie auch, weil sie nicht einmal gesehen hat, dass meine Lippe blutete, sondern sich gleich auf ihn gestürzt hat, um weiterzuringen und zu schreien bis in die Nacht. Ich hab mich nie wieder so geschämt.

Bis ich mich aus Karolas erdiger Umarmung strampelte und in die Runde sah. Mein erster Blick fiel auf Michael Gabowski, der mich durch seine dicken Brillengläser hindurch ansah. Seine unnatürlich vergrößerten Augen sagten irgendetwas, das ich nicht verstehen wollte. Ich stand auf. Langsam. Ich ging durch den Raum, durch die Blicke, durch die Stille. Langsam. Vorbei an Tina/Jenny, die nach meiner Hand griff, aber ich ging einfach weiter aus dem Saal, durch den Flur, aus dem Stall, über den Hof, an den Gebäuden vorbei und über die Weide in Richtung Wald. Jetzt, da mich niemand mehr sah außer ein paar verwirrten Schafen, wurde ich schneller, bis ich rannte.

Tina holte mich ein, bevor ich den Waldrand erreicht hatte, und riss mich an der Schulter herum.

»Wieso hast du nichts gesagt?«

Ich konnte und wollte nicht antworten. Schon hatte die Scham über meinen Kontrollverlust vor einem Haufen nach Räucherstäbchen riechender Fremder den Schock und den Schmerz über Charles' Tod, über unsere verlorene Chance, über die Liebe, die ich auf einmal fühlen konnte, verschüttet.

Tinas Hände krallten sich in meine Schultern.

»Isa, ich hab dich tausendmal gefragt, was mit dir los ist!«

Ich konnte mich nicht bewegen, aber ich konnte ihr auch nicht in die Augen sehen.

»Lass mich los!« Meine Stimme war gepresst.

Sie zuckte zusammen, als habe sie einen elektrischen Schlag bekommen, gab aber nicht nach.

»Ernsthaft? Seit wann weißt du, dass er tot ist? Was ist passiert?«

Ich wendete den Kopf zur Seite und sah aus den Augenwinkeln, dass sich Tinas Augen mit Tränen füllten. Ich konnte nicht mit ihr reden. Nicht verhandeln, ob man vergebene Chancen oder verstorbene Menschen im Nachhinein schönt, überhöht und damit lügt, oder ob mit dem Abstand all die Nichtigkeiten, Eitel- und Dummheiten, die einen gestört haben, sich einfach auflösen und damit die Wahrheit ans Licht kommt. Ich würde ihr nie erklären können, dass ich Charles nicht verklärte, nicht angehimmelt hatte, sondern verstanden, gekannt, geliebt – ich wusste, wer er war, gewesen war, und nichts davon würde sie mir glauben.

»Alles klar, Isa. Mach doch, was du willst! Spiel die Coole, bis du irgendwann ganz alleine bist! Ist es das, was du willst? Du bist …«

»Tu nicht so, als würdest du mir alles erzählen! Was ist? Hat Tobi dich abserviert, oder ist er dir schon langweilig geworden?«

Tina starrte mich wutfunkelnd an.

»Halt Tobi da raus!«

»Damit du dich weiter so aufspielen kannst? Ich schulde dir gar nichts!«

»Okay, heul dich einfach bei Wildfremden aus, denen du scheißegal bist. Aber nee, die bezahlst du ja dafür! Aber du bist denen scheißegal!«

»Das hast du schon gesagt!«, zischte ich unbeherrscht.

»Dann sag ich's jetzt noch mal! Scheißegal! So, wie dir alle scheißegal sind! Alle, außer Charles, richtig? Was ist mit Karl? Wie …«

»Es geht dir einen Scheiß um mich oder um Karl! Du bist doch nur beleidigt, weil ich dir nicht erlaube, mein Leben zu einer von deinen Seifenopern zu machen!«

Tina stieß mich von sich und sah mich an, als hätte ich sie geohrfeigt. Einen Moment standen wir uns schwer atmend gegenüber. Dann drehte sie sich um und stolperte über die Weide zurück zum »Sonnenhof«.

Als ich eine Stunde später aus dem Wald zurückkam, war sie abgereist.

SECHS

Ich ging in mein Zimmer. Es war stickig, doch ich brachte es nicht über mich, das Fenster zum Hof zu öffnen. Ich ließ mich auf das schmale Bett sinken und starrte an die Decke, zählte die Risse im Putz und versuchte, in den Schatten, die die Zweige vor dem Fenster warfen, Formen zu erkennen oder Sinn.

Noch auf dem Weg hierher hatten mich zwei der Teilnehmerinnen abgefangen. Zu meiner Erleichterung hatten sie nichts von mir wissen, sondern mir aufgeregt berichten wollen, dass »Jenny« mit tränenüberströmtem Gesicht in ein Taxi gestiegen sei, ohne sich zu verabschieden. Beide Frauen waren sich einig gewesen, dass sie ganz und gar verändert gewirkt hatte. Ich hatte nur genickt und sie alle, einschließlich Tina, zurückgelassen, als ich die Tür hinter mir zugezogen hatte. Sie besaß kein Schloss, was mir am Vorabend gar nicht aufgefallen war. Vielleicht, weil ich es gewohnt bin, dass mir sowieso keiner zu nahe kommt. Ich vergesse auch in unserer Wohnung in Kreuzberg oft, nachts abzuschließen. Was mir Tina und Karl immer wieder vorwerfen.

Als ich nun auf dem Bett lag, wünschte ich mir eine abschließbare Tür. Ich fragte mich sogar, ob es rechtens sei, einen nicht zu sichernden Raum zu vermieten. Dann kehrten meine Gedanken zurück zu den Schatten an der Decke und wanderten von dort zu Charles. Ich konnte ihn riechen neben mir. Das Zimmer, das wir uns in einem schäbigen Hostel in

Vancouver geteilt hatten, war ähnlich sparsam möbliert und auch nicht größer gewesen. Es hatte statt des schmalen Einzelbetts ein Twin-Size-Bed gehabt, das sich zu meiner Überraschung aber auch als nicht mal einen Meter breit entpuppt hatte. Charles hatte das »nicht gestört«. Sein Grinsen werde ich nie vergessen. Wahrscheinlich auch, weil Karl genau das gleiche hat. Den Kopf etwas schief gelegt, die Augenbrauen zusammengezogen, das Grübchen in der linken Wange. Ich habe in den fast sechzehn Jahren, seit ich Charles zum ersten Mal begegnet bin – mitten auf der Lynn-Canyon-Hängebrücke außerhalb von Vancouver –, so oft an ihn gedacht, wie ich es mir erlaubt habe; oder besser: Ich habe über ihn nachgedacht. Ich habe mich an ihn erinnert; oder besser: an mich, wie ich damals war und wie ich mich mit ihm gefühlt habe. Das neunzehnjährige Mädchen konnte ich jetzt nicht mehr finden. Es war, als hätte es sich aufgelöst, sei verblasst, wie das alte Polaroid-Foto von mir als Kind, das an einer Pinnwand im Flur unserer Wohnung hängt – nur noch eine unruhige Ansammlung von vergilbten Pastelltönen. Aber ich fand Charles. Den unbekümmerten zwanzigjährigen Jungen von der Brücke, den verwegenen Forscher, der er hatte werden wollen, den gelassenen Mann mittleren Alters und auch das lachende Kind und den weise lächelnden Greis. Alle zusammen und jeder Einzelne war Charles Timothy Miller, und er, sie, waren so nah, als seien sie nur durch eine Glasscheibe – schon wieder eine Glasscheibe – von mir getrennt. Das war unmöglich, und ich konnte es dennoch so klar fühlen, dass es unleugbar war. Mein Kopf wollte, dass ich aufspringe und Michael Gabowskis Geheimnis lüfte, damit ich so schnell wie möglich in mein altes Leben zurückkehren konnte, aber ein anderer Teil von mir wollte einfach nur diese Glasscheibe sprengen.

Vom inneren Tauziehen gelähmt, lag ich da und atmete.

Irgendwann hörte ich weit entfernt ein Klopfen. Es war ruhig und doch deutlich, sodass es mich nicht überraschte, als meine

Tür kurz darauf geöffnet wurde, obwohl ich nicht geantwortet hatte. Und ich war auch nicht überrascht, dass es Karola war, die hereinkam. Ohne jedes Zögern setzte sie sich auf den Bettrand, so, als sei sie eine Freundin oder eine Mutter. Sie legte mir die Hand auf die Stirn, als prüfe sie, ob ich Fieber habe, und ließ sie dann dort liegen. Sie summte ein Gutenachtlied, dabei war es erst später Nachmittag, und ich lauschte ihrer Stimme und dem Knacken der Holzbalken in der Wand neben mir. Ich weiß noch, dass ich mich schämen, Karola wegschieben, aufstehen und alles wieder im Griff haben wollte, aber ich konnte nichts tun gegen den Wunsch, Halt zu haben, während mir klarer und klarer wurde, wie sehr ich hätte lieben können.

»Wie sehr du lieben kannst.« Karolas Stimme war leise und ruhig, als spreche sie mit einem verängstigten Kind. Aber wieso? Hatte ich tatsächlich ausgesprochen, was ich jetzt kaum noch denken kann? Oder hatte sie mich gelesen? Gedeutet, was sie erfahren und wie sie mich erlebt hatte? Auch das war mir dann irgendwann egal. Ich ergab mich, schloss die Augen und fühlte, wie die Glasscheibe schmolz.

SIEBEN

Als ich aufwachte, saß Karola auf dem Stuhl neben meinem Bett. Sie hatte die Augen geschlossen, ihre Hände lagen nach oben geöffnet auf ihren Oberschenkeln. Sie saß aufrecht, aber ihr Gesichtsausdruck war entspannt, vielleicht war da sogar ein Lächeln, aber das konnte ich im Schein der kleinen Leselampe auf dem Tisch nicht richtig erkennen. Fast fühlte ich mich wie in einem Krankenzimmer, aber ohne die körperlichen Schmerzen. Ich fragte mich, wie sie ihren womöglich stundenlangen Aufenthalt hier abrechnen wollte, zumal er ja nicht abgesprochen war. Erst dann wunderte ich mich darüber, dass es mir nicht unangenehm war, sie in solcher Nähe zu haben.

Als ich keine Erklärung dafür fand, begann ich, mich innerlich zusammenzusuchen, so, als sei ich im Schlaf oder in den Stunden davor in viele Teile zerfallen.

»Fühle alles, was da ist. Du bist damit nicht allein«, sagte Karola, ohne die Augen zu öffnen.

Ich verstehe immer noch nicht, wieso ich das ertragen habe, wo sich mir doch sonst bei solchen Sprüchen – egal, ob von Tina oder einem ihrer »Gurus« – der Magen umdreht. Dabei kann ich nie sagen, ob es der Inhalt der Worte ist oder der Tonfall oder die Idee dahinter, dass irgendein Mensch einem anderen sagen kann, was er tun, denken oder fühlen soll, die mich so in den Widerstand drängen. Als Karl ungefähr drei war, ist ihm einmal im Park sein Eis runtergefallen. Eine alte Dame hat sich zu ihm heruntergebeugt und – bestimmt freundlich gemeint – gesagt: »Sei nicht traurig!« Karl hat mit großen, tränenglänzenden Kinderaugen zu ihr hochgeguckt und geantwortet: »Ich mach, was ich will.« Ich war so stolz.

Ich tastete nach meinem Handy. Es war kurz nach elf. Ich hatte keine Ahnung, was ich jetzt tun sollte, also richtete ich mich auf und rutschte vom Bett. Mir war kalt, und mein Nacken war steif, und ich wollte mich bewegen. Karola machte keine Anstalten, aufzustehen, aber sie öffnete die Augen.

»Du schaffst das. Die Zeit des Weglaufens ist vorbei.«

Ich schnappte meine Jacke vom Haken an der Wand und drückte die Türklinke. Bevor ich mich stoppen konnte, hatte ich mich umgedreht und »Danke« geflüstert.

Karola sah mir direkt in die Augen und antwortete: »Dafür bin ich hier.« Und ich wusste weder, was sie mit »dafür« noch was sie mit »hier« genau meinte. »Komm mit!«

Obwohl sie nach mir aufstand und hinter mir ging, war ganz klar, dass sie die Richtung vorgab.

Auf dem Gelände war es still. Beschienen von den in den Rasen eingelassenen Leuchtern warfen wir groteske Schatten an die Wände, als wir zwischen den Gebäuden hindurch in Richtung Weide und Wald gingen. Wir schwiegen den ganzen Weg über. Die Schafe hatten sich unter den letzten Apfelbäumen gesammelt und schliefen. Wir hielten genug Abstand, sodass wir sie nicht aufschreckten. Ich dachte an Ava. Sie ist leidenschaftliche Tierschützerin und wäre sicher einverstanden gewesen. Der Gedanke an die erste Freundin meines einzigen Sohnes war so schnell verschwunden, wie er gekommen war. Dafür tauchten Karls Großeltern auf, Charles' Eltern. Ich wusste nicht viel über die beiden. Sie hatten sich scheiden lassen, als Charles ein kleiner Junge gewesen war, und hatten keine weiteren Kinder. Wer waren sie? Wie ging es ihnen? Wie hatten sie sich gefühlt, als sie von Charles' Tod erfahren hatten? Was hatte der Verlust mit ihnen gemacht? Lebten sie überhaupt noch? Wie?

Wir ließen die Weide hinter uns und tasteten uns langsam durch den nachtschwarzen Wald. Wir folgten einem Trampelpfad, den ich am Morgen nicht bemerkt hatte. Karola ging immer noch dicht hinter mir, und ich bin sicher, dass es mir deshalb leichter gefallen ist, ihr zu folgen. Nach einigen Minuten glaubte ich, zwischen den Bäumen ein Licht flackern zu sehen. Bald wurde deutlich, dass wir auf ein Feuer zusteuerten. Wenn ich heute an diesen Tag zurückdenke, komme ich mir trotz meiner Bemühungen, mich zu sammeln, merkwürdig zweigeteilt vor. Ein Teil von mir bewegte sich leicht, sicher und völlig unbeteiligt wie durch ein Computerspiel, während der andere auf eine Art ängstlich, ohnmächtig und wund war, die ich nicht von mir kannte. Vielleicht kannte ich auch nur die reine Form nicht und war eben sonst eine Mischung aus beidem. Wir traten auf eine kleine Lichtung, in deren Mitte in einer großen Metallschale einige Holzscheite brannten. Der erste Teil von mir war sicher, dass das verboten, aber auch, dass es Karola und Lukas egal war. Der andere sah sich misstrauisch um. Am Feuer saß eine Gestalt. Ich konnte ihr Gesicht nicht erkennen, aber ich war mir sofort sicher, dass es Michael Gabowski war. Er bewegte sich nicht. Karola wies mir einen Platz auf einem Holzblock dem Mann gegenüber zu. Sie löste sich einen Moment von mir und kam kurz darauf mit einer Wolldecke zurück. Ich konnte einige Meter entfernt die Umrisse eines Unterstands ausmachen. Karola wickelte mich in die Decke und legte mir die Hand auf den Kopf. Wie schnell sich scheinbar unverrückbare Dinge im Leben verändern können. Kaum vierundzwanzig Stunden zuvor war mir ihre Nähe absurd vorgekommen, und nun war sie beruhigend, tröstlich sogar. Irgendwo in meinem Kopf ging ein Alarmsignal an. Ganz leise und weit entfernt.

Bevor sie ging, sagte sie noch: »Die meisten Menschen, die zu uns kommen, müssen lernen, still zu sein und zuzuhören. Ihr beide müsst anfangen zu sprechen. Aber nicht heute.« Damit verschwand sie und ließ mich mit dem Schatten von einem Mann mitten im Wald zurück.

Wir schwiegen bis zum Morgengrauen.

ACHT

Ich schreckte auf, als ich ein Knacken hinter mir hörte. Im ersten Tageslicht, das es zwischen den Bäumen hindurch geschafft hatte, erkannte ich gerade noch, wie ein junger Rehbock davonsprang.

»Verwegener kleiner Kerl.«

Michael Gabowskis Stimme überraschte mich. Sie war tief und warm, und sie gefiel mir. Wir sahen uns über die Feuerschale hinweg, die mittlerweile nur noch Asche enthielt, an, und auch das war anders, als ich vermutet hätte. Er sah mir direkt in die Augen, kein bisschen der zurückhaltende, verschrobene Mann, der mir beschrieben worden war.

»Menschen und Feuer. Alles in ihm muss ihn gewarnt haben, und trotzdem ist er hergekommen.«

»Vielleicht hat er Schnupfen.« Ich meinte es ernst.

Gabowski lächelte und senkte den Blick wieder auf seine Hände. Ich konnte erkennen, wie geschickt sie waren. Elegant sogar, während er mit präzisen Bewegungen an einem kleinen Stück Holz herumschnitzte. Das Messer sah alt aus, war aber spitz und offenbar sehr scharf.

»Unser Vater war begeisterter Jäger. Er hat uns als Kinder häufig mitgenommen. Meinen Bruder und mich. Ich hab mir immer die Augen zugehalten und gehofft, dass er nicht trifft. Gabriel wollte am liebsten selbst schießen, aber nur Raubwild.« Gabowski schüttelte schmunzelnd den Kopf, während er sprach. »Als er seinen ersten Fuchs erlegt hat, war er so stolz. Zu jedem

Geburtstag und zu jedem Weihnachten hat er sich vergeblich gewünscht, dass unser Vater mit ihm irgendwo in der Welt auf Bären- oder Löwenjagd geht. Nach unserer Lehre waren wir zwei zusammen auf einer Fotosafari in Namibia – da hatte sich seine Schießwut schon etwas gelegt.«

Warum genau ich mitlächeln musste, weiß ich nicht mehr. Vermutlich hat mich eher der schnitzende Michael Gabowski gerührt als die Vorstellung von seinem Bruder.

»Sieben Minuten älter war er. Das war ihm wichtig. Dass es sieben waren, meine ich. ›Sieben ist meine Glückszahl, Micha.‹ Hat er immer gesagt. Deshalb hat er an einem siebten geheiratet, hat die wichtigen Verhandlungen, wann immer es ging, an einem siebten geführt. Einmal hat er einen Händler dazu gebracht, um sieben Uhr morgens in den Laden zu kommen, weil er am Abend nicht konnte …« Mit einem Mal veränderte sich Gabowskis Stimme. Sie verlor ihr Volumen und klang plötzlich flach und bitter. »Er ist sogar an einem siebten gestorben.«

Sein Schmerz hing zwischen uns wie Nebelschwaden. Gabowski wurde unschärfer und verschwand förmlich in seiner Wolldecke.

Wieder knackte es im Unterholz, und diesmal zwang ich mich, still zu sitzen, und suchte nur aus den Augenwinkeln nach dem Verursacher. Doch da war niemand. Ich war enttäuscht.

»Charles, oder?«

Ich hatte seinen Namen also tatsächlich laut ausgesprochen, im großen Saal vor Publikum. Es fühlte sich an, als habe ich ihn, uns verraten, aber gleichzeitig auch, als würde er wieder lebendiger, substanzieller, weil Fremde von ihm wussten.

Ich nickte.

»Karola kann ihn sicher sehen. Sprich mit ihr. Sie kann dir sagen, wo er ist und wie es ihm geht.« Ich schaute ihn an und suchte nach Hinweisen darauf, wie ernst er seine Aussage meinte. Doch er schnitzte in gleichmäßigem Rhythmus weiter, ohne aufzublicken. »Ich hätte nie gedacht, dass ich so was mal sage. Aber es ist wahr. Mit ihrer Hilfe kann ich Gabriel fühlen.«

Sosehr ich mich von dieser Aussage fernhalten wollte, erzeugte sie doch irgendwo in mir ein Echo. Ich konnte Charles fühlen, manchmal sogar riechen, sehen oder anfassen. Dazu brauchte ich keine Karola in ihrem kleinen Reich in der Uckermark. Aber vielleicht brauchte ich eine Zeugin? Ich wischte den Gedanken, so schnell und so heftig ich konnte, beiseite.

Gabowski klappte sein Schnitzmesser zusammen, packte es zu anderen in eine aufrollbare Ledertasche, stand auf und streckte sich. Seine Wolldecke rutschte ihm von den Schultern, doch er fing sie auf, bevor sie den Waldboden berührte. Er deutete auf den Unterstand, und ich tat es ihm gleich. Ich schüttelte meinen Umhang aus und hängte ihn unter dem kleinen Dach an einen Haken.

Gabowski bedeckte die Asche mit Sand aus einem Eimer, den ich bis dahin nicht bemerkt hatte, und deutete auf den Trampelpfad. »Gehen wir nach Hause.« Das klang vollkommen selbstverständlich, und so ging ich mit. Nach ein paar Schritten nahm er meine Hand. Ich ließ es geschehen und dachte an Hänsel und Gretel.

TEIL 5

»Choose happy«

Sticker

EINS

Wir liefen nebeneinander aus dem Wald, über die Weide, die im Morgenlicht kitschig glitzerte, vorbei an den Apfelbäumen und Schafen direkt zum Badeteich. Gabowski ließ meine Hand los, und einen Moment lang fehlte sie mir. Ohne zu zögern und mit fast andächtigen Bewegungen begann er, sich auszuziehen. Sorgfältig faltete er die verschiedenen Lagen an Kleidung und legte sie zusammen mit der Brille, die seine Augen so comichaft vergrößerte, auf einen der großen Steine. Sein Körper war so weiß, dass er in der Dämmerung zu leuchten schien. Er sah merkwürdig alterslos aus. Er war nicht dick, aber auch nicht definiert. Keine auffälligen Narben, Falten oder Tätowierungen. Ich wusste von Leonie, dass ihr Onkel sechsundfünfzig Jahre alt war, aber das hatte am Badeteich keine Bedeutung. Und obwohl Gabowski nur einige Meter von mir entfernt stand, nackt, war das weder unangenehm noch merkwürdig. Tatsächlich konnte ich den Körper sehen, aber nicht fühlen. Er war mehr ein Abbild als ein Objekt, das Raum einnimmt und Masse hat. Ich fragte mich, wie es sich in so einem Körper anfühlte, dass die Wirkung im Außen so schwerelos war. Oder kam er nur mir so vor? Fühlten sich andere Menschen angezogen oder abgestoßen von ihm?

Gabowski sah mir in die Augen und machte einen Schritt ins schwarz glänzende Wasser. Seine Füße verschwanden zwischen den Seerosenblättern, und auf seinen Armen und seinem Hintern entstand sofort eine Gänsehaut. Als er etwa hüfttief im Wasser stand, tauchte er unter. In einer flüssigen und lautlosen Bewegung war er verschwunden und tauchte kurz darauf ebenso wieder auf. Er drehte sich zu mir um, lächelte mir zu und durch mich hindurch. In seinen Wimpern schimmerten Wassertropfen. Erst jetzt und erst aus beträchtlicher Entfernung fiel mir auf, dass sie genauso schön und gebogen waren wie die seiner Nichte. Er schwamm ein paar Züge bis zur Mitte des Teichs, als wolle er mir Platz machen, und ich folgte ihm.

Ich habe kein Problem damit, nackt zu sein. Nicht beim Arzt, nicht unter der Dusche und nicht beim Sex. Mein Körper ist, wie er ist, und das könnte schlimmer sein. Oder besser: Er ist, wie er ist, und wenn ich je über ihn nachdenke, ist das okay. Beim Arzt ziehe ich mich aus ihm zurück, sodass ich Abstand wahren kann zwischen dem fremden Menschen und »mir«, und beim Sex verbarrikadiere ich mich in ihm. Aber nackt in einen zugewachsenen Teich im frühlingsmorgenkalten Brandenburg zu steigen, fühlte sich anders an. Während ich meist von außen auf meinen Körper gucke und manchmal eben aus ihm heraus, war ich plötzlich ganz und gar deckungsgleich mit ihm.

Ich ging langsam, aber ohne zu stoppen. Der Boden unter meinen nackten Füßen war schlammig. So sehr, dass es bei jedem Schritt einen Moment gab, in dem unter der weichen, fast samtigen Masse auch einfach nichts hätte sein können. Dass es sich anfühlte, als könne ich einfach weitersinken, bis ich ganz verschwunden war. Die Konsistenz des Grunds beschäftigte mich mehr als die Kälte des Wassers. Bis ich – wie Gabowski vor mir – bis zur Hüfte drinstand. Auch jetzt tat ich es ihm nach, holte aber im Gegensatz zu ihm sicher deutlich hörbar Luft, hielt sie dann an und tauchte unter. Die Kälte presste meinen Brustkorb zusammen, meine Schläfen schmerzten, als bohrten sich Messer in sie hinein. Wie ein Blitzlicht tauchte die Erinnerung daran auf, wie ich nur ein paar Wochen zuvor in den eisigen Landwehrkanal gestürzt war. Aber dann war alles ruhig. Klar. Überdeutlich sogar. Ich fühlte mich ins Jetzt gezwungen, fühlte jeden Teil von mir, und mein Kopf war ausschließlich damit beschäftigt, wahrzunehmen, was gerade war. Da schien kein Platz für irgendetwas anderes. Ich war sicher keine Minute unter Wasser, es kam mir aber wie eine Ewigkeit vor, oder besser, wie eine andere Zeit. Als ich wieder auftauchte, lag Gabowski auf dem Rücken im Wasser, seine Augen waren geschlossen, und seine Arme und Beine bewegten sich gerade so viel, dass er nicht unterging. Er sah friedlich aus. Ich tauchte noch einmal unter; diesmal zwang ich mich, so lange unten zu bleiben, wie es irgend ging. Dann kletterte ich aus dem Teich. Ich rutschte auf einem Stein aus, konnte mich aber gerade noch abfangen. Ich streifte das Wasser von meiner Haut und stellte mich in die Morgensonne. Sie wärmte ein entscheidendes kleines bisschen.

Nachdem wir uns schweigend angezogen hatten, steuerte Gabowski den Hintereingang des Schlachthauses an. Er stand offen. Wo ich mich am Tag zuvor noch hineingeschlichen hatte, betrat ich mit Gabowski an meiner Seite nun ganz offiziell den Teil des Gebäudes, der sonst nur den Mitarbeitern des »Sonnenhofs« zugänglich war. Die Menschen, die uns auf dem Weg in den Speiseraum begegneten, waren alle im typischen Blaugrün gekleidet. Einige trugen über ihren Leinenkleidern Strickjacken in der gleichen Farbe. Als wir an der Küche vorbeikamen, erkannte ich Esther, aber sie war damit beschäftigt, in einem großen Kupfertopf zu rühren.

Im Speisesaal angekommen, setzte Gabowski sich auf den vorletzten Platz am rechten Ende der Tafel. Den ganz außen überließ er mir. Ich setzte mich und sah mich um. Die meisten Gesichter der hier versammelten Angestellten kannte ich. Nur eine müde aussehende Frau in meinem Alter war mir fremd. Sie saß am anderen Ende der Tischreihe und starrte auf ihre Hände. Nach und nach füllten sich die Plätze, und das

Geklapper aus der Küche verstummte. Esther und ein Mann, den ich auf Mitte sechzig schätzte, kamen herein und setzten sich links und rechts der beiden mittleren Plätze, die noch leer waren. Plötzlich änderte sich die Atmosphäre im Raum. Was genau in den Anwesenden vorging, kann ich nicht sagen; es sah aus, als erwachten sie aus einer frühmorgendlichen Schwere. Lukas und Karola betraten den Saal durch einen Seiteneingang. Lukas ging einen Schritt vor seiner Frau. Was oft genug eine Machtdemonstration ist, wirkte bei den beiden eher, als bereite er ihr den Weg oder kündige ihre Ankunft an. Ein bisschen Bodyguard, ein bisschen Assistent. Er lächelte über die Köpfe der Anwesenden hinweg. Anders Karola. Sie sah jeden an. Ganz ohne Eile und in einer Reihenfolge, die von außen nicht verständlich war. Als ich dran war, wirkte sie nicht im Geringsten überrascht, mich hier zu sehen. Ich fragte mich wieder, was sie dachte. Dann erst setzte sie sich rechts neben Lukas.

Als sie die Augen schloss und begann, eine Meditation anzuleiten, bemerkte ich, wie müde mein Körper war. Aber mein Kopf fühlte sich leicht und durchlässig an. Ich musste eine Weile suchen, bis ich den Grund fand, wieso ich hier war, was geschehen war, wer die Frau war, die gestern in Karolas Armen geweint hatte, und warum. Ich wollte einfach weiter mit meinem leeren Kopf an dem schweren Holztisch sitzen. Wollte, dass aus meinen nassen Haaren weiter kalte Tropfen meinen Nacken hinunterliefen, der Raum nach Kräutertee und Haferbrei roch und die Sonne mir den Rücken wärmte. Sonst wollte ich nichts.

Ich erinnere mich nicht mehr an Karolas Anweisungen, aber mir fehlte etwas, als sie zu Ende waren. Es folgte eine »Morgenrunde«, die aber eigentlich ein öffentliches Zwiegespräch mit Karola war. Der Angesprochene erzählte, was ihn seit dem letzten Frühstück »bewegt« hat und wie es ihm damit ging. Mir fiel auf, wie schnell alle sprachen, so, als hätten sie sich ihre Worte genau überlegt und wollten Karola nicht mehr Zeit als unbedingt nötig stehlen. Insgesamt waren vierundzwanzig Menschen im Raum. Zehn von ihnen wurden von Karola angesprochen. Ich war nicht dabei. Aber Gabowski. Er war der Letzte, und so wie alle anderen beantwortete er eine für mich unhörbare Frage.

»Ich hab von Gabriel geträumt. Es ging ihm gut. So, wie du gesagt hast. Ich versuche, meine Wut loszulassen. So, wie du gesagt hast …«

Er rang mit seinen Worten, und sein Gesichtsausdruck veränderte sich. Er senkte den Blick, doch Karola rief ihn zurück.

»Bleib hier! Alles, was du fühlst, ist richtig. Sprich weiter!«

»Ich hasse ihn!« Wie gegen einen starken inneren Widerstand presste er die Worte heraus. »Dr. Wenzel. Ich hasse ihn immer noch!«

Karola nickte nur und sah Gabowski lange in die Augen, während die Anwesenden aufmerksam beobachteten.

»Alles hat seine Zeit.« Mehr sagte sie nicht, und mehr gab es auch nicht zu sagen, da war ich mir sicher.

Gabowski nickte kaum merklich, und seine Schultern entspannten sich. Er sah aus wie jemand, dem vergeben worden war.

ZWEI Das Frühstück »hinter den Kulissen« war ganz anders als das hippe Büfett, das für die Gäste aufgefahren wurde. Zwei der Anwesenden verteilten Porridge mit Nüssen und Apfelkompott in Schalen, die selbst getöpfert aussahen, zwei andere Chai-Tee mit Hafermilch. Ich hasse Chai-Tee, aber neben Gabowski, an einem Tisch voller Fremder, störte er mich nicht. Ich freute mich sogar über die Wärme und aß und trank genauso langsam und schweigend wie alle anderen. Als wir fertig waren, bedankte sich Karola dafür, dass wir da waren, und wünschte uns einen »lebendigen« Tag.

Anschließend verließen alle den Raum bis auf die Meisters und die traurige Frau. Gabowski schloss die Tür hinter uns. Das Letzte, was ich sah, war der Gesichtsausdruck der Frau. Ich versuche, nicht viel zu deuten, sondern am besten nur zu beobachten, aber manchmal bleibt mir nur ein Schluss. Dieses Mal war es: Die Frau hatte Hoffnung.

Wir verließen das Gebäude, wie wir es betreten hatten, und während alle in Blaugrün Gekleideten zielstrebig auseinandergingen, um den »Sonnenhof« zu wecken und den Tag zu starten, standen Gabowski und ich eine Weile schweigend nebeneinander. Ich wusste nicht, was ich tun sollte, wo ich hingehörte. Ich wollte nicht zurück in mein Zimmer. Ich wollte aber auch nicht mit den anderen Gästen Kaffee trinken, obwohl das fehlende Koffein mir Kopfschmerzen machte. Nach Berlin zurückzukehren und mich Tina und ihrem Drama zu stellen, war auch keine

Option. Und das erste Mal, seit ich Privatdetektivin bin ... als Privatdetektivin arbeite, wollte ich einen Fall nicht schnellstmöglich abschließen. Ich wollte noch ein kleines bisschen länger Pause machen von allem. Also folgte ich Gabowski, als er in Richtung des ehemaligen Stalls ging, in dem er offenbar auch ein Zimmer hatte.

»Wir sehen uns gleich in der Gruppenmeditation, oder?«

Statt entsetzt zu denken, »schon wieder meditieren?« oder »Gruppe?«, nickte ich Gabowski zu, und ich meinte es so.

Als ich die Tür zu meinem Zimmer öffnete, erwartete ich einen Augenblick lang, Charles dort zu finden. Einen Herzschlag lang konnte ich mir vorstellen, dass er unter der zusammengeknüllten Bettdecke lag, wie in Vancouver, wo ich mich jeden Morgen aus dem Bett gestohlen hatte, um mir in dem Café im Erdgeschoss einen großen Kaffee zu holen und eine Weile auf der Terrasse der Welt beim Wachwerden zuzuschauen. Dann war ich zurück in das karge kleine Zimmer gegangen, hatte meinen Skizzenblock rausgeholt und über große Arbeiten aus Marmor nachgedacht. Doch nach ein paar Minuten war ich immer wieder zu Charles zurückgekehrt. Hatte mich zu ihm unter die Decke geflüchtet. Ohne die Augen zu öffnen, hatte er mich zu sich herangezogen und gemurmelt: »Come here, crazy girl.« Und so hatten wir dagelegen. Bis mein Herz sich beruhigt und sein Kopf sich ausgeschlafen hatte. Ich hoffe, der Moment, in dem sich seine Augen schließlich flatternd geöffnet hatten und gleichzeitig ein schiefes Grinsen und ein Grübchen in seiner Wange erschienen waren, wird für immer irgendwo in mir sein. Karola hat es versprochen.

Der Schmerz, als mir klar wurde, dass Charles nie wieder irgendwo liegen, seine Augen sich nie wieder öffnen und ich nie wieder in seine Umarmung zurückkehren würde, traf mich wie das eisige Wasser aus dem Badeteich – nur unvorbereitet. Ich ließ mich auf den Stuhl sinken, auf dem Karola in der Nacht zuvor über mich gewacht hatte, und versuchte zu atmen. Ich versuchte, dem Gefühl nichts entgegenzusetzen, sondern es sein zu lassen. Es drohte, mich wegzureißen, meine Nägel krallten sich in das Holz der Sitzfläche, ich konnte mich noch eine Weile halten und sprang dann doch auf, schnappte mein Handy, das ausgeschaltet auf dem Tisch gelegen hatte, und stürzte mich in die Flut aus Nachrichten, E-Mails und Audiodateien, die sich inzwischen aufgestaut hatten.

Ich hatte zwei WhatsApps von Karl: »Was ist passiert? Tina ist total fertig!« und »Bist du in Ordnung, Mama?«. Dass er mich Mama nannte, machte mir klar, dass er besorgt war. Ich schämte mich dafür, dass sich unsere Rollen so verkehrt hatten, und schrieb zurück: »Alles okay. Ein bisschen Drama. Sie kriegt sich wieder ein. Bei dir? Kuss, Mama.« Und ich versuchte, das zu glauben. Tatsächlich war ich mir dieses Mal nicht sicher, und ich wusste auch nicht, ob ich das überhaupt wollte. Ich wusste gar nichts, also widmete ich mich der nächsten Nachricht. Eugen wollte wissen, wie es mir ging, und berichten, dass er weitere Geschichten über Neumeier gehört hatte und nun sicher war, dass dieser ein etablierter, bei Junkies in ganz Berlin bekannter Hehler war. Bernd hatte zwei Audionachrichten geschickt. Die erste war nicht verständlich, weil er sie unterwegs aufgenommen hatte und der Wind ins Mikro gerauscht war. Sie war dreizehn Minuten und siebenundzwanzig Sekunden lang. Dann eine zweite. »Bernd hier noch ma, wat soll ick denn nu mach'n? Meenste, die Bullen wollen det wissen?« Ich tippte eine Antwort, in der ich erklärte, dass ich ihn nicht verstehen konnte und er noch mal kurz zusammenfassen musste. Im Zweifelsfall sollte er sich an die Polizei wenden. Mein Postfach war voll von Anfragen und Dankschreiben von Klienten, Fragen zu Rechnungen, Spam und einer Mail von einer mir unbekannten Adresse mit dem Betreff: »Ich weiß es immer noch nicht.« Sie bestand aus einem einzigen Foto. Eine schöne Männerhand hielt einen goldfarbenen Drink ins Gegenlicht der untergehenden Sonne an einem menschenleeren Strand. Ich hatte keinen Zweifel. Die Mail war von »John Roddish«. Dem Mann, der Katharina Schneider im Auftrag seiner Geldgeber eiskalt ermordet hatte, dem ich mich aber auch eine Nacht lang so verbunden gefühlt hatte wie vor ihm nur Charles, und dessen Zwilling er sein könnte. Was sollte das? Ich konnte und wollte nicht darüber nachdenken. Ich hastete in Gedanken und in meinem Handy weiter, damit ich nicht irgendwo landete, wo ich nicht mehr herausfand. Eine Einladung zum Elternabend, Bitten um Spenden von verschiedenen Organisationen und eine Erinnerung vom Steuerberater, ihm noch irgendwelche Nachweise zu schicken. Die Mail war an Tina gesendet und von ihr kommentarlos an mich weitergeleitet worden. Sie machte also Ernst mit dem Beleidigtsein. In den sechseinhalb Jahren, die sie für mich arbeitete, hatte sie erst ein Mal gekündigt, und das war, als sie die Zusage für eine Hauptrolle in einer Serie bekommen hatte, die dann doch nicht gemacht worden war. Auch von diesem Gedanken stieß ich mich ab, bevor er zu schnell und zu mächtig wurde. Mein Handy summte, eine Audionachricht von Leonie. Sie war noch online, als ich begann, sie abzuhören, so, als warte sie auf meine Antwort.

»Guten Morgen, Frau Winter. Entschuldigen Sie bitte die Störung.« Mir fiel auf, dass ich vor zwei Tagen noch wütend darüber gewesen wäre, dass sie sich für eine Störung entschuldigte, die keine war; dazu ihr devoter Tonfall. Doch die Wut hatte sich in etwas gewandelt, das ich noch nicht greifen konnte. »Ich weiß, dass mein Onkel verschlossen ist und nicht zeigt, wie es ihm geht. Manchmal kann er richtig unfreundlich wirken dadurch, aber bitte … ich muss wissen, dass er okay ist. Haben Sie schon etwas herausgefunden? Vielen Dank.« Sie hatte die Nachricht ohne Gruß beendet. Ich rief sie an. Sonst hätte ich ihr immer eine Nachricht geschrieben. Aber jetzt griff ich nach der Möglichkeit, mit jemandem zu sprechen, noch dazu über etwas, das ich beherrschte, wie eine Ertrinkende nach einem Rettungsring.

Sie nahm den Anruf nach dem ersten Klingeln an.

»Guten Morgen, Leonie.«

»Vielen Dank, dass Sie so schnell …«

»Es geht ihm gut.«

»Hat er das gesagt?« Ihre Stimme war voller Hoffnung.

»Er ist hier in guten Händen.«

»Sind Sie okay? Wenn ich fragen darf. Ihre Stimme klingt so … Verzeihen Sie, das geht mich natürlich überhaupt nichts an.«

Ich hatte keine Antwort für sie oder für mich, also ignorierte ich die Frage. Es entstand eine Pause, die für Leonie garantiert peinlich war und für mich mühsam.

»Aber was will er da? Ich hab mir die Website natürlich angesehen, zu der Sie mir den Link geschickt haben. Das sagt mir alles nichts. Und ich verstehe nicht, wieso er noch da ist. Ich meine, diese Retreats dauern doch nur ein paar Tage.«

»Ich weiß es noch nicht genau. Der ›Sonnenhof‹ scheint eine Art Wohn- oder Lebensgemeinschaft zu sein. Ihr Onkel fühlt sich wohl hier. Er hat es ›Zuhause‹ genannt.«

Leonie zog scharf die Luft ein, als habe sie Schmerzen.

»Er hat eine Wohnung und ein Leben in Berlin.«

Auch darauf antwortete ich nicht. Wieder herrschte Stille zwischen uns.

»Finden Sie heraus, was das für Leute sind, bitte.«

Und das hab ich getan.

DREI

Ich ging duschen und zog mich um, so schnell ich konnte. Dabei zwang ich mich, ausschließlich darüber nachzudenken, wie ich weiter vorgehen wollte. Sobald sich andere Gedanken einschlichen, schüttelte ich mich wie ein nasser Hund, um sie zu verjagen. Ich frage mich heute, was ich über mich gedacht hätte, wenn ich mich selbst observiert hätte.

Ich war die Erste vor dem Saal. Ich ging auf und ab und zählte die alten abgeschliffenen und geölten Dielen. Man konnte gut die Narben der Zeit auf ihnen erkennen. Risse, Schrammen, Dellen und Holzwurmlöcher, sie alle waren einmal nicht da gewesen und gehörten jetzt doch zu dem Holz, machten es vielleicht sogar aus. Ich fragte mich, wie viele Menschen schon darüber gegangen waren und was sie dazu gebracht hatte. Irgendwohin zu gehen. Nur eine von sehr vielen zu sein, die an dieser Stelle gestanden hatten, beruhigte mich irgendwie. Bis mir einfiel, dass dieses Gebäude früher ein Stall gewesen war und sicher keinen Dielenboden gehabt hatte. Ich war nicht nur enttäuscht, ich fühlte mich betrogen. Um die Geschichte, die erdachte Ahnenreihe, die Aussicht darauf, dass Dinge Bestand haben können, obwohl sie sich verändern. Einen Moment überlegte ich sogar, ob die Altersspuren überhaupt echt waren oder nur zum Ambiente beitragen sollten. Der Gedanke drängte mich in eine Richtung, in der etwas lauerte, dem ich mich noch nicht stellen konnte. Also war ich erleichtert, als ich Gabowski auf mich zukommen sah, und ging ihm sogar entgegen. Er lächelte. Das war auf eine Art berührend, die ich nicht verstand. Ich hätte gerne ein Foto gemacht, um später zu versuchen, die Essenz dieses Lächelns, wenn schon nicht in einer Marmorarbeit, dann zumindest in einigen Skizzen festzuhalten. Was für ein bescheuerter Gedanke – als könne man irgendetwas festhalten.

Ich nickte ihm zu und konnte mich nicht daran erinnern, wann ich das letzte Mal wirklich gelächelt hatte. Ich lächele gerne. Lache noch lieber, aber beides schien wie weggerückt in eine andere Zeit oder Dimension.

Wie es sich zwischen uns etabliert hatte, schwiegen wir gemeinsam, während nach und nach die anderen Teilnehmer an der Meditation im Flur vor dem Saal eintrudelten. Die ältere Dame und »Jennys« neue »Freundinnen« grüßten verhalten. Ich nickte wortlos zurück.

Gabowski beugte sich zu mir herüber, er war nicht viel größer als ich. Sein Atem roch nach Zimt und Tod. »Du bist das Gesprächsthema Nummer eins. Sie wollen zu gerne wissen, was das alles zu bedeuten hat. Das mit Jenny und wer Charles ist.«

»Und du?«

»Nicht nötig.« Und das war es nicht.

Dieser Meditation war schwerer zu folgen als der vom Frühstück nur zwei Stunden zuvor. Ich schob es darauf, dass Lukas sie anleitete, während Karola lautlos durch den Raum ging und den Teilnehmern entweder nur durch Berührung Hinweise zu ihrer Körperhaltung gab oder ihnen eine oder beide Hände auflegte. Bei mir waren es beide. Sie ging hinter mir in die Knie, und ich hatte kein Problem damit. Weder mit ihrer Nähe noch mit der Tatsache, dass sie hinter meinem Rücken hockte. Sie legte ihre offenen Hände übereinander auf meine Wirbelsäule und ließ sie eine ganze Weile dort, oder zumindest kam es mir so vor. Wieder lehnte ich mich ihr entgegen, doch diesmal fühlte es sich vertraut an und ein wenig so, als würde ich umkippen, wenn sie ging.

Obwohl ich einen beträchtlichen Teil der Stunde darauf verwendet hatte, zu überlegen, was ich als Nächstes tun sollte, war ich unentschlossen. Ich saß da, beobachtete die anderen Teilnehmer dabei, wie sie davongingen, und blieb allein in dem großen, hellen Raum zurück. Oder so dachte ich zumindest. Ich erschrak, als Lukas hinter einem mit Leinen bespannten Paravent hervortrat, hinter dem die Meditationskissen und Yogamatten aufbewahrt wurden. Was er dort gemacht hatte, weiß ich nicht. Er lächelte mich an und näherte sich bis auf einen Meter. Das war mir unangenehm, also versuchte ich, wenigstens den Größenunterschied auszugleichen, indem ich hastig aufstand. Mir wurde schwindelig.

»Wie geht es dir, Isa?«

Ich zuckte wortlos mit den Schultern.

»Karola ist sicher, dass du auf deinem besten Heilungsweg bist. Empfindest du das auch so?«

»Ich bin nicht gekommen, um geheilt zu werden«, versuchte ich, meine Antwort möglichst offen zu halten.

Er legte seinen Kopf schief und sah mich mit leicht zusammengekniffenen Augen an. »Das kann ich sehen.« Obwohl die Ironie in seinen Worten klar war, zeigte sie sich nicht in seinen Augen. Ich nahm mir vor, diese Beobachtung sorgsam abzuspeichern.

Mein Schwindel beruhigte sich, und ich machte mich daran, an ihm vorbei aus dem Saal zu gehen. Ohne Notwendigkeit und ohne meine Erlaubnis – das schien er mit seiner Frau gemein zu haben – berührte er mich am Handgelenk und hielt mich so zurück. Seine Finger umfassten meinen Unterarm behutsam, so, als wolle er meinen Puls fühlen. Ich bin sicher, dass ich abweisend reagiert habe, aber er ließ sich davon nicht beeindrucken.

»Wir müssen noch deine zweite Einheit für heute buchen«, erklärte er mit einem Unterton, den ich nicht deuten konnte.

Mir blieb »nur« eine Einzelsitzung mit Karola. Ich bestätigte und verabschiedete mich, so schnell ich konnte. Ich wollte in mein Zimmer, um, wie mit Leonie besprochen, mehr über die Meisters und den »Sonnenhof« herauszufinden, aber vor der Tür wartete Gabowski auf mich.

»Kommst du mit spazieren?« Es lag ein Flehen in seiner Stimme. Ich sagte zu.

Die erste Viertelstunde gingen wir schweigend nebeneinanderher. Diesmal über den Parkplatz. Wir bogen in einen Feldweg und folgten ihm parallel zur Landstraße.

»Gabriel war nicht nur mein Bruder. Er war meine andere Hälfte. Als hätten wir uns vor unserer Geburt aufgeteilt.«

Ich betrachtete ihn von der Seite, während er behutsam über den holprigen Pfad schritt. Er war tief in Gedanken.

»Er liebte Menschen. War der Mittelpunkt jeder Party. Ich liebe meine Arbeit. Menschenmengen machen mir Angst. Er war mutig und laut, ich vorsichtig und leise. Er konnte reden und rechnen, ich zuhören und Gold schmieden.«

Er blieb stehen und streckte mir seine Hand entgegen. An seinem linken Ringfinger trug er einen goldenen Siegelring, der statt eines Stempels eine Gravurplatte aus schwarzem Onyx hatte, in deren Mitte ein in Platin eingelassener großer Diamant blitzte. Ich hatte bisher zwar den Goldring bemerkt, nicht aber den Rest. Ich vermute, er hatte ihn meist in die Handinnenfläche gedreht.

»Das ist alles, was von uns übrig geblieben ist.«

Ich wartete, bis er bereit war, tiefer in die Welt zu gehen, die er mit seinem Zwilling geteilt hatte. Und mich mitzunehmen. Wir gaben sicher ein schräges Bild ab. Nicht direkt nebeneinander, sondern einen halben Schritt versetzt, standen wir auf dem staubigen Feldweg. Ich die halbe Strecke zu dem funkelnden

Schmuckstück heruntergebeugt. Gabowski, der seinen Arm nicht ganz ausgestreckt, aber eben auch nur halb zu sich zurückgeholt hatte. Ich versuchte gar nicht erst, über den Ring, den ich in seinem Farbkontrast und seiner strengen Formensprache interessant fand, zu mutmaßen. Ich vertraute darauf, dass mir seine Geschichte, seine Bedeutung dargeboten werden würde wie die Hand, an der er funkelte.

In einiger Entfernung dröhnte ein Traktor mit Anhänger über die Landstraße. Ansonsten war es still.

»In Deutschland ist es verboten, aus der Asche eines Menschen Diamanten zu machen. Mittlerweile habe ich rausgefunden, dass man dieses Verbot … umgehen kann. Ich habe mich mein Leben lang an die Regeln gehalten, nur dieses eine Mal nicht.«

Gabowski deutete mit dem Kinn auf den Ring, als würde die Möglichkeit bestehen, dass ich nicht verstanden hatte, wovon er sprach.

»Der Ring gehörte unserem Urgroßvater. Er hat ihn zur Geburt seines ersten Sohnes von seinen Eltern geschenkt bekommen. Mein Großvater hat ihn übernommen, als er in den Krieg gezogen ist. Und ist mit ihm am Finger gestorben. Mein Vater hat ihn an einer Kette um den Hals getragen und dann an unserem achtzehnten Geburtstag Gabriel geschenkt. Gabriel hatte Angst, dass ich ihn darum beneiden würde, und hat in einem Kalender bunt markiert, in welcher Woche ich und in welcher er ihn haben sollte.«

Gabowski lachte. Ich konnte nicht anders, als aufzusehen. Er sah glücklich aus.

»Als ob ich ihn getragen hätte. Viel zu auffällig. Viel zu … Gabriel. Und jetzt tu ich es doch. Ich frag mich manchmal, ob ich seinen Tod verhindert hätte, wenn ich mich auf das ›geteilte Sorgerecht‹ eingelassen hätte. Verrückt, oder?«

Ich nickte und fand doch nichts zwingender als diesen Gedanken.

»Ich hab den alten Diamanten in eine Kette gesetzt, die ich Leonie zu Weihnachten geschenkt habe. Sie weiß nicht, woher er kommt und womit ich ihn ersetzt habe.«

Ich fragte mich, wie viel Asche ein Mensch ergab und wie viel davon zu dem durchsichtigen Steinchen gepresst worden war.

»Karola sagt: ›Besitztümer sind Pflaster, unter denen die Wunden eitern, die sie zu heilen versuchen.‹ Ich fühle, dass sie recht hat, aber ich kann ihn noch nicht loslassen.«

Ob er das Erbstück oder seinen Zwillingsbruder meinte, weiß ich nicht.

Wieder schwieg er eine ganze Weile.

»Gabriel war immer sehr stolz auf seine Haare. Er hat selbst Witze darüber gemacht, wie eitel er war. Als sie wegen der Chemotherapie ausgingen, haben wir sie beide abrasiert. Bei mir war das kein großes Ding.«

Er rieb sich mit der ringlosen Hand über das schüttere Haar auf seinem Hinterkopf. Ich musste an die Videos denken, mit denen Tina mich regelmäßig heimsuchte und in denen Freunde oder Verwandte von Krebskranken genau dasselbe machten. Ich hab nie verstanden, wieso sie sich dabei filmten, oder vielleicht war ich zu wenig »romantisch«, wie Tina es nannte, um ihnen positive Beweggründe zuzugestehen. Wobei, was ist schon positiv? Wenn sich die Beteiligten dabei oder danach besser fühlen, wer bin ich, das nicht positiv zu finden. Ich wollte wieder genug Abstand, um all das gar nicht zu finden. Nicht gefunden zu werden von menschlichem Drama, das mich nichts anging. Und für das ich nicht bezahlt wurde. Solange es mein Job ist, zu beobachten, zu bezeugen und zu berichten, ist alles einfach. Die Perspektive ist klar. Ich bin nicht Objekt, nicht Künstlerin, nicht Galeristin, nicht Kritikerin oder Käuferin, sondern einfach Betrachterin. Oder so war das zumindest früher für mich gewesen.

»Vielleicht werde ich ihn noch eine Weile behalten. Ich werde mit Karola sprechen.«

Ich nickte stumm.

Wir gingen weiter. Nebeneinander jetzt und im Gleichschritt, was mir vor allem auffiel, weil das sonst nie passiert. Sowohl Karl als auch Tina beschweren sich immer oder machen sich lustig darüber, dass ich, wenn ich mich nicht ausschließlich darauf konzentriere, mich dem Laufrhythmus meines Begleiters anzupassen, augenblicklich in meinen eigenen falle – und anscheinend ist der »merkwürdig«, »unmöglich«, »Isa halt«. Was auch immer das bedeutet. Mit Gabowski war das anders. Oder vielleicht lag es am Weg oder daran, dass wir beide damit beschäftigt waren, über Menschen nachzudenken, die nicht mehr stolpern konnten.

»Ich gehe nicht mehr weg hier. Karola und Lukas haben zugesagt.« Er öffnete seine Jacke ein wenig und zeigte mir, dass er darunter das typische Blaugrün trug.

Ich weiß noch, dass ich mich für ihn gefreut habe.

VIER

Im nächstgelegenen Ort wurden wir von der Verkäuferin im Tante-Emma-Post-Blumen-und-Anglerbedarf-Laden freundlich begrüßt. Ihr Gesicht kam mir bekannt vor, und später wurde mir klar, dass ich es auf unserem Weg hierher auf etlichen Wahlplakaten gesehen hatte. Ihren Namen habe ich vergessen (Silke Irgendwas) und sogar, für welche Partei sie angetreten ist, aber ich weiß, dass sie für Solarkraft und Tourismus und gegen Windkraft und eine Umgehungsstraße war. Sie beobachtete uns aus dem Augenwinkel, während sie sich mit einer Kundin, die sich samt Kissen auf der Sitzfläche ihres vollgepackten Rollators niedergelassen hatte, über jemanden unterhielt, der in seinem Garten eine Wildblumenwiese wachsen ließ, was offensichtlich etliche unerhörte Probleme für die Nachbarn schuf.

Gabowski ging zielstrebig auf das Regal mit den Süßigkeiten zu, das direkt neben dem mit dem Alkohol stand. Als ich eine Flasche Rotwein herausnahm, zwinkerte er mir verschwörerisch zu und deutete auf eine Tüte mit Schokoladenbonbons – Familiengröße.

Ich frage mich heute, ob wir schon da wussten, dass wir die Sachen zwar, vielleicht in fast kindlichem Trotz, kaufen, aber nicht essen und trinken würden. Wir hätten sonst gegen die Regeln des »Sonnenhofs«, die Regeln von Karola verstoßen.

An der Kasse begann die Frau zu sprechen, als hätten wir sie darum gebeten. Sie fragte, wie es uns in der Uckermark gefalle, ob es das erste Mal sei, dass wir den »Sonnenhof« besuchten (Gabowski: »Nein«, ich: »Ja«), ob wir bleiben wollten (Gabowski: »Ja«, ich: »Nein«, aber das war gelogen.). An Gabowski gewandt, erklärte sie mit gesenkter Stimme: »Ich habe nichts gegen euch. Ich sag immer, solange ihr nicht versucht, mich zu bekehren, und bei mir einkauft, könnt ihr da machen, was ihr wollt.« Sie lachte zufrieden. Ob sie sich witzig oder tolerant fand, weiß ich nicht.

»Was meinen Sie damit?« Ich bemühte mich um eine besonders sanfte Stimme.

»Dass ich nicht wissen muss, wen ihr anbetet und was ihr glaubt. Ich glaube an die Zahlen auf meinem Kontoauszug.« Sie lachte wieder, falls das möglich war, noch zufriedener mit sich selbst.

»Danke schön.« Gabowski war das Gespräch sichtbar unangenehm. Er wollte das Geschäft verlassen, noch bevor die Frau ihm sein Wechselgeld gegeben hatte. Doch sie rief ihn zurück und zählte ihm die Münzen in die Hand. Dabei betrachtete sie aufmerksam den Ring, den Gabowski tatsächlich nach innen gedreht trug. Als wir den Laden noch nicht ganz verlassen hatten, hörte ich, wie sie der Rollator-Frau zuraunte: »Haste den Klunker gesehen? Was für ein Lackaffe.«

Während wir weiter in den Ort hineingingen, vorbei am Gebäude der freiwilligen Feuerwehr, dessen Putz bröckelte, fragte ich mich, ob Gabowski die Bemerkung auch gehört hatte, und wenn ja, was sie mit ihm machte. Die Menschen, die ich zu ihm befragt hatte, hatten ihn alle als unsicher und zurückhaltend beschrieben, aber ob das immer noch galt, ob es je die richtige Einschätzung gewesen war, konnte ich nicht sagen. Der Mann, den ich kannte, wirkte nicht unsicher. Unsichtbar, vielleicht. So, als sei er nur halb da. Aber nicht, als habe er Angst vor anderen Menschen. Vielleicht hatte er nicht mehr genug zu verlieren.

Ich lebe mitten in Berlin Kreuzberg und tue beruflich nichts anderes, als mich mit Menschen, ihren Wegen und ihren Begegnungen mit anderen Menschen zu beschäftigen, und doch merkte ich erst, als wir das zweite überwucherte Haus passiert hatten, dass der Ort wie ausgestorben wirkte. Auch wenn die meisten Häuser bewohnt und von akkurat geschnittenen Hecken und Rasenflächen, Trampolinen und Dreirädern umgeben waren, war doch kein Mensch zu sehen. Weder auf der Straße noch hinter den Fensterscheiben. Die Gewerbeflächen lagen zum größten Teil nackt und leer in der Frühlingssonne. Manche wurden von wütenden Hunden bewacht, die uns knurrend und kläffend entlang ihrer Zäune verfolgten, bis wir ihr Revier verlassen hatten. Es standen kaum Autos in den Einfahrten und Carports. Wenn, dann waren sie neu und glänzten frisch gewachst.

Während in Berlin Kreuzberg auf etwas über zehn Quadratkilometern mehr als hundertfünfzigtausend Menschen leben, sind es im ganzen Landkreis Uckermark keine hundertzwanzigtausend auf über dreitausend Quadratkilometern Fläche. Die Abwesenheit von Menschen – während wir durch eine offensichtlich menschengemachte Umgebung gingen –, ich konnte sie plötzlich fast körperlich spüren. Ich musste an die Serien und Filme denken, die Tina und Karl so gerne anschauten, in denen sich die Menschheit annähernd selbst ausgerottet hat und die Überlebenden um die Krümel kämpfen.

Ich war so in Gedanken, dass ich den ersten Satz von Gabowski verpasst hatte. »Sie glaubt, wir essen kleine Kinder.« Er zuckte dabei hilflos mit den Schultern.

»Wer?«

»Die eine Seite. Die andere sieht in uns eine Geldquelle. Der Laden gerade zum Beispiel beliefert den ›Sonnenhof‹, die Handwerker aus der Gegend kommen auch. Karola ist es wichtig, dass das Dorf vom ›Sonnenhof‹ profitiert, damit wir unsere

Ruhe haben. Aber wir sollen eigentlich nicht herkommen.« Er betrachtete verstohlen den Beutel in seiner Hand.

Ich brauchte einen Augenblick, um über das mehrfach verwendete »Wir« hinwegzukommen. Ich wusste erst nicht, was mich daran störte. Bis ich mir eingestand, dass ich neidisch war. Auf ein »Wir« im Allgemeinen, aber vielleicht besonders auf das »Sonnenhof-Wir«. Ich weiß noch, dass ich mich dabei selbst beobachtete und mir fremd vorkam.

»Hat dir das jemand gesagt? Das mit den Kindern, meine ich?«

»Eine Frau in der Kirche.« Er deutete auf die perfekt herausgeputzte alte Feldsteinkirche, die auf einem Hügel vor uns lag. Ich wusste von Bernd, dass Gabowski, bevor er die Trauergruppe gefunden hatte, kein regelmäßiger Kirchgänger gewesen war, aber ich musste nicht fragen. »Ich hab sie mir nur angeschaut, wegen der Goldschmiedekunst … Und dann wollte ich eine Kerze für Gabriel anzünden. Das mach ich manchmal …«

Er sah mich beschämt an. Wo ich und wahrscheinlich die meisten den Blick abgewendet hätten, sah er mich an, als wünsche er sich Vergebung von mir. Aber wer war ich, ihm für eine Geste, für irgendetwas zu vergeben.

»Karola sagt, wir müssen die Verbindung zu unseren Lieben in uns haben und sie nicht mit Kerzen, Gebeten und anderem ›Hokuspokus‹ herstellen wollen. Sie sagt, sie zeigt uns, wo ›sie‹ sind und ›wir‹ auch. Das richtige ›wir‹, das, was mehr ist als das hier.« Er wedelte mit seiner beringten Hand vor seinem Oberkörper herum. Ich vermutete, er meinte seinen Körper. Vielleicht auch seinen Verstand. »Sie sagt, wir müssen erst das Glauben lernen und dann das Wissen. Ich hoffe so sehr, dass ich das kann.«

»Du kannst ja eine Kerze dafür anzünden.«

Er sah mich überrascht an. Dann lächelte er eines seiner berührenden Lächeln. Ich glaube, es war das Vertrauen, das in ihnen lag. Es erinnerte mich an das eines kleinen Kindes.

»Ich kannte das mit den Kerzen gar nicht, bis Gabriel gestorben ist. Ich war vorher nie in der Kirche, in der sein Trauergottesdienst stattgefunden hat. Er wollte unbedingt einen. Musste ich ihm versprechen, als er die Diagnose bekommen hat. ›Nicht wegen Gott oder so. Wegen dem Auftritt‹, hat er gesagt.« Gabowskis Stimme wurde wieder weich, wie immer, wenn er von seinem Zwillingsbruder sprach. »Als ich nach dem Vorgespräch mit dem Pfarrer in die Kirche gegangen bin, um zu entscheiden, wo das Foto von ihm hinsollte und wie viele Blumen ich bestellen musste, stand da dieser Metallständer voller Kerzen. So viele Menschen, die für so viele fürchteten oder beteten. Das hat mich getröstet irgendwie …«

Ich schwieg, denn wenn überhaupt habe ich mich immer gewundert, wieso den Leuten bei solch großen Anliegen nichts Besseres einfällt, als eine Kerze anzuzünden, wo es doch unvermeidlich ist, dass sie ausgeht. Und gibt es etwas Traurigeres als eine langsam vor sich hin schwächelnde und schließlich erlöschende Kerze?

»Hier gibt es keine Kerzen. Die Frau saß in der ersten Reihe und hat gebetet. Sie sah so freundlich aus. Eine freundliche alte Dame. Ich hab mich auf die andere Seite des Gangs gesetzt. Ich hab Gabriel gesucht. Wenn er überall ist, dann doch auch in einer Kirche, oder nicht? Sie stand plötzlich vor mir und hat mich angezischt. Sie hat gesagt, dass ich gar nicht in der Kirche sein dürfte, wenn ich vom ›Sonnenhof‹ komme. Die sei gesegnet, und ich sollte verschwinden. Sie hat gesagt, wir sind verrückt und vom Teufel besessen. Und dass Karola eine Hexe ist und wir uns von ihrem Ort fernhalten sollen.«

Ich fragte mich, was die streitbare Dame zu dem Wildblumenwiesenproblem sagen würde. Ich weiß nicht, warum.

»Ich bin natürlich gegangen. Sie hat mir noch etwas hinterhergerufen, aber das hab ich nicht verstanden.« Ich war nicht überrascht, dass Rückzug für ihn »natürlich« war, wo viele den

Angriff gewählt hätten oder vielleicht eine Erklärung. Ich wäre auch gegangen. »Die meisten hier wollen wohl nicht direkt was mit dem ›Sonnenhof‹ zu tun haben, sind aber froh, dass er da ist. Die Handwerker, wie gesagt, das Café, der Boots- und Fahrradverleih am See, alle sind superfreundlich, wenn sie jemanden von uns treffen.«

Ich sah die leere Straße hinauf. Schwer zu glauben, dass hier Menschen hassten oder liebten, andere aus Kirchen jagten oder aufrichtig willkommen hießen. Ich zog meine Jacke enger um mich, dabei schien die Sonne. Ich glaube, es war das Gefühl von »nicht willkommen sein«, »nicht hergehören«, das in so krassem Kontrast stand zu dem Gefühl, das ich in der uns umgebenden Natur gehabt hatte. Wenn diese mit meiner Anwesenheit einverstanden war oder ihr zumindest völlig gleichgültig gegenüberstand, aber nicht die Menschen, die hier lebten und sie zu beherrschen suchten – mein Blick fiel auf die riesige Asphaltfläche einer ehemaligen LPG, die hinter einem rostigen Zaun vor sich hin bröckelte –, wer hatte dann recht?

Was für ein merkwürdiger Gedanke.

FÜNF

Wir hatten das Dorf hinter uns gelassen und mit ihm die Wahlplakate, auf denen in unterschiedlichen Farben Vertrauen, Aktion, Schluss, Anfang, Sicherheit und Freiheit versprochen oder gefordert wurden. Ich hatte mich von ihnen angeschrien gefühlt, während wir den penibel gefegten, aber hundertfach gesprungenen und geflickten oder eben nicht reparierten Gehweg entlanggingen. Er war oft zu schmal, um nebeneinander zu laufen, deshalb wich ich letztlich auf die Fahrbahn aus, was Gabowski aber nervös zu machen schien. Ich vermute heute, dass es ihm nicht darum ging, unbedingt Regeln zu befolgen, sondern unter allen Umständen nicht aufzufallen. Je weniger gesehen er war, desto weniger gab es ihn.

Wir nahmen wieder einen Feldweg. Dieser führte von der Landstraße weg zwischen zwei riesigen Feldern hindurch, auf denen sich erste hellgrüne Blättchen aus der feuchten Erde quälten. Gabowski vermutete, dass es sich um Hafer handelte, ich hab von so was keine Ahnung. Der Weg stieg leicht an bis zur Kuppe eines Hügels. Von dort hatten wir einen beeindruckenden Ausblick auf die Gegend. Zu erkennen waren sowohl das Dorf als auch der »Sonnenhof«, aber vor allem die Weite, die ich so nicht erwartet hatte. Ich konnte Seen, Wälder und etliche Felder sehen, vereinzelte Höfe, eine weitere Siedlung im Norden ganz in der Nähe eines Windparks. Ich fragte mich, wie es sich hier ohne Zeichen menschlichen Lebens angefühlt hätte, und wunderte mich darüber, wie sehr sie mich hier störten, obwohl sie ja nur einen Bruchteil so präsent waren wie in Berlin.

»Du siehst immer nur die Fehler«, hat Tina mich schon häufiger gescholten, wenn ich sie zum Beispiel darauf hingewiesen habe, dass sie Wege von und zum Gericht nicht eingerechnet hat und Klienten so im Büro saßen und warteten. Ich hab mich dann darüber geärgert, dass sie die Situation gegen mich gewendet und damit zu meinem Problem gemacht hat. Und doch fragte ich mich jetzt, als ich den Blick nicht von einem verfallenen und halb überwucherten Stallkomplex einige Hundert Meter entfernt abwenden konnte, ob an Tinas Einschätzung nicht etwas dran war. Bestimmt nicht so, wie sie es auslegte, zumal ich versuche, mich wenig mit Wertungen wie richtig oder falsch aufzuhalten, denn was genau ist schon ein Fehler? Aber mir fallen eher die Dinge auf, die die Harmonie stören, die nie passten oder kaputtgegangen sind… Vielleicht bin ich deshalb eine gute Detektivin und eine schlechte Freundin.

»Ich wünschte, Gabriel wäre hier. Er würde es hier mögen und dich auch. Wir hätten sicher viel Spaß.« Dass Gabowski den Begriff Spaß benutzte, überraschte mich. Er kam mir vor wie ein exotisches Fremdwort. Zumal an dem Ort und in der Situation, in der wir uns befanden. Sein Gesichtsausdruck veränderte sich ganz plötzlich. »Der Arzt, der ihn umgebracht hat, hat sich nicht einmal bei mir entschuldigt. Bei uns. Für ihn war Gabriel nur ein Körper auf dem OP-Tisch. Manchmal wünschte ich mir, er wäre tot.«

Hinter Gabowskis Augen stürmte etwas. Ich wartete. Irgendwann atmete er einmal tief ein und aus und wirkte wieder ruhiger.

»Wenn wenigstens Karola hier wäre! Dann könnte sie mir sagen, wo Gabriel ist, und für mich mit ihm sprechen. Hat sie das schon für dich und Charles gemacht?«

Ich schüttelte den Kopf und schob den Gedanken innerlich

weit weg. Ich wollte weder über Charles nachdenken noch die Vorstellung entwickeln, dass Karola Zugang zu ihm haben oder ihn finden könnte. Er gehörte zu mir.

»Ich weiß nicht, was ich hier soll ohne ihn«, flüsterte Gabowski. Auf seinem Unterarm bildete sich Gänsehaut, und er fuhr mit rauer Stimme fort: »Glaubst du, dass man mit einem Menschen so verbunden sein kann, dass man nicht vollständig ist, wenn er weg ist?«

Jetzt bekam ich eine Gänsehaut, und mein Magen zog sich zusammen. Ich bin sicher, dass der Widerstand in meiner Stimme unüberhörbar war. »Nein.« In mir tauchten alle Liebesfilme, alle Romane, jede Diskussion mit Tina auf, in der ein anderer Mensch die sinnstiftende, rettende zweite, bessere oder was auch immer für eine Hälfte war, und vereinten sich zu einem reißenden Strudel.

Ich bin aufgewachsen in einer Welt, in der zwei Menschen sich und ihr Leben dem jeweils anderen zur Aufgabe, zur Verantwortung gemacht hatten. Und von der Tatsache abgesehen, dass meine Eltern jederzeit genau wussten, wem die Vorwürfe dafür gemacht werden konnten, dass sie unglücklich waren, habe ich nie verstanden, wieso sie sich das angetan haben. Unzählige Male musste ich mir von Tina anhören, wie falsch ich auf Beziehungen und Liebe und das Leben überhaupt schaue, wenn ich einem anderen Menschen nicht die Macht gebe, mir »das Herz zu brechen«. Und ich konnte ihr nie klarmachen, dass ich erstens noch nicht einmal finde, dass »Herzbrechen« dasselbe ist, wie sich erst vollständig zu fühlen, wenn ein anderer Mensch irgendetwas fühlt, sagt oder tut. Und dass ich zweitens die Vorstellung, dass ein anderer Mensch irgendwie eine Hälfte von mir ist oder wird und somit auch mit einem existenziell wichtigen Teil von mir aus meinem Leben spazieren kann, nicht nur absurd finde, sondern dass sie mich wütend macht. Sehr wütend.

Ich begriff, dass sich die Wut der letzten Wochen kraftvoll angefühlt hatte, aber nun war ich müde und wünschte mir, traurig sein zu können. Gabowskis Trauer erschien mir klar und übersichtlich, sogar schön.

Tina hat mir mal erzählt, dass sie sich nie lebendiger fühlt, als wenn sie traurig ist. Sie nennt Traurigkeit ihren »Lieblingsschmerz«. Und sie findet, dass er ihr deutlicher als alles andere macht, was sie an dem hatte, was verloren ist, und wie sehr sie sich darauf freut, dass er vergeht. Ich vermute, das macht Sinn, wenn man glaubt, dass er vergeht und dass nach ihm etwas kommt.

Ich hatte mal eine Klientin, die in einem sich jahrelang hinziehenden Scheidungsprozess wollte, dass ich ihren Fast-Ex-Mann beschatte. Angeblich ging es darum, herauszufinden, ob er den Unterhalt, den sie ihm zahlte, damit er sich weiterhin um die beiden Hunde kümmerte, auch »verdiente«. Als ich bestätigte, dass er absprachegemäß mit den Tieren umging, war sie jedoch nicht zufrieden. Sie wollte Fotos sehen. Bei der Durchsicht der Bilder interessierte sie sich nur für eines – das Einzige, das ihn Hand in Hand mit seiner neuen Lebensgefährtin zeigte. Sie zuckte zusammen, als hätte sie einen elektrischen Schlag bekommen, ihre Muskeln blieben eine ganze Weile angespannt, bis sie sich mit einem Lächeln lösten. Dann kamen Tränen. Ich war damals überrascht von der Geschwindigkeit, mit der sich ihr Ausdruck änderte, so, als rausche sie durch eine Achterbahn. Ich ließ ihr Zeit und betrachtete meine Hände: Sie sahen aus, als könnten sie alles, was man in einem Leben tun muss. Irgendwann wischte sich die Klientin ihre Tränen ab und erklärte mit ganz ruhiger Stimme: »Danke. Jetzt ist es so weit. Jetzt kann ich trauern.« Und es klang wie etwas Erstrebenswertes. Ich war mir nicht sicher, ob das stimmte oder lediglich ihr Wunsch war, aber das ging mich nichts an. Zum Abschied sagte sie, sie habe immer geglaubt, dass man jung sei, solange man mehr Hoffnung als Vernunft in sich habe. Jetzt werde sie loslassen und erwachsen werden. Sie war damals Ende dreißig, und ich frage mich, ob sie recht hatte.

Ich suchte noch nach Worten, als Gabowski mir zuvorkam. »Und doch bist du es, oder nicht? Eins mit Charles. Irgendwie. So, dass nur Karola es versteht. Sie hat gesagt, es gibt solche Verbindungen zwischen zwei Menschen, und wenn einer von beiden gestorben ist, ist sie da und ermöglicht einen Zugang zum Himmel, den andere nicht haben. Eine Standleitung ins Paradies, sozusagen.« Er sah mir in die Augen, solange ich es ertragen konnte. Seine Iris hatte die gleiche Farbe wie der Frühlingshimmel über uns, an dem sich nun graue Wolken jagten. Der auffrischende Wind wehte ihm die dünnen, auch grauen Haare um die Stirn. Ich weiß noch, wie sicher ich mir war, dass er Karola glaubte, und zu meiner allergrößten Überraschung wollte ich das auch.

SECHS

Wir gingen schweigend zurück. In unserem Rücken hatten sich die Wolken zu einer Wand aufgetürmt, die uns nun vor sich herschob. Als wir den Parkplatz erreichten, wurden wir von den restlichen Gästen des »Sonnenhofs« und Karola empfangen. Oder so dachten wir, bis wir verstanden, dass sie über uns hinweg schauten. Ich drehte mich um und gebe zu, dass ich fast schockiert war von dem vollständigen und in einer unwirklichen Farbintensität strahlenden Regenbogen, der sich über den ganzen Horizont spannte. Während ich dastand und nicht begriff, wieso dem »Wow« kein Gefühl folgte, wieso es irgendwo in mir verhallte, entstand wie in Zeitlupe ein zweiter Bogen. Höher und weniger gesättigt, aber breiter und mehr ein Teil des Himmels. Als auch er vollständig war, die Farben in gespiegelter Reihenfolge, vom ersten nur durch ein wenig schiefergraue Regenwand getrennt, begann er, sich wieder aufzulösen, und ich mich mit ihm.

Gabowski war zwar ebenfalls auf dem Parkplatz stehen geblieben, befand sich jedoch irgendwo, wo Regenbogen keine Rolle spielten. Er setzte sich gleichzeitig mit mir wieder in Bewegung Richtung »Sonnenhof«. Doch so weit kam ich nicht, weil Karola mich aufhielt.

»Lukas hat gesagt, dass wir gleich unsere Sitzung haben. Sollen wir zum Badeteich gehen?«

Mir war es egal, aber ich hätte auch Ja gesagt, wenn es das nicht gewesen wäre. Wir schwiegen auf dem Weg um die

Gebäude herum, in den Apfelgarten und weiter an den Teich. Karola ging vor mir auf dem schmalen Pfad und hielt die schon kniehohen Brennnesseln mit einem Stock zur Seite. Das war überflüssig, da ich Jeans und Stiefel trug, aber ich glaube, darum ging es nicht. Am Teich angekommen, setzten wir uns auf den großen Stein. Ich spürte, dass Karola mich beobachtete, aber ich konnte ihren Blick nicht erwidern. Ich fühlte mich, als sei mir der Stecker gezogen worden oder die Batterie ausgegangen. Ich war zu müde, um den Kopf zu heben, aber ich wollte es ohnehin nicht. Oder besser, es gab keinen Grund dafür, etwas zu wollen. Egal, was. Irgendetwas zu wollen erschien mir völlig unmöglich.

»Du wirst die Hoffnung wiederfinden.« Karolas Stimme war vollkommen ohne Zweifel, und doch konnte sie nicht von mir sprechen, denn auch Hoffnung war etwas, wozu es keinen Grund gab.

»Erst kommt die Wut, dann die Angst, dann der Schmerz und dann das Nichts.« Sie klang, als gäbe es von dieser Regel keine Ausnahme, niemals, und als sei das richtig so. Ich sagte nichts.

»Und das ist deine Chance. Wenn es nichts mehr zu verlieren gibt, nichts mehr, an dem du dich festhältst, dann kann ich dir den Weg zu dir zeigen. Zu der wahren Isa Schwartz.« Ich zuckte nicht einmal, als sie meinen Decknamen aussprach, so gleichgültig war mir die Absurdität ihrer Aussage.

»Ich kann ihn sehen. Charles.« Sie deutete auf einen Punkt über meiner rechten Schulter. Ich schloss die Augen und suchte. Je mehr ich suchte, umso weniger fand ich. Es wurde schwerer, Karola zuzuhören.

»Dafür bin ich geschickt worden. Um Dinge zu sehen und zu zeigen. Das ist mein göttlicher Auftrag. Und du bist hier, um zu verstehen, dass du auch einen hast. Charles und ich werden dir dabei helfen, ihn zu finden. Wenn du so weit bist und es wagst.«

Der Stein unter mir war sonnenwarm, in den Apfelbäumen summten Millionen von Bienen, es roch nach Regen.

»Atme ein und aus und höre meine Stimme. Mehr musst du nicht tun. Lass die Müdigkeit zu. Lade sie ein. Hier darf sie sein. Hier bist du in Sicherheit.«

Die Tränen hab ich erst bemerkt, als sie auf meine Hände fielen, und im ersten Moment hielt ich sie für Regentropfen. Es fühlte sich an, als weine sie jemand, den ich nicht kannte. Ich wäre gerne eingeschlafen.

»Fühl die Welt um dich herum – den Stein, das Gras, die Luft –, du bist Teil von ihr, aber all das ist nur ein Teil von dir. Du bist mehr als deine Schmerzen, dein Körper, deine Erinnerungen. Du bist hierhergekommen, um zu lernen.«

Ich weiß noch, dass mir schwindelig wurde bei dem Versuch, ihrer Stimme zu folgen – erst ins Ergeben, dann ins Lernen.

Karola sprach weiter vom Göttlichen, das sie geschickt hatte, vom Weg durch das Dunkel und der Wiedergeburt in eine neue Welt. Es donnerte, und die Luft vibrierte irgendwie. Die Natur um mich herum fühlte sich endlos an und grenzenlos. Es gab keine Richtung in ihr. Kein Hinten und Vorne, keine Seiten, keine Vergangenheit und keine Zukunft. Es gab wieder einmal nur Karolas Stimme, und ich fragte mich, wieso wir uns nicht in einem der Behandlungsräume getroffen hatten. Da hätte ich mich wohler gefühlt.

»Wer bist du?« Es macht keinen Sinn, mich irgendetwas zu fragen, denn ich habe keine Antworten. Ich bin die, die Fragen stellt. »Wer bist du, Isadora?« Karolas Stimme wurde fester, schärfer. Ich musste antworten.

»Ich weiß es nicht.«

»Gott weiß, wer du bist.«

Ich sagte nichts.

»Gott weiß, wer du bist, und will es dir zeigen.«

Ich schwieg, während nun tatsächlich die ersten Regentropfen fielen. Ich konnte sie nicht fühlen, eher hören, wie sie auf die Wasseroberfläche und die Seerosenblätter prallten und zersprangen. Ich hätte ihnen gerne dabei zugesehen, aber ich konnte meine Augen nicht öffnen.

»Gott ist hier. Mit dir und Charles. Er wartet auf dich.«

»Welcher Gott?« Meine Stimme klang fremd, und ich hatte Angst vor der Antwort.

»Der wahre, der, den alle Religionen zu beschreiben versuchen. Der, der jenseits ist von allen Zuschreibungen und Vorstellungen, der zu groß ist für unseren Verstand. Der wahre Gott, der nur mit dem Herz zu begreifen ist. Ich zeige ihn dir.«

Ich konnte hören, wie sie aufstand und die zwei Schritte zu mir herüberkam, das Rascheln ihres Leinenkleids, und dass sie ihre rechte Hand über meinen Scheitel und die linke über mein Brustbein hob. Sie hielt vielleicht zehn Zentimeter Abstand zu meinem Körper, aber ich konnte sie trotzdem spüren. Es war, als versteinerte ich, ausgehend von einem Punkt in meinem Kopf hinter meinen Augen, durch den ganzen Körper bis hinunter zu den Zehenspitzen. Ich konnte mich nicht mehr bewegen. Ich konnte nur noch aufgeben. Und das habe ich getan.

SIEBEN

Wie ich nach der Sitzung in mein Zimmer gekommen bin, weiß ich nicht mehr. Ich weiß aber noch, dass ich auf meinem Bett lag und an die Decke starrte. Dieses Mal war ich zu erschöpft, um meine Augen zu schließen, also blieben sie offen. Im Raum herrschte steingraues Halbdunkel, und der Regen prasselte gegen die Fensterscheibe. Mein Handy rappelte mehrfach in meiner Hosentasche, aber erst beim dritten Mal hatte ich genug Willenskraft zusammengesammelt, um es herauszunehmen und aufs Display zu schauen.

Der erste Anruf war von Karl, er hatte keine Nachricht hinterlassen, sondern stattdessen eine WhatsApp geschrieben und einen Screenshot geschickt. »Tina ist nach München gefahren. Sie hat gesagt, sie weiß noch nicht, wann sie wiederkommt.« Gefolgt von einem verdattert dreinschauenden Emoji. Das Foto zeigte eine Nachricht von Tina an Karl: »Hab dich lieb! Du kannst mich jederzeit anrufen. Ist Isa zurück?« Ich erwartete eine emotionale Reaktion von mir, aber ich fühlte nichts. Mir fiel auf, dass sie ihr Profilbild geändert hatte. Von einem glamourösen Porträt, das von ihrem letzten Fotoshooting für ihre Schauspielagentur stammte, hin zu einem etwas unscharfen Schnappschuss eines Aufklebers auf einem Stromkasten. Darauf stand: »Choose happy«.

Der zweite Anruf war von einer unbekannten Handynummer und der dritte von Saskia Meier. »Hallo, Frau Winter. Der Bernd liegt im Krankenhaus. Ist überfallen worden. Die haben ihm das

Jochbein und die Nase gebrochen, und was weiß ich sonst noch alles. Am helllichten Tag. Er hat mich angerufen, damit ich nach den Blumen sehe. Hab ihn kaum verstanden, den armen Kerl. Ich soll Ihnen Bescheid sagen. Sie wissen schon, hat er gesagt. Auf Wiederhören.« Mir war kalt. Ich zwang mich, aufzustehen. Ich hatte Dinge zu erledigen. Ich musste mit Gabowski reden.

Ich suchte das ganze Gelände nach ihm ab, vergeblich. Ich fand heraus, dass seit drei Stunden kein Bus von der Bushaltestelle an der Landstraße abgefahren war. Der Mercedes Sprinter mit dem Logo des »Sonnenhofs« auf den Seitentüren stand auf dem Parkplatz. Von Leonie wusste ich, dass Gabowski kein eigenes Auto besaß. Ich fragte jeden, der mir begegnete, nach ihm, aber erst der junge Mann, der vor einer Ewigkeit Tina und mir unsere Zimmer gezeigt hatte, konnte mir weiterhelfen. Gabowski hatte direkt nach mir eine Sitzung mit Karola gehabt, auf die er sich gefreut hatte, und war anschließend in den Wald gegangen. Während ich mich auf den Weg dorthin machte, versuchte ich, Bernd anzurufen, aber sein Handy war nicht erreichbar. Ich schickte ihm eine Audio-Nachricht, in der ich ihn um Rückruf bat und ihm gute Besserung wünschte. Meine Stimme klang flach. Dann rief ich Saskia Meier zurück, aber die hatte keine weiteren Informationen, außer dass sich der Überfall in Moabit zugetragen hatte. Ich zwang mich, zumindest in Erwägung zu ziehen, dass es ein Zufall war, dass das Geschäft von Sven Neumeier dort war.

Der Weg bis zu der Lichtung, auf der Gabowski und ich die Nacht verbracht hatten, kam mir endlos vor. Als ich sie schließlich erreicht hatte, lag sie leer und verlassen da. Es wurde dunkel. Ich machte mich auf den Rückweg und rief Karl an. Ich war überrascht, wie anders ich mich fühlte, wie viel freundlicher der Wald um mich herum wirkte, als ich seine Stimme hörte.

»Hi.«

»Hi.«

»Wo steckst du? Bist du okay?«

»Das wollte ich dich gerade fragen. Ich bin bei Ava. Ihr Vater macht Lasagne.«

»Klingt gut.«

»Und du? Eugen macht sich Sorgen.«

Ich nickte stumm.

»Mama, alles in Ordnung?«

»Ja. Bin mitten in einem Fall. Alles gut … Sorry wegen Tina.«

»Das musst du ihr sagen. Sie war echt schräg drauf.«

Wieder schwieg ich. Im Unterholz zu meiner Rechten raschelte es. Ich hoffte, »meinen« Rehbock zu sehen, aber ich konnte nichts erkennen.

Mit Karl kann ich schweigen wie mit niemandem sonst. Ich muss ihn nicht weghalten und mich nicht flüchten, wir können einfach still sein. Vor zwei Jahren ist er auf einer Klassenfahrt krank geworden und lag mit Fieber in der Jugendherberge, während alle anderen unterwegs waren. Er hat mich angerufen, und wir haben eine Stunde am Telefon geschwiegen. Ich auf einer Parkbank in Pankow und er in seinem Stockbett im Harz. Irgendwann konnte ich an seinem Atemrhythmus hören, dass er eingeschlafen war. Da habe ich aufgelegt.

»Ich muss aufhören. Ava hat gerufen. Wann kommst du wieder?«

»Klar. Bald.«

»Okay. Ciao.«

»Tschüss, mein Schatz.« Meine letzten Worte prallten an der unterbrochenen Verbindung ab und kehrten irgendwie zerbeult zu mir zurück. Ich beschleunigte meinen Schritt.

Als ich endlich wieder am »Sonnenhof« angekommen war, ging ich in die Scheune und suchte Gabowskis Zimmer. Ich wusste, dass es im oberen Stockwerk lag, und fragte mich durch. Ich klopfte, aber niemand antwortete, also öffnete ich die Tür vorsichtig einen Spaltbreit.

Wenn man etwas tut, was verboten ist oder für Aufsehen sorgen könnte, darf man nicht zögern, vorsichtig sein oder sich womöglich sogar umschauen. Je selbstverständlicher, umso sicherer. Ich habe die Erfahrung gemacht, dass Menschen mehr auf die Geschichten in ihrem Kopf reagieren als auf die Tatsachen vor ihrer Nase. Ich bin schon in Bürogebäude spaziert, habe interne Papiere vor aller Augen auf dem hauseigenen Kopierer kopiert und bin damit wieder rausmarschiert. Auf dem »Sonnenhof« war das anders. Ich schlich mich in das Zimmer wie eine Diebin, schloss die Tür hinter mir in Zeitlupe und schaltete erst dann das Licht ein.

In dem Raum herrschte Chaos. Das Bett war zerwühlt, der Stuhl umgeworfen. Kleidungsstücke lagen auf dem Boden verstreut, die aufrollbare Ledertasche, in der Gabowski seine Schnitzwerkzeuge aufbewahrte, zwischen ihnen. Die Schlaufe, in die sein Schnitzmesser gehörte, war leer. Ich machte Fotos und musste meine Hände zur Ruhe zwingen. Mein Magen zog sich zu einem eisigen Etwas zusammen, hinter meinen Schläfen hämmerte kaltes Blut.

TEIL 6

»Du und ich – wir sind eins.
Ich kann dir nicht wehtun,
ohne mich zu verletzen.«

Mahatma Gandhi

EINS

Ich wüsste gerne, wo die Reserven sind, die man aktiviert, wenn es drauf ankommt. Nur eine Minute, bevor sich in mir zwei Möglichkeiten herauskristallisierten, nämlich dass Gabowski entweder verschleppt worden war oder er den Tod seines Zwillingsbruders rächen wollte, hatte ich nirgends in mir auch nur den Nachhall von Energie gespürt. Doch mit der Klarheit kam die Kraft, und ich rannte zurück in mein Zimmer. Ich schnappte mein Portemonnaie und die Autoschlüssel vom Tisch, ohne hinzusehen. Dabei fiel etwas zu Boden. Ich wäre fast draufgetreten, so wenig unterschied es sich von den Holzdielen: ein winziger geschnitzter Rehbock, der seinen Kopf neugierig in die Höhe reckte. Ich erinnere mich an das Brennen in meiner Kehle, bereit, in meine Augen aufzusteigen und sie zu Tränen zu zwingen, aber ich konnte es gerade noch herunterschlucken. Ich frage mich heute noch, wann genau Michael ihn in mein Zimmer gelegt hat.

Ich sprintete zum Parkplatz und rannte dabei einen Aufsteller auf dem Rasen vor der Scheune um, auf dem eine Meditation im Morgengrauen angekündigt wurde. Das Thema war das zu Tode gehetzte Zitat von Mahatma Gandhi: »Du und ich – wir sind eins. Ich kann dir nicht wehtun, ohne mich zu verletzen.« Ich stellte ihn wieder auf und lief zum Wagen. Bis hierher war mir niemand begegnet, alle waren beim Abendessen.

Während ich mich auf den Weg zurück nach Berlin machte, rief ich Eugen an. Ich bat ihn, nach Moabit zu fahren und so unauffällig wie möglich ein Auge auf Neumeier zu haben. Er war einverstanden und versprach begeistert genug, Abstand zu halten und mindestens einen seiner Freunde aus der Nordic-Walking-Runde mitzunehmen. Und doch schlug ich hilflos auf das Lenkrad ein, sobald ich aufgelegt hatte. Ich brachte ihn mit meiner Bitte in Gefahr. Mir fiel auf, dass ich kein Problem damit gehabt hätte, Tina hinzuschicken, wie ich es in so einem Fall normalerweise tat. Nicht, weil es ihr Job war und ich sie dafür bezahlte, sondern weil ich ihr zutraute, sich aus allen Situationen »herauszuspielen«.

Wenn Neumeier der Hehler war, für den Eugen und seine Taxikollegen ihn hielten, hatte er einen Ruf zu verlieren. Und wenn er die beiden Typen aus dem BMW geschickt hatte, die laut Bernd für den Vorfall mit der Katze verantwortlich waren und diesen womöglich ins Krankenhaus geprügelt hatten, dann schwebte Michael in echter Gefahr. Egal, ob er Neumeier Geld schuldete oder für ihn Hehlerware einschmelzen oder umarbeiten sollte. Ich bin schon etliche Male engagiert worden, gestohlene Dinge zu suchen. Ich erkläre meinen Klienten dann, wie gering die Chance ist, dass ich ihnen zurückgeben kann, was ihnen genommen wurde, aber die wenigsten lassen sich davon abhalten. Ich hatte bisher nur Erfolg, wenn der Dieb ein Familienmitglied, ein Haushaltsangehöriger, ein Mitarbeiter oder ein Freund war und – vor allem – ein Amateur.

Die A11 war bis Bernau frei. Ich versuchte während der Fahrt, einen Hinweis auf den Arzt zu finden, den Michael für den Tod seines Zwillings verantwortlich machte. Ich hatte seinen Namen: Wenzel. Michael hatte ihn in der Morgenrunde erwähnt. Ich rief Leonie an und fragte, ob sie mehr über ihn wusste, aber außer dass sie mir den Namen des Krankenhauses nannte, in dem der Eingriff vorgenommen worden war, konnte sie mir nicht weiterhelfen. Ich hielt meine Stimme so ruhig wie möglich und wimmelte ihre Fragen ab. Ich rief im Krankenhaus an und versuchte, mich zu Dr. Wenzel durchzufragen, erhielt aber nur die Information, dass er erst in zwei Tagen wieder im Dienst erwartet wurde. Ich beendete das Gespräch und fluchte.

Dann zerrte ich jeden Moment, den ich mit Michael verbracht hatte, aus meinem Gedächtnis. Ich betrachtete jetzt alles, was er gesagt, getan, wie er geschaut und geatmet hatte, aus einer anderen Perspektive. Und plötzlich entdeckte ich den Hass, er blitzte hervor zwischen Trauer, Resignation, und auf der anderen Seite Hoffnung, zumindest auf Frieden, wenn nicht auf Freude. Michael hatte ihn vor Zeugen gestanden, vielleicht in seinem Schweigen zu ersticken versucht, aber er war da gewesen, die ganze Zeit, und ich hatte ihn ignoriert oder übersehen. Vielleicht, weil ich Michael um ihn beneidet hätte. Ich weiß es nicht.

Ich fluchte wieder, weil ich nicht Tina anrufen und damit beauftragen konnte, Dr. Wenzel zu suchen. Ich kenne niemanden, der mit weniger Informationen und mehr Leidenschaft Menschen im Internet aufspüren kann. Der Verkehr wurde dichter, das Navi kündigte sowohl auf der A100 als auch auf der B2 Stau an.

Ich kann es, wie gesagt, nicht ausstehen zu spekulieren. Ich mache mir dann etwas zu eigen, was mir nicht gehört, und biege es so zurecht, dass ich es begreifen kann und es in meine Weltsicht passt. Was für ein fehleranfälliges und damit mühsames Arbeiten, denn alles muss jederzeit infrage gestellt, überprüft und angepasst werden! Ich warte lieber, bis sich alles von selbst zeigt und ich nur noch beschreiben muss. Doch wenn Michael tatsächlich auf dem Weg zu Dr. Wenzel war, hatte ich dafür keine Zeit.

Mir blieb nur eine einzige Möglichkeit.

ZWEI

Das Dezernat LKA 11 ist zuständig für Tötungsdelikte, Entführungen, erpresserischen Menschenraub und ärztliche Kunstfehler mit Todesfolge. Sebastian arbeitet dort seit Jahren als Dienstgruppenleiter. Er hob nach dem vierten Klingeln ab.

»Ja?«

»Hallo, Sebastian.«

»Was gibt's?«

Ich schwieg einen Moment, um mich zu orientieren. Sebastians Tonfall klang fremd. Nicht wie all die Male, wenn wir allein in meinem Hinterzimmer gewesen waren. Aber auch nicht, wie ich ihn vor Gericht oder in Hörweite seiner Kollegen kannte. Er war leichter, aber unecht. Ich hörte Stimmen im Hintergrund. Eine Frauenstimme fragte, ob noch irgendjemand Pizza wolle. Jugendliche Stimmen antworteten durcheinander. Womöglich war er zu Hause und saß mit Frau und Kindern am Esstisch, oder sie saßen auf dem Sofa und sahen irgendeinen bescheuerten Krimi. Darauf konnte ich keine Rücksicht nehmen, wollte ich auch nicht.

»Ich brauche deine Hilfe. Es ist dringend.«

Jetzt schwieg er. Ich ließ ihm Zeit, auch wenn es mir schwerfiel.

»Rede!«

Und das tat ich. Ich gab ihm die Kurzfassung des Falls, dabei konnte ich hören, dass er sich bewegte und Türen öffnete und wieder schloss.

»Und was soll ich jetzt machen? Ich kriege niemals einen Durchsuchungsbefehl für Neumeier, und was den Arzt angeht …«

»Gib mir seine Adresse, und ich regle das. Ich möchte ihn nicht verschrecken; falls ich mich täusche, erfährt niemand davon, und falls ich richtigliege, wird Michael auf mich hören. Ich weiß, dass das viel verlangt ist. Bitte, Sebastian. Eine Adresse und eine Handynummer, mehr brauch ich nicht.«

Es hatte wieder angefangen zu regnen. Das leise Quietschen der Scheibenwischer, das Rauschen der vorbeifahrenden Autos und das Prasseln der Tropfen auf dem Dach betonten Sebastians Schweigen, das aus der Freisprechanlage dröhnte.

»Ich komme mit.« Ich hörte das Zuschlagen einer Autotür und einen startenden Motor. »Ich bin in zwanzig Minuten im Büro. Ich geb dir Bescheid, wo wir uns treffen.«

Er hatte aufgelegt, bevor ich etwas erwidern konnte.

Leonie rief an, aber ich wartete, bis sie auf die Mailbox sprach, aus Angst, dass ich meine Stimme nicht gut genug im Griff haben würde. Und tatsächlich wollte sie »nur« wissen, was es mit Dr. Wenzel auf sich hatte, und flehte mit dieser mädchenhaften Piepsstimme um Rückmeldung. Ich erreichte die Stadtgrenze und suchte mir einen Weg durch die kleinen Wohnstraßen Weißensees, um die Autoschlangen auf den Hauptstraßen zu vermeiden. Mein Herz stolperte, und mein Kopf dröhnte, als braue sich in ihm ein Unwetter zusammen. Als ich auf Höhe des Einsteinparks in Prenzelberg war, rief Sebastian mich zurück.

»Linien-/Ecke Ackerstraße. Ich bin unterwegs.«

Wieder legte er auf, ohne auf meine Antwort zu warten oder eine Rückfrage zuzulassen. Er hatte mir keine genaue Adresse anvertraut.

Es waren nur knapp fünf Kilometer bis zum Treffpunkt. Und doch dauerte es weitere quälende fünfundzwanzig Minuten, bis ich am Koppenplatz in zweiter Reihe parkte. Sebastian stieg aus seinem Wagen. Er kam direkt auf mich zu. Sein Gesichtsausdruck war für mich unlesbar, oder vielleicht war er auch einfach nicht meine Priorität. Als er mir gegenüberstand, hatte ich einen Moment den Impuls, ihn zu küssen, so, wie wir es schon hundert Mal gemacht hatten. Er deutete auf einen frisch sanierten Altbau mit hell erleuchteten Fenstern in meinem Rücken.

»Wenzel geht nicht an sein Telefon. Aber es brennt Licht. Er ist allein in der Wohnung gemeldet.«

Er ging um mich herum und hielt dabei einen auffälligen Abstand. Ich folgte ihm. Als ich neben ihm im Hauseingang stand und die Klingel mit Wenzels Namen drückte, sah ich ihm in die Augen. Er nickte nur. In dem Moment verließ eine junge Frau das Haus, und wir nutzten die Gelegenheit und die offene Haustür. Mein Herz schlug mir bis zum Hals, und mein Atem war so flach, dass ich kaum noch Luft bekam, als wir den dritten Stock erreichten. Zu meiner Überraschung ließ Sebastian mir den Vortritt. Ich klopfte an die petrolfarben lackierte Jugendstiltür. Hinter ihr konnte man leise Musik hören, und doch rührte sich niemand. Ich klopfte erneut, diesmal lauter. In meinem Kopf kam ein Bild ins Rutschen, wie eine Lawine. Ein blutüberströmter Mann auf einem weißen Küchenboden. Ich schüttelte mich und hämmerte gegen die Tür. Es ist ungewöhnlich für mich, dass meine Gedanken vorausjagen. Normalerweise »laufen sie bei Fuß«, wie Eugen es nennt, wenn Tina ihm von Achtsamkeit erzählt. Neben mir hob Sebastian gerade seine Hand, vermutlich, um meine davon abzuhalten, weiter auf das Holz einzuschlagen, als sich die Tür plötzlich doch öffnete.

Dr. Wenzel sah aus, als sei er gerade aufgewacht. Er war jung, ich schätzte ihn auf Ende zwanzig.

»Was soll das?«

»Sind Sie Dr. Thomas Wenzel?«

»Sollten Sie das nicht wissen, wenn Sie mir fast die Tür einschlagen?« Seine Augen wirkten glasig, und ich roch Alkohol in seinem Atem.

»Dürfen wir reinkommen?« Sebastian präsentierte seine Marke. Ich fragte mich einen Moment, ob er sich damit auch offiziell in den Fall eingeschaltet hatte, war aber so erleichtert darüber, Wenzel lebendig vor mir zu sehen, dass ich den Gedanken nicht weiterverfolgte.

Der Narkosearzt studierte lustlos Sebastians Dienstausweis und winkte uns dann in die Wohnung. Wieder war ich überrascht. Scheinbar ohne von uns Notiz zu nehmen, ging er voran durch einen langen schmalen Flur. Die Küche blitzte unbenutzt und hatte einen dunkelblauen Linoleumboden. Kein Blut nirgendwo. Wir folgten Wenzel bis zum Wohnzimmer mit großem Bücherregal, Flachbildschirm und Spielekonsole. Auf dem Boden lagen Schallplatten. Auf einem Couchtisch aus dunklem Holz und Edelstahl standen eine fast leere Rotweinflasche und zwei Gläser. Eines davon war voll, das andere leer.

Sebastian war hinter mir in der Tür stehen geblieben, während ich zwei Schritte in den Raum hineingemacht hatte. Wenzel setzte sich zu dem leeren Glas auf einen Sessel und deutete auf die Couch. Ich zögerte. Sebastians Anwesenheit irritierte mich. Wir waren noch nie zusammen in einer Zeugenbefragung oder Ähnlichem gewesen. Wenn wir früher gemeinsam an einem Fall gearbeitet hatten, dann, weil er mich unter der Hand mit Hintergrundermittlungen beauftragt hatte, und manchmal waren wir uns vor Gericht begegnet. Es schien ihm ähnlich zu gehen, denn diese Unentschlossenheit kannte ich nicht von ihm. Er blieb stehen, wo er war, und ich auch, und die Situation fühlte sich angespannt und unpassend an. Ich wollte Michael keinen Ärger machen, und doch musste ich Wenzel zumindest warnen. Wenn er noch nicht hier gewesen war, konnte er jederzeit auftauchen. Bewaffnet.

»Ich bin auf der Suche nach Herrn Michael Gabowski«, brach ich schließlich das Schweigen.

Zum dritten Mal wurde ich überrascht, als Wenzel nickte und die Weinflasche in sein Glas leerte.

»Ist grade weg.«

DREI Sebastian und ich saßen mit dem größtmöglichen Abstand nebeneinander auf dem schmalen Sofa. Ich spürte seine Körperwärme an meiner Seite, und das störte mich.

Wenzel holte in aller Seelenruhe eine weitere Flasche Wein und zwei Gläser aus der Küche. Ohne uns zu fragen oder auch nur anzusehen, verteilte er Wein in alle drei Gläser und behielt seines gleich in der Hand.

»Ich erinnere mich nicht einmal an seinen Zwillingsbruder.«

Sebastian wippte ungeduldig mit der Ferse. Ich hingegen versuchte, den Sinkflug meines Kreislaufs zu genießen. Michael war nicht entführt worden, und er hatte Wenzel nichts getan. Ich hatte mich getäuscht, als ich dachte, irgendetwas sei in krasse Schieflage geraten.

»Ich erinnere mich natürlich an den Fall. An den Tag. An jede Sekunde im OP ab dem Moment, als klar war, dass er einen anaphylaktischen Schock hat. Der Infarkt kam dann so schnell und heftig ... Ich habe mich seitdem bestimmt tausend Mal gefragt, ob ich etwas hätte anders machen können.« Wenzel rieb sich die Augen. »Aber ich erinnere mich nicht an unser Vorgespräch, nicht an seine Stimme, ob er Angst vor dem Eingriff hatte, an gar nichts.«

Sebastian hatte genug, das war mir klar. Für ihn gab es keinen Grund mehr, neben mir auf einem Sofa zu sitzen. Aber er ist auch ein gründlicher Polizist.

»Was wollte Herr Gabowski von Ihnen?«

Wenzel sah uns lange schweigend an. Ich konnte spüren, wie Sebastian neben mir von »ungeduldig« in Richtung »ungehalten« rutschte. Der junge Arzt drehte unbeeindruckt seinen Glaskelch in feinen Händen mit akkurat geschnittenen Fingernägeln. Irgendwann senkte er seinen Blick und sah plötzlich aus wie ein beschämter kleiner Junge.

»Er wollte mit mir über seinen Bruder sprechen. Seine letzten Momente.« Sebastian murmelte etwas, das ich nicht verstand, und schüttelte den Kopf. Wenzel holte tief Luft und schloss dann schulterzuckend: »Er wollte wissen, ob er gelitten hat.«

Während ich die beiden Männer beobachtete und überlegte, was das alles zu bedeuten hatte, wusste mein Körper längst Bescheid.

VIER

Ich bin nicht gut darin, auf meinen Körper zu hören. Vielleicht bin ich zu sehr damit beschäftigt, meine Umwelt zu beobachten. Vielleicht kenne ich ihn nicht gut genug. Vielleicht hat Tina recht, wenn sie behauptet, ich will »nicht gegen ihn verlieren«. Jedenfalls ist das in meinem Job normalerweise sehr praktisch. Ich kann ignorieren, dass ich müde bin, mir kalt oder heiß ist, ich Hunger oder Durst habe. Ich merke all das wahrscheinlich ohnehin später als andere, und wenn ich es dann tue, nehme ich es kurz zur Kenntnis, um mich gleich wieder abzuwenden. Wahrscheinlich meint Karola das, wenn sie ihre Meditationen anleitet, nur in Bezug auf Gedanken. Da fällt es mir schwerer.

In Wenzels Wohnung zog sich mein Magen zusammen, und meine Hände wurden eiskalt. Anstatt zu verstehen, was das zu bedeuten hatte, griff ich nach dem Weinglas vor mir und ignorierte den überraschten, vielleicht sogar verärgerten Blick von Sebastian. Der Wein war gut und stieg mir direkt in den Kopf. Er wärmte meinen Magen und kurz darauf auch meine Fingerspitzen. Wenzel war längst dabei, von seiner Ex-Freundin zu erzählen, die ihn verlassen hatte, weil sie angeblich nicht damit klarkam, dass er so wenig Zeit für sie hatte. Ich fragte mich, wieso Sebastian nicht schon gegangen war. Er war mittlerweile bis auf die Kante der Sitzfläche vorgerutscht und schien darauf zu warten, dass ich meinen Wein austrank.

Wenzel fragte uns, wie sehr unser Berufsleben unsere Beziehungen belaste. Es war klar, dass er uns beide für Polizisten hielt. Ich beließ es dabei. Ich zog es vor, Wein zu trinken, anstatt zu antworten, und Sebastian zuckte nur mit den Schultern. Als Wenzel weiterbohrte, presste er ein »Ist nicht immer einfach« zwischen den Zähnen hervor und griff selbst nach seinem Glas.

Ich merkte, wie langsam mein Denken mittlerweile war und wie schwer es mir fiel, zu entscheiden, was ich als Nächstes tun sollte. Ich wusste immer noch nicht, wo Michael war. Vielleicht war er längst zurück auf dem »Sonnenhof«, vielleicht war er zu Hause in Friedenau und regelte seinen Umzug in die Uckermark. Leonie wartete auf meinen Rückruf. Ich musste Eugen sagen, dass er seine Observierung beenden konnte, schuldete Sebastian einen Gefallen und/oder Dank, Karl machte sich Sorgen, und Tina war sauer auf mich. Also leerte ich das Glas und stand auf. Mir war schwindelig, und ich musste mich an Sebastians Schulter abstützen. Blitzschnell streckte er seine Hand aus und hielt mich an der Hüfte. Er sah mich mit einem Ausdruck an, den ich für entsetzt oder vorwurfsvoll hielt, sagte aber nichts.

Wenzel blickte mich an, als tauche er aus irgendetwas auf, und fragte mich direkt: »Wieso suchen Sie Gabowski überhaupt?«

Ich versuchte, die Frage zu ignorieren, wie ich es immer tue, wenn eine Antwort anstrengender oder gefährlicher ist als ein verstimmter oder enttäuschter Gesprächspartner, aber Wenzel ließ nicht locker. »Er wirkte nicht wie jemand, der Ärger mit der Polizei hat.«

»Das tun die wenigsten.« Sebastian hatte seine souveräne Kommissarstimme zurück, die er auch im Gericht benutzt. Sie duldet keinen Widerspruch und funktioniert meist – wenn sie nicht gerade sein Gegenüber so provoziert, dass ein Streit entsteht.

Wenzel sah zu Boden und wirkte wieder wie ein kleiner Junge. »Zum Abschied hat er gesagt, dass er mir vergibt.«

Die Worte brauchten eine lange Sekunde, bis sie mit all ihrer Wucht zu mir durchgedrungen waren, aber dann begriff ich.

FÜNF

Ich saß in Eugens Taxi und hatte schon den Motor angelassen, als Sebastian die Beifahrertür aufriss und im nächsten Augenblick neben mir saß.

»Was willst du? Ich muss los!«

»Ich komm mit! Was ist passiert, Isa?«

»Ich muss Michael finden!«

»Wieso? Was ist da drinnen gerade passiert?«

»Er will sich umbringen!«

Ich gab Gas, und Sebastian zückte sein Handy und beorderte eine Streife zu Michaels Wohnung. Ich gebe zu, dass ich bewegt war, weil Sebastian mir glaubte, aber es war auch eine Bestätigung für meine Angst. Ich fuhr, so schnell ich konnte. Die Rushhour war vorbei, und der Verkehr hatte sich beruhigt. Trotzdem konnten wir durch den Tiergartentunnel nur schleichen. Ich fluchte und warf mir vor, dass ich nicht über die Goldelse gefahren war. Ich hupte, als ob das je irgendetwas gebracht hätte. Sebastians Hand war warm auf meiner, aber ich schüttelte sie sofort ab.

»Lass mich fahren.«

»Auf keinen Fall!«

»Hast du mal in den Spiegel geschaut? Wann hast du das letzte Mal was gegessen? Oder geschlafen?«

»Ich wüsste nicht, was dich das angeht.« Meine Stimme klang scharf.

Kaum waren wir aus dem Tunnel raus, klingelte Sebastians

Handy. Er hörte kurz zu und bestätigte, dass »Gefahr im Verzug« sei. Wo ich ihn gerade noch am liebsten aus dem Wagen geschmissen hätte, war ich ihm plötzlich unendlich dankbar. Er herrschte seinen Gesprächspartner an, sich zu beeilen, und beendete das Telefonat. Ich raste die Martin-Luther-Straße herunter, kümmerte mich weder um Ampeln noch um Geschwindigkeitsbegrenzungen. Im Wagen herrschte Schweigen. Ich konnte das Rauschen in meinen Ohren hören.

Die Reifen quietschten wie in einem schlechten Film, als ich vor Michaels Haus hielt. Das Schaufenster des Geschäfts war mit Spanplatten vernagelt, an der Ladentür klebte ein Polizeisiegel. In der Hofeinfahrt stand ein Streifenwagen. Die Rundumleuchte warf stumm mit kaltem blauen Licht um sich. Zeitgleich mit uns fuhr der Transporter eines Schlüsseldienstes vor. Sebastian sprang aus dem Wagen und übernahm. Ich folgte ihm und dem Handwerker mit rasendem Herzen zum Hauseingang, der offen stand. Eine junge Streifenpolizistin kam uns von oben entgegen. Sie winkte ab.

»Danke, aber Ihre Dienste werden nicht mehr benötigt. Wir haben die Frau angetroffen, die sich um die Blumen kümmert. Sie hat uns reingelassen. Die Wohnung ist leer.«

»Die Anfahrt bezahlen Sie mir aber …« Der ältere Mann roch nach Zigaretten und stocherte mit gelbem Zeigefinger vorwurfsvoll in der Luft herum.

Ich drehte ab und fluchte. Ich trat gegen die Hauswand. Der Schmerz drang für einen kurzen Augenblick durch die Panik wie ein Nebelscheinwerfer. Mein Blick fiel auf die Ladentür. Der violette Papierstreifen mit dem Siegel des Berliner Polizeipräsidenten war zerrissen. Ohne nachzudenken, stemmte ich mich gegen die schwere Glastür.

SECHS

Ich weiß nicht, wie oft ich gehört oder gelesen habe, dass Blut einen unverkennbaren Geruch hat. In der Kunsthochschule hat eine Kommilitonin mit literweise Tierblut gearbeitet, ich habe schwer verletzte blutende Fahrgäste ins Krankenhaus gefahren, habe Karl Dutzende von blutenden Wunden verbunden. Ich finde nicht, dass es immer gleich riecht. Ja, da ist dieser Anflug von Eisen, in der Nase, aber ganz schnell auch auf der Zunge. So, als drängle sich dieses Element schneller und heftiger als andere in einen hinein. Vielleicht mischt sich der Geruch von Blut deshalb sofort und untrennbar mit seiner Umgebung. Ob diese aus Sonnencreme und Spielplatzsand, Alkohol und Cockpit-Spray oder Terpentin und Modellierton besteht, Blut macht sie sich zu eigen und verändert sie für immer, zumindest kommt es mir so vor.

Das Innere des Ladens war dunkel. Ich tastete mich im Schein der Straßenlaterne, der durch die Glasscheibe der Eingangstür drang, bis zum Verkaufstresen, vorbei an umgestoßenen Vitrinen und Glasscherben. Dort angekommen, schaltete ich die Deckenbeleuchtung an. Der Verkaufsraum war menschenleer. Ich sah mich noch einmal um und ging dann in den schmalen Gang, der in die Werkstatt führte. Zwei Schritte, bevor ich die angelehnte Tür zu Michaels Heiligtum erreichte, traf mich der Geruch wie eine Welle. Ist das nicht merkwürdig? Er war nicht erst schwach wahrzunehmen und wurde dann stärker und stärker. Nein, in einem Augenblick waren da Staub,

Glasreiniger und Silberpolitur, gemischt mit dem Muff von alten Holzmöbeln, und plötzlich war all das durchdrungen von Blut. Vermischt zu etwas Neuem, das ich nie vergessen werde.

Ich stieß die schwere Holztür auf. Sie hat gequietscht, der Lack unter meinen Fingern war spröde. Die Werkstatt war unverändert, aufgeräumt und sauber im warmen Licht einer Pendelleuchte, die über dem Arbeitsplatz hing. Schweiß und Blut, Metall und Polierpaste. Nichts schien zusammenzupassen, bis ich die schwarz glänzende Pfütze entdeckte. Es sind höchstens sechs Schritte bis zur Werkbank und um sie herum. Ich weiß nicht mehr, ob ich gerannt bin oder gezögert habe.

Michael war von seinem Arbeitsstuhl gerutscht und kauerte nun mit merkwürdig verdrehten Beinen zwischen Stuhl und den metallenen Schubladen, die den Unterbau seiner Werkbank ausmachten. Ich weiß noch, dass ich gedacht habe, wie unbequem seine Haltung sein musste. Vielleicht hat mein Gehirn mir geholfen, mich an die Szene heranzutasten. Vielleicht wollte es mich schützen oder Michael. Sein Kopf war ihm auf die Brust gesunken, seine Arme hingen kraftlos und nach außen rotiert von seinen Schultern. Er trug ein Leinenhemd im typischen Blaugrün der »Sonnenhof«-Bewohner. Die Ärmel waren akkurat hochgekrempelt bis deutlich über die Ellenbogen. Lustig, dass ich mich daran besser erinnern kann als an den Anblick der nackten Unterarme, die vom Handgelenk bis in die Ellenbeuge der Länge nach auseinanderklafften. Ich konnte durch das glänzende Rot hinweg alle Schichten der Haut, Sehnen und Muskeln sehen, bis hinunter zu den Knochen. Ich strampelte mich aus meinem Parka und meinem Sweatshirt und sank auf die Knie. Ich rutschte in dem Blut aus und musste mich auf dem Boden abstützen. Es war noch warm und tropfte von meinen Fingern, als ich Michaels Arme mit meinen Kleidungsstücken umwickelte. Ich glaube, ich habe mit ihm gesprochen, aber ich kann mich nicht mehr daran erinnern, was ich gesagt habe.

Vielleicht nur seinen Namen, vielleicht habe ich ihn angefleht, zu bleiben oder zurückzukommen. Ich kauerte mit ihm in dem winzigen Raum unter der Arbeitsplatte und zerrte, so fest ich konnte, an Stoffstücken, die nichts mehr ausrichten konnten. Er hob seinen Kopf langsam und nur ein kleines bisschen. Seine Lider zuckten. »Mir ist kalt.« Seine Worte waren mehr zarter Nebel, der zwischen seinen bläulich schimmernden Lippen aufstieg, als klare Laute. Ich zog ihn mit all meiner Kraft näher an mich heran. Tief in meine Umarmung. Ich wiegte uns leise vor und zurück im Rhythmus, den vielleicht alle Menschen in sich haben für den Fall, dass sie einmal aufhören müssen, zu denken, zu handeln. Für den Fall, dass sie nur noch sein können und … beten.

So ist er gestorben. In meinen Armen.

TEIL 7

»Kurz mal nicht aufgepasst
und – zack – biste glücklich.«

Kühlschrankmagnet

EINS

Die goldene Rettungsdecke knisterte um mich herum und funkelte im Licht der Blaulichter von Streifen- und Rettungswagen. Als hätte es noch etwas zu retten gegeben. Ich saß auf dem Bordstein, genau gegenüber der Ladentür, die nun offen stand. Das Geschäft dahinter war erleuchtet und voller Menschen in Uniformen. Das Blut an meinen Händen war getrocknet und hatte seine Farbe geändert. Verschwunden war das lebendige Rot, übrig geblieben war ein staubiges Braun, das mich an den Herbst erinnerte. Meine Jeans, mein BH-Top und meine Sneaker waren hingegen noch feucht und klebten an meiner Haut. Ich merkte gar nicht, dass ich zitterte, bis eine alte Dame aus dem Nachbarhaus plötzlich vor mir stand und mir einen Becher Tee entgegenstreckte. Sie hielt so viel Abstand wie möglich. Ich sah sicher erschreckend aus. Die junge Streifenpolizistin kam und brachte mir meine Jacke und meinen Pullover in einem Müllbeutel. Sie fragte mich etwas, aber ich konnte ihr nicht folgen, denn hinter ihr wurde Michael gerade abtransportiert. Er sah aus, als würde er schlafen. Sein dünnes Haar klebte ihm dunkel an der Stirn. Ich war dankbar, dass sie ihn nicht in einen Plastiksack gezwängt hatten.

Dann kam alles in Bewegung. Die zwei Rettungswagen, der Notarzt und zwei der drei Streifenwagen fuhren ab und nahmen Michael und das Funkeln auf meiner Decke mit.

»Brauchen Sie Hilfe? Soll ich die Notfallseelsorge anfordern?« Die junge Polizistin war mittlerweile in die Knie gegangen, um auf Augenhöhe mit mir zu sprechen. Ich weiß noch, dass ich ihr gerne etwas geantwortet hätte, aber ich hatte keine Worte. Sie nickte und zückte schon ihr Funkgerät, als Sebastian in meinem Sichtfeld auftauchte. Er sah wütend aus.

»Danke, ich übernehme.«

»Das ist nicht nötig, ich kann gerne …«

»Nein!« Die eifrige junge Frau zuckte zusammen, als Sebastian sie in scharfem Ton wegschickte. Kaum war sie außer Hörweite, fragte er: »Willst du nach Hause oder ins Büro?«

Ich verstand ihn erst gar nicht. Ich wollte nirgendwohin. Ich wollte in meiner goldenen Hülle sitzen, eine zu heiße Teetasse in den Händen, und darauf warten, dass sich etwas veränderte. Tina hat sich vor ein paar Jahren eine Gewichtsdecke gekauft. Nachdem sie einige Wochen lang auf Instagram oder Facebook mit Werbung dafür bombardiert worden war, war sie schließlich sicher, dass eine mit Glasperlen gefüllte Plastikdecke für über zweihundert Euro die Lösung für Schlafprobleme sei, von denen sie bis dahin noch gar nichts gewusst hatte. Natürlich hat sie sich gegen den Rat des Herstellers, eine Decke zu nehmen, die ein Zehntel ihres Körpergewichts wiegt, dazu entschieden, ein fast doppelt so schweres Zehn-Kilo-Monster zu bestellen. Es kam mir vor, als liege diese Decke jetzt auf meinem Gehirn, und ich muss zugeben, dass das nicht unangenehm war.

Sebastian zog mich an den Schultern hoch, ich vergoss dabei heißen Tee auf meinen Oberschenkeln.

»Ich bring dich erst mal ins Büro. Du willst deinem Sohn diesen Anblick sicher ersparen.«

Irgendwo unter der Decke in meinem Kopf rührte sich träge der Gedanke, wie unverschämt es von Sebastian war, zu bestimmen, was ich Karl zumutete oder eben nicht. Er hatte mir den Arm um die goldknisternden Schultern gelegt und steuerte mich zu Eugens Taxi. Die alte Dame folgte uns mit meiner Mülltüte voller blutiger Kleidung. Später war ich ihr sehr dankbar dafür, denn in dem Parka waren nicht nur mein Handy, Schlüssel und Geldbeutel, sondern auch der kleine Rehbock, jetzt vollgesogen mit dem Blut seines Schöpfers.

ZWEI

Sebastian achtete peinlich genau darauf, dass Eugens Beifahrersitz keine Blutflecke abbekam. In meinem Kopf blitzte die Erinnerung an einen Streit zwischen uns auf – nur ein paar Monate zuvor. Sebastian und ich hatten uns auf einem Krankenhausparkplatz angeschrien, auch da war ich voller Blut gewesen, doch damals war es mein eigenes gewesen.

»Ich fahr dich gleich zu deinem Auto«, hörte ich mich sagen. Sebastian schnaubte ein hässliches Geräusch, erwiderte aber nichts. Schweigend legten wir die kurze Strecke zu meinem Büro zurück. Sebastian folgte mir ins Vorzimmer. Das Deckenlicht erschien mir greller als sonst. Als Sebastian keinerlei Anstalten machte, zu verschwinden, deutete ich auf das Sideboard, auf dem sowohl ein Wasserkocher und eine Auswahl an Teebeuteln als auch eine hippe Kaffeepad-Maschine standen, die Tina erst vor Kurzem angeschafft hatte, weil ein Büro ohne »Coffee Station« anscheinend absolut inakzeptabel geworden war.

Ich ging durch mein Büro in mein Atelier, wo ich Ersatzklamotten und -schuhe aufbewahre, und gleich darauf wortlos wieder an Sebastian vorbei zurück in den Hausflur und zu dem kleinen Duschbad, das ich mir mit einer Bürogemeinschaft von Grafikern und Architekten teile.

Das Blut strudelte, zu zartem Rosa verdünnt, so schnell in den Abfluss, dass ich es fast verpasste. Ich stand noch minutenlang unter dem heißen Wasserstrahl und wartete darauf, dass die Wärme zu mir durchdrang, was sie aber nicht tat.

Als ich in Jogginghose, löchrigem Kaschmirpulli und mit nassen Haaren in mein Büro zurückkehrte, hoffte ich, dass Sebastian inzwischen gegangen war. Nach Hause. Aber so eckig wir miteinander umgingen, so schräg versetzt wir zueinander standen, so unausgesprochen unsere Wahrheiten blieben, so war er doch sorgfältig. Ohne zu wissen, dass ich in Ordnung war, konnte er nicht gehen.

Er hatte Michael und mich gefunden. Ich hatte ihn meinen Namen rufen gehört, aber nicht geantwortet. Hatte ihn sogar weggeschickt, in meinem Kopf. Vielleicht, weil ich nicht gewollt hatte, dass Michael gestört wurde beim Sterben, vielleicht hatte ich nicht gestört werden wollen beim Dabeisein. Ich hatte über eine Herzmassage nachgedacht, aber die Menge an Blut, die trotz meiner Verbände aus Michaels Armen pulsierte, hatte mich davon abgehalten. Ich hatte ihm sein Tempo gelassen und war dankbar gewesen, dass ich bei ihm sein konnte und ihn vielleicht ein wenig wärmen.

»Du mochtest ihn.« Sebastian drückte mir einen Becher Tee mit viel zu viel Honig in die Hand und setzte sich auf die Armlehne eines der Sessel. Ich blieb mitten im Raum stehen.

»Ja.« Meine Stimme klang standfester, als ich mich fühlte.

»Scheiße.« Sebastian nickte und nahm einen Schluck von seinem Kaffee.

»Danke.« Ich wusste, dass das Wort zu klein war für alles, was er in dieser Nacht getan hatte.

Wir schwiegen wieder und sahen uns dabei über unsere Tassen hinweg an. Ich weiß nicht, was er gesucht hat. Ich wollte zumindest einen Rest von dem Sebastian finden, an den ich mich in den zwei Jahren, die wir uns getroffen haben, gewöhnt hatte. Ich wollte etwas Altes, etwas Bekanntes, etwas, das mich daran erinnerte, wer ich einmal gewesen war. Als ich Michael Gabowski noch nicht gekannt hatte, als Charles für mich noch irgendwo auf der Erde lebendig, Tina noch meine Freundin gewesen war, als ich noch nicht gewusst hatte, wie schlecht Karl von seinem Vater dachte, als ich mein Leben noch hatte beobachten können.

In dem Moment, in dem Sebastian kopfschüttelnd seinen Becher abstellte und sich zum Gehen wendete, habe ich ihn gefunden: den Kriminalhauptkommissar, der sich zwischen Einsätzen, Gerichtsterminen und Familienessen davonstiehlt, um in einem ungeheizten Hinterzimmer alles zu vergessen, was außerhalb der Reichweite seines Körpers liegt. Ich war bei ihm, bevor er die Tür erreicht hatte. Der Kuss war erst ein Ringen, ob miteinander oder mit uns selbst, ich weiß es nicht, womöglich beides. Dann fühlte es sich an, als hätte Sebastian eine Leine losgemacht. Als habe er etwas aufgegeben. Und er war da. Seine Lippen, seine Hände, sein Geruch.

Aber der Sex war anders, wir beide waren anders. Sebastian presste mich gegen die Wand, und ich hielt mich an seinen Hüften fest, bis meine Finger krampften. Es kam mir vor, als habe er in der Zwischenzeit an Muskeln, an Substanz gewonnen, während ich weniger geworden war. Unser Kräfte- und Gewichtsverhältnis hatte sich verändert. Ich weiß noch, dass ich zwischen dem Früher und dem Jetzt verloren zu gehen drohte. Aber dann konzentrierte ich mich darauf, wie sich jeder einzelne Teil meines Körpers anfühlte und mein Atem schneller und schneller wurde.

DREI

Was ich an meinem Arrangement mit Sebastian immer gemocht habe: Es war nicht künstlich. Wir haben nichts erklärt und nichts gefordert. Aber in dieser Nacht war das anders. In einem Augenblick passten wir zusammen – Körper, Rhythmus, Tempo, Wille –, und nach einer Pause, die wie ein tiefes Ausatmen war, lösten wir uns voneinander und waren Fremde. Sebastian sah aus, als sei ihm etwas peinlich, während er meinem Blick auswich. Was genau, konnte ich nicht sagen.

Er richtete seine Kleidung, nahm seine Jacke und verabschiedete sich mit einem Nicken. Die Tür schloss sich hinter ihm mit einem stumpfen Klacken. Ich zog mich wie in Zeitlupe an, spülte die Kaffeebecher, nahm die Mülltüte voller blutiger Kleidung und schaltete das Licht aus. Bevor ich das Büro verließ und nach Hause fuhr, stand ich noch eine Weile im Dunkeln und suchte die Welt um mich herum ab. Nach Michael und Gabriel. Und nach Charles. Ich hab sie nicht gefunden.

Meine Wohnung fühlte sich unbekannt an, als ich auf Socken durch den stockfinsteren Flur tappte. Die Tür zu Tinas Zimmer war nur angelehnt. Es war leer, und ich wusste nicht, wie ich das finden sollte. Karls Tür war geschlossen. Ich konnte nicht anders, als sie lautlos zu öffnen. Ich erahnte meinen großen Sohn mehr, als ihn zu sehen, obwohl er seine Vorhänge wie so oft nicht ganz zugezogen hatte und ein wenig senffarbenes Licht von der Straßenlaterne auf sein Bett fiel, wo er tief und fest schlief. Mein Brustkorb schmerzte, so sehr wünschte ich mir, er wäre noch das Kindergartenkind oder der Grundschüler, der es geliebt hat, wenn ich mich nach einer langen Taxischicht zu ihm gelegt habe. Er hat sich dann im Schlaf zu mir gedreht, seine Stirn an meine gedrückt und gelächelt, bis sich sein perfektes Grübchen zeigte. Ich schloss die Tür wieder und versuchte zu atmen.

Ich ging in die Kammer hinter der Küche und warf meine Sneaker, meinen Parka und das Sweatshirt, die mittlerweile getrocknet und bretthart waren, in die Waschmaschine. Den Tascheninhalt säuberte ich mit Seifenlauge und Reinigungsalkohol, nur den Rehbock ließ ich, wie er war. Dann wischte ich den Fußboden, räumte den Kühlschrank aus und taute das Gefrierfach ab. Dabei war alles so sauber, seit Eugen bei uns wohnte, dass das vollkommen überflüssig war. Als ich das endlich einsah, packte ich alles wieder weg. Dabei verrutschte einer von Tinas Magneten, die Nachrichten, Einkaufslisten und Speisekarten unserer Lieblingsrestaurants an ihren Plätzen an der Kühlschranktür halten. »Kurz mal nicht aufgepasst und – zack – biste glücklich.«

Ich weiß nicht mehr, wie ich auf dem Küchenfußboden gelandet bin, aber ich kann mich noch genau an die kalten Fliesen unter mir, den glatten Kühlschrank in meinem Rücken erinnern, höre noch die Turnschuhe und die Reißverschlüsse meiner Jacke in der Waschmaschine rappeln. Ich saß da, bis die Morgenröte durch die Balkontür drang. Das Rosa sah aus wie verdünntes Blut, und der Lärm der erwachenden Stadt drängte mich dazu, mich wieder zusammenzusetzen.

Ich machte Kaffee und deckte den Frühstückstisch für drei. Dann schaltete ich mein Handy ein und hörte mir die Nachrichten von Leonie an. Nichts, was sie sagte, überraschte mich. Nur, wie sehr sich ihre Stimme geändert hatte. In kraftvoller Wut beschimpfte sie mich, der sie viel Geld dafür bezahlt hatte, ihren geliebten Onkel zu finden und zu beschützen, und nicht ihm dabei zu helfen, sich umzubringen. Sie drohte mit der Polizei und damit, mich beim Bundesverband Deutscher Detektive zu melden, bei dem ich nicht einmal Mitglied bin. Ich bin nirgends Mitglied, dabei hätte ich Leonie gewünscht, etwas tun zu können, um ihrer Wut ein Zuhause zu geben. Sie würde mit der Polizei beschäftigt sein und mit Beerdigungsvorbereitungen und allem, was man machen muss, um ein Leben abzuwickeln, wegzuräumen. Ich würde ihr einen ausführlichen Bericht schreiben und mich ihren Vorwürfen stellen. Ich würde sie mit denen, die ich mir selbst machte, vereinen und schauen, ob ich sie überstehen konnte. Aber noch war ich nicht so weit.

VIER

Eugen lächelte zwar, aber ich weiß, dass er sich nur mit besorgten Fragen zurückgehalten hat, weil Karl mit am Tisch saß. Obwohl der so müde war, dass er wahrscheinlich gar nichts mitbekommen hätte. Karl hatte sich gefreut, mich in der Küche zu sehen, und ich weiß das so genau, weil er mich zu meiner Überraschung umarmt hat. Fest und verschlafen, und ich musste mich zwingen, nicht zu schluchzen.

»Alles okay, Mama?«, hatte er dabei irgendwo über meinem Ohr gemurmelt.

Ich hatte keine Antwort. Früher hätte ich gesagt: »Ja, klar«, und es zu einer Wahrheit gemacht, indem ich mich selbst davon überzeugt hätte, dass ich damit einfach nur der Zukunft vorgreife. Früher hätte ich die Gewissheit in mir gefunden, dass ich irgendwann wieder eine Ordnung in meiner Welt erkennen würde, dass ich mir nur genug Abstand erkämpfen musste, um sie zu sehen, und dass mit ihr die Sicherheit zurückkehren würde. Aber mit meinen Armen um Karls fast erwachsene Schultern, umgeben von seinem Geruch, der neu war, gefragt mit einer Stimme, die eine Oktave tiefer war als die des Kindes, das ich kannte, hatte ich keine Antwort, die nicht eine blank blitzende Lüge oder ein Geständnis gewesen wäre, das ich ihm nicht zumuten wollte, vielleicht nicht zutraute. Ich zog ihn noch einmal an mich heran und ließ ihn dann los.

»Bin ungefähr so müde wie du. Hast du gezockt?«

Ein ertapptes schiefes Grinsen und ein Schulterzucken waren

seine Antwort. Ich war nicht in der Position, etwas dazu zu sagen, und goss ihm stattdessen Kaffee ein. Ich versuchte gar nicht erst, mich vor mir selbst zu rechtfertigen. Ich war selten zu Hause, ich stellte zu wenige Regeln auf. Ich wusste zu wenig über Erziehung und Entwicklungsphasen. Ich stolpere Karl hinterher, seit er auf der Welt ist. Er lernt, sagt, macht etwas, und ich beobachte, statt ihm einen Rahmen zu schaffen und den auch zu halten. Stattdessen hab ich ihm immer vertraut. Vertrauen gehabt in ihn, in seinen Weg. Und gleichzeitig habe ich panische Angst, dass der Rest der Welt ihm etwas antut.

Sobald er nach einem Kaffee und einer Schüssel Müsli ins Bad verschwunden war, war es vorbei mit Eugens Zurückhaltung. »Was ist das für ein Fall, und was hat er mit dir zu tun, moya malen'kaya?«

»Hast du was über Neumeier und diese Typen im schwarzen BMW rausgekriegt?«, versuchte ich abzulenken, doch Eugen schüttelte nur lächelnd den Kopf. Er wusste, dass er am längeren Hebel saß.

»Gabowski hat sich heute Nacht umgebracht.« Die Worte klangen selbst für mich kalt.

Eugen beobachtete mich eine Weile schweigend, bevor er Franz von Assisi zitierte: »Der Tod ist das Tor zum Licht am Ende eines mühsam gewordenen Weges.«

»Ich bezweifle, dass er von Selbstmord gesprochen hat.«

»Wie hast du es erfahren?«

»Ich war dabei.«

Eugen sog hörbar die Luft ein. Die Besorgnis in seinem Gesicht verstärkte sich. Ich fühlte mich davon herausgefordert, so, als traue er mir nicht zu, was er selbst schon als Kind hatte leisten müssen: dem Sterben von Menschen, sterbenden Menschen ins Auge zu schauen. Er hat mir mal erzählt, dass er gar nicht weiß, wie viele Menschen er in seinem Leben sterben gesehen hat, und dass er sich für dieses Unwissen schämt. Er erinnert sich an seine Geschwister und Großeltern, Freunde und Nachbarn, die während der Leningrader Blockade ums Leben gekommen sind, später an seine Eltern und natürlich an Nadja. Seine Frau ist vor fast zwanzig Jahren in ihrer Zweizimmerwohnung in Tempelhof in seinen Armen gestorben, nach jahrelangem Krebsleiden. Aber da müssen noch viele mehr gewesen sein: Fremde im Krieg, später Kameraden in seiner Zeit beim sowjetischen Militär und womöglich Unfallopfer auf den Straßen, die er in über achtzig Jahren befahren hat. Ich zwang mich, meine Gedanken zurückzurufen, und bat ihn, seine letzte Frage zu wiederholen.

»Was willst du nun tun?«

»Herausfinden, wie es so weit kommen konnte. Ich war gestern Mittag noch mit ihm spazieren, und da hat er davon gesprochen, auf den ›Sonnenhof‹ zu ziehen. Die Betreiber hatten ihm schon zugesagt. Ich habe nicht rausbekommen, ob er sich dort vielleicht vor Neumeier verstecken wollte, aber selbst wenn das so war, war es nicht der Hauptgrund, warum er auf dem ›Sonnenhof‹ bleiben wollte. Er hat dort Trost gefunden, glaube ich, und einen Weg, mit seiner Trauer zu leben.«

»Tina hat mir …«

Ich unterbrach Eugen in dem Tonfall, den ich mir für die Gelegenheiten vorbehalte, wenn ich unmissverständlich sein will. »Erzähl mir von Neumeier, wir hatten eine Abmachung!«

Karl streckte kurz seinen Kopf in die Küche. Er trug bereits Jacke und Schultasche. »Bin dann weg. Kann ich heute nach dem Training zu Ava? Ihre Eltern sind einverstanden.«

»Okay.« Ich lächelte ihm zu, während ich das schlechte Gewissen verräumte, das ich hatte, weil es mir recht war, wenn er nicht nach Hause kam.

Er winkte uns kurz zu und verschwand. Eugen testete noch einen Moment, ob ich nicht doch nachgab, aber er kannte mich auch gut genug und begann schließlich seufzend seinen Bericht.

»Wir haben Neumeiers Laden den ganzen Abend lang beobachtet. Die Männer im schwarzen BMW waren zweimal für jeweils etwa zwanzig Minuten da. Mindestens einer von beiden trägt eine Pistole im Hosenbund.«

»Ich konnte noch nicht mit Bernd sprechen. Wenn er bestätigt, dass er von Neumeiers Männern verprügelt wurde, haben wir etwas gegen ihn in der Hand. Vielleicht kriege ich so heraus, was für einen Deal er mit Michael hatte.« Ich dachte mehr laut, als mit Eugen zu sprechen. Meine Gedanken suchten panisch Halt, wie die Figur in einem Film, die über einem Abgrund hängt und sich mit einer Hand an einem morschen Ast festkrallt.

»Dieser Bernd wird doch sicher schon von der Polizei befragt worden sein, moya malen'kaya. Leg dich nicht mit Neumeier und seinen Schergen an. Ich bitte dich.« Er sah mich mit alterstiefen Augen an. Ich fühlte mich von der Wucht in seinem Blick überfordert. Nur die Tatsache, dass er das Wort »Schergen« benutzte, als sei es das Alltäglichste auf der Welt, und dabei auch noch das r rollte, wie nur er es konnte, ließ mich sitzen bleiben. Ich ertrug sogar, dass er meine Hände auf der Tischplatte zu sich heranzog und festhielt. Fest und doch vorsichtig.

Ich holte tief Luft, schloss die Augen und wartete, bis die Welle aus Schmerz, die sich vielleicht seit Wochen, Monaten oder sogar Jahren hinter mir aufgetürmt hatte, über mich hinweggerollt war und mich wieder freigab. Ich würde hingehen, wo mich meine Ermittlungen hinführten, aber das sagte ich Eugen nicht. Ich würde ihn notfalls belügen, sosehr ich das sonst vermied. Ich beugte mich über die Tischplatte und küsste seine faltige Wange. Er roch nach Old Spice und Nivea Creme.

»Kommst du allein klar? Ich muss noch mal in die Uckermark.«

Eugen lächelte sein goldzahniges Lächeln. »Mach dir keine Sorgen um mich.«

»Danke.«

»Wir reden, wenn du zurück bist. Versprich mir das.«

Ich nickte und stand auf. Dann füllte ich eine Thermoskanne mit Kaffee und zog mich um. Zehn Minuten später saß ich wieder im Wagen.

Ich rief Bernd an. Diesmal antwortete er nach dem dritten Klingeln. Seine Stimme war schwach und schwer verständlich. »Is' mir schon ma besser jejangen«, antwortete er auf meine erste Frage.

»Was ist passiert?«

»Die Typen, weeßte? Die war'n wieda da. Ick hab mir det Kennzeichen uffjeschrieben. Wollt ick dir ooch jeschickt ham, hab ick verjessen … Ick wollt die Bullen nich anruf'n, weil die hättn ja eh nüscht jemacht. Keene Beweise, weeßte. Also hab ick mir dit Auto von der Elsie jeliehn und bin denen hinterherjefahrn.«

Genau, wie ich befürchtet hatte.

»Ick hab mir noch jefreut, weil ick 'n Parkplatz jefunden hab, nur 'n paar Meter hinter denen, als die in Moabit jehalten ham. Und ick weeß echt nich, wie die so schnell da warn, aber ick hatte dit Auto noch nich ma abjeschlossen, da ham die mir von hinten jepackt und meenen Kopp jegen die Tür jedonnert und dann immer druff. Mit de Fäuste und de Füße. Ick dachte, dit war's dann.«

Der Bericht stockte. Es klang, als müsse er mühsam schlucken.

»Ich hätte dich da nicht reinziehen dürfen. Es tut mir sehr leid.« Ich wünschte, ich hätte Bernd beweisen können, wie aufrichtig ich war, denn ich fürchte, dass meine Worte und die Stimme, die sie transportierte, bei Weitem nicht ausreichten.

»Quatsch! Ick bin groß. Ick wollte nich, dass die Mistkerle davonkommen. Die Bullen ham alles uffjenommen und wollen sich die zwee vornehmen.«

»Das ist gut.«

»Ick hab se nur nich jesehn. Ick meene, ick weeß, dass die det warn, aber die warn ja hinter mir, und dann hab ick nur Sternchen jesehen und versucht, meene Birne zu beschützen.« Er klang müde. Ich nickte stumm, während ich mich durch den frühen Berliner Berufsverkehr drängelte.

Wir schwiegen. Mein Brustkorb schmerzte und wurde immer enger. Wir mussten über Michael sprechen. Ich wusste nicht, was ich sagen sollte. Wie. Und vielleicht wusste Bernd genauso wenig, wie er fragen sollte. Irgendwann hatte sich so viel Spannung aufgebaut, dass die Wahrheit sich ihren Weg durch alle Angst bahnte. Vielleicht ist das immer so.

»Michael ist tot.«

Ich hörte ein Schlucken und dann lange nichts. Das Räuspern, das folgte, war so laut, dass der Lautsprecher der Freisprechanlage knackte.

Ich fuhr gerade auf die A11, als Bernd leise und wie zu sich selbst sagte: »Ick hätt jetzt jern 'n Bier.«

FÜNF

Ich kam auf dem »Sonnenhof« an, kurz bevor das Frühstück für die Gäste zu Ende war. Ich hatte auf der Fahrt beschlossen, mich in den normalen Tagesablauf einzufädeln und so zu tun, als wisse ich nichts von Michaels Tod. Ich hatte keine Ahnung, was genau ich suchte, aber ich wollte, dass zwischen den Regenbögen und seiner Abreise irgendetwas vorgefallen war, das seine Entscheidung erklärte. Ich schob den Gedanken, dass ich mit dieser Hoffnung falschliegen und niemals eine Antwort bekommen könnte, mit aller Kraft, die ich noch hatte, beiseite. Ich parkte den Wagen an derselben Stelle, von der ich keine zwölf Stunden zuvor abgefahren war, und hoffte, dass mein Fehlen niemandem aufgefallen war.

Mein Zimmer fühlte sich vertrauter an, als es meine Wohnung in Kreuzberg getan hatte. Ich sah mich gründlich um, denn ich hoffte, dass Michael mir nicht nur den Rehbock, sondern vielleicht auch einen Brief oder einen sonstigen Hinweis hinterlassen hatte, bevor er abgereist war. Doch da war nichts.

Ich holte tief Luft und machte mich an die Arbeit. Mir war im Auto klar geworden, dass ich unbedingt eine Sitzung mit Karola buchen musste, denn sie war vermutlich die Letzte auf dem »Sonnenhof« gewesen, die mit Michael gesprochen hatte. So folgerichtig sich der Gedanke anfühlte, so viel Angst machte er mir. Ich wollte nicht noch näher heran an Charles und an das Leben, das wir uns nicht erlaubt hatten. Ich konnte nicht, denn ich war sicher, keinen Weg mehr zurück zu finden. Zu wenig rief mich. Zu wenig fehlte ich, wenn ich wegblieb. Ich kann mich gut an den Moment erinnern, als ich den »Sonnenhof« im Morgennebel auftauchen sah und erkannte, dass ich mir eine Welt erschaffen hatte, die ich jederzeit mit wenig Aufwand (reichte nicht ein einfaches Messer?), aber vor allem, ohne eine große Lücke zu reißen, wieder verlassen konnte. Ich nahm so wenig Raum in den Leben von nur einer Handvoll Menschen ein, dass der schnell zuwachsen würde. Ich hielt nichts, was ohne mich zusammenbrechen würde. So hatte ich es gewollt, aber jetzt machte es mir Angst, denn nur ein paar Gedanken, ein paar durchwachte Nächte mehr, ein paar Erinnerungen mehr an unumkehrbare Entscheidungen und …

Für mich kam ein Leben auf dem »Sonnenhof« nicht infrage wie für Michael, und selbst für ihn hatte das ja nicht gereicht.

Ich machte mich auf die Suche nach Lukas, um bei ihm meine Sessions für den Tag zu buchen. Zum ersten Mal betrat ich das Haupthaus. Auch hier roch es nach Leinöl, Lavendel und Kirschblüten. Von der Eingangshalle gingen mehrere Türen ab, und eine geschwungene Treppe führte nach oben. Sie war mit einer dicken Kordel und einem Schild, auf dem »Privat« stand, abgesperrt. Eine der Türen trug den Schriftzug »Büro«. Ich klopfte an, doch niemand öffnete. Hinter dem geölten Holz waren Stimmen zu hören, also wartete ich. Ich versuchte zu verstehen, was in dem Raum gesprochen wurde, konnte aber nur die Wörter »Ring« und »schneller« erahnen. Ich glaubte, Karolas Stimme zu erkennen. Als sich die Tür kurz darauf öffnete, bestätigte sich meine Vermutung.

Karola trug wieder Grün, doch an diesem feuchtkalten Morgen war es kein Kleid, sondern ein langer Rock und ein Rollkragenpullover unter einer wollenen Strickjacke. Sie sah noch runder und untersetzter aus als sonst und lächelte mir direkt in die Augen. Ich wich ihrem Blick aus, weil ich nicht wollte, dass sie von Michaels Tod erfuhr. Einen Moment überlegte ich, ob sie sich verantwortlich fühlen würde, sich fragen, ob sie seinen Tod hätte verhindern können. Davor wollte ich sie bewahren, oder ich wollte die Schuld allein tragen, das kann ich nicht mehr sagen. Ich weiß aber noch, dass ich ihr Lächeln gerne angenommen statt abgeblockt hätte. Bevor sie an mir vorbeiging, nahm sie meine Hand. Ihre war warm und fest. Rau und voller Schwielen.

»Bis nachher, Isa. Wir sind bald angekommen.«

Ich wollte wissen, wo, aber ich fragte nicht. Als sie die Tür öffnete und aus dem Gebäude trat, wurde sie von schiefergrauen Nebelschwaden verschluckt. Statt ihr nachzusehen, wie ich es aus irgendeinem Grund tun wollte, zwang ich mich, mich umzudrehen. Die Tür zum Büro stand halb offen. Ich hob gerade die Hand, um anzuklopfen, als ich durch den Türspalt sah, wie Lukas etwas Glitzerndes in einen abschließbaren Metallschrank legte. Michaels Ring. Ich war mir sicher. Hatte Karola Michael in seiner letzten Stunde dazu gebracht, ihn doch »loszulassen«? Hatte er ihn verloren? Hatte er ihn Karola geschenkt, wie mir den Rehbock? Hatte der Ring etwas mit Michaels Entscheidung zu tun? Ich weiß nicht, wie ich weiterermittelt hätte, hätte Lukas nicht so ertappt reagiert, als ich klopfte und den Raum, ohne auf seine Antwort zu warten, betrat.

»Isa!«

Ich nickte und ließ ihn unter meinem Schweigen zappeln wie unter einem Mikroskop. Er lachte zu laut und kam mit einem Schwung auf mich zu, der mir wie der Versuch schien, mich aus dem Zimmer zu drängen. Ich setzte mich ungefragt auf einen der beiden Stühle, die vor dem großen Schreibtisch platziert waren.

»Ich wollte meine Sitzungen heute mal früher buchen.«

»Ja. Klar. Super.«

Er wurde ruhiger, rief auf seinem Tablet den Tagesplan auf und schob es mir zu. Die letzte Einzelstunde, die bei Karola frei war, war eine »Spirituelle Reise/Übungen, um die Körper-Seele-Verhaftung zu lösen«. Mir wurde noch kälter, als mir ohnehin war. Ich buchte die Stunde am späten Nachmittag und suchte weiter. So gerne ich es vermieden hätte, so klar war mir, dass meine zweite Sitzung bei Lukas sein musste. Er beobachtete mich, das konnte ich fühlen, und er hatte Michaels Ring. Ich wusste, dass ich ihn mir vornehmen musste. Vielleicht war er auch einfach meine einzige Spur, bis ich mit Karola sprechen konnte. Ich buchte eine »Loving Touch«-Session bei ihm zwei Stunden vor der Sitzung mit seiner Frau und stand auf. Die antiken Doppelfenster klapperten im Durchzug. Sie standen einen Spalt weit offen, von einem dünnen Metallriegel festgestellt. Lukas manövrierte mich aus dem Büro, als wolle er sichergehen, dass ich mich nicht doch wieder hinsetzte. Vielleicht wollte ich das aber auch nur so sehen. Dabei fasste er mich wieder ungefragt am Handgelenk an und mit der anderen Hand an der Schulter. Als seine Fingerspitzen die Haut in meinem Nacken berührten, waren sie eiskalt.

Ich ging nach draußen und setzte mich auf einen der Stühle in der Mitte der zentralen Rasenfläche. Ich wollte wissen, was Michael hier genau gesucht und dann offensichtlich doch nicht gefunden hatte. Oder hatte er es gefunden und wieder verloren? Niemand sprach mit mir.

Der Tag bisher war feucht und kalt. Der Himmel war vollgepackt mit grauen und anthrazitfarbenen Wolken. Die Sonne hatte keine Chance. Ich konnte sie nicht einmal erahnen. Ich versuchte, meine Gedanken zu ordnen, war aber so müde, dass ich keinen lange genug halten konnte. Also zog ich mir einen zweiten Stuhl heran, legte meine Beine hoch und war im nächsten Moment eingeschlafen. Ich träumte von Enge und Dunkelheit, von eiskaltem Wasser und herabstürzenden Felsbrocken. Als ich mit rasendem Herzen aufschreckte, war es drei Uhr Nachmittag. Es war fast dunkel, obwohl die Sonne erst in über vier Stunden untergehen würde, wenn es sie noch irgendwo gab.

In meinem Job profitiere ich davon, dass ich gewöhnlich nicht gesehen werde, während ich beobachte. Für mehrere Stunden war es nun andersherum gewesen, und ich hatte es nicht einmal mitbekommen. Die Gewissheit, dass ich mein Leben nicht mehr im Griff hatte, war plötzlich nicht mehr zu leugnen. Sie war körperlich spürbar, wäre messbar gewesen. Aber kommt es darauf an? Panik packte mich, als sei ich ein Stückchen Treibholz in einem reißenden Strom. Irgendjemand hatte mich mit einer Fleecedecke zugedeckt. Ich warf sie von mir und sprang auf. Mein Magen knurrte, aber allein der Gedanke an Essen war mir unerträglich. Ich zwang mich trotzdem rüber in den leeren Speisesaal und machte mir einen Kräutertee. Meine Hände zitterten. Ich hatte noch nie so viel Tee getrunken wie in den letzten Tagen, und ich verfluchte das verdammte Kräuterzeug, aber ich brauchte die Wärme. Meine Gedanken sprangen gehetzt hin und her. Ich musste herausfinden, wieso Michael sich umgebracht hatte, oder kapitulieren. Es war totenstill in dem Gebäude, das ich bisher nur voller Menschen kannte. Ich stand im Zwielicht und horchte. Mein Herz klopfte zu schnell, so, als müsse es sich mehr anstrengen als sonst, um mein Blut dorthin zu bewegen, wo es gebraucht wurde.

Ohne nachzudenken, zückte ich mein Handy in der Hoffnung, dass irgendjemand, der mir am Herzen lag, sich gemeldet hatte. Etwas von mir wollte wissen, dass irgendwo jemand an mich dachte. Ein weiterer neuer Gedanke, der mich mit voller Wucht traf. Aber da war nichts außer Geschäftsanrufen und -nachrichten. Ich scrollte in meinen WhatsApp-Chats bis zum letzten Austausch mit Tina. Fotos von ihr auf Shopping-Tour mit unterschiedlichen Sonnenbrillen und zunehmend alberner werdenden Grimassen. Nur drei Tage, aber eine Ewigkeit entfernt. Es wäre einfach gewesen, sie anzurufen. Eine fast unmerkliche Bewegung mit der Fingerspitze, und mein Smartphone hätte uns miteinander verbunden. Ich hätte sie sogar sehen können, wenn ich gewollt hätte oder gekonnt.

Ich musste an Charles denken und unseren Besuch in einem Internetcafé in Downtown Vancouver. Er hatte seine E-Mails gecheckt, denn er hatte Nachrichten von den Unis erwartet, an denen er sich beworben hatte. Während er sich in seinen Account eingeloggt hatte, hatte er darüber geplaudert, wie die Welt bereits durch das Internet und die Möglichkeit, über E-Mail zu kommunizieren, verändert worden war. Dann hatte er mich angesehen und im Tonfall eines Werbe-Jingles verkündet: »We have the whole world at our fingertips.« Ich weiß noch genau, wie sehr ich ihn hatte bitten wollen, seinen Flug zu verschieben, noch ein paar Tage länger zu bleiben oder mich mitzunehmen nach Schottland. Aber nichts war unmöglicher gewesen, und ich hatte geschwiegen. Er hatte den Kopf geschüttelt, wie um etwas loszuwerden, gelacht und mir seine E-Mail-Adresse auf eine Serviette geschrieben. Ich hab sie weggeworfen, als er zwei Tage später abgereist ist.

Irgendwo im ehemaligen Schlachthaus knallte eine Tür. Das Geräusch brachte mich zurück, und ich wusste, was ich tun musste. Laut Tagesplan waren Lukas und Karola in einer Gruppenmeditation. Ich hatte zwanzig Minuten bis zu meiner »Loving-Touch«-Session mit Lukas, vor der mir graute. Ich verließ den Speisesaal, überquerte den Rasen und ging um das Haupthaus herum bis zum Parkplatz. Sosehr die äußere Fassade des Gehöfts gemacht schien, um einen guten und freundlichen Eindruck zu erwecken, fühlte sie sich doch wie die verlassene Rückseite an, wenn man erst einmal eine Weile im Innenhof gewesen war. Vor dem Büro blühte ein junger Kirschbaum vor sich hin. Seinen Schutz und das erdrückende Zwielicht nutzte ich aus, um durch den Spalt des immer noch geöffneten Fensters hindurchzugreifen, den gusseisernen Feststellhaken zu lösen und die Fensterflügel aufzudrücken. Ich stützte mich auf den bemoosten Sims und zog mich im nächsten Moment lautlos in das Büro des »Sonnenhofs«.

Es dauerte eine Weile, bis sich meine Augen an das Halbdunkel gewöhnt hatten, dann schlich ich zu dem Metallschrank. Das Schloss war nicht sonderlich kompliziert, aber entgegen der Überzeugung vieler meiner Klienten habe ich nicht ständig Einbruchswerkzeug bei mir. Ich tastete die Rückwand des Möbels ab, nach meiner Erfahrung sind dort nämlich in einem Drittel der Fälle die Schlüssel oder Ersatz befestigt, aber nicht in Lukas Meisters Büro. Ich zog vorsichtig die Schreibtischschublade auf und wurde dort unter dem Tacker fündig. Ein gewöhnlicher silberner Schlüssel an einer Leinenschleife. Mit zitternden Fingern schloss ich den Schrank auf. Die Metalltür quietschte leise. Das Innere war in eine Schublade und drei Etagen Hängeregister aufgeteilt. In der Schublade lag achtlos in einer durchsichtigen Plastikbox, in der wohl mal Büroklammern gewesen waren, Michaels und Gabriels Ring. Ich nahm ihn heraus und legte ihn vorsichtig auf meine Handfläche. Ich hatte erwartet, dass er kalt sein würde, war er aber nicht. Ich wollte ihn gerade zurücklegen, als mein Blick auf den Namen »Gabowski« auf einem der Register in der obersten Regalreihe fiel. Ich zog die Akte heraus. Enthalten waren mehrere DIN-A4-Seiten. Auf den ersten waren die Leistungen und die dafür berechneten Summen vermerkt, die Michael in den vergangenen drei Monaten im »Sonnenhof« und der Praxis der Meisters in Prenzelberg gebucht hatte. Ich legte die Seiten einzeln auf den Schreibtisch und fotografierte sie. Als ich bei der letzten angekommen war, stockte mir der Atem. Auf ihr war eine Reihe von erhaltenen Spenden an den Verein »Lebensgemeinschaft Sonnenhof – Einssein in Freiheit e. V.« aufgelistet. Insgesamt zehn Zahlungen über jeweils mindestens zehntausend Euro.

Meine Gedanken rasten. Mein Bild vom »Sonnenhof«, den

Meisters und Michaels Hoffnung auf eines der spärlichen Zimmer im Haupthaus, in dem die Mitglieder wohnten, wurde durcheinandergeworfen. Michael hatte mir erzählt, dass diese Zimmer genauso eingerichtet waren wie die der Gäste und »seines« unter dem Dach liege.

Als ich das metallene Klacken der Bürotür bemerkte, war es längst zu spät. Lukas sah mich einen Herzschlag lang schockiert an, dann stürmte er los und hatte mich im nächsten Augenblick zu Boden gerissen.

SECHS

Ich hatte nicht erwartet, dass Lukas so stark war. Seine Bewegungen, seine Haltung und seine Art zu sprechen hatten mir einen anderen Eindruck vermittelt. Oder ich hatte nicht gut genug hingesehen. Er hielt mir mit einer Hand den Mund zu, während er mich mit seinem ganzen Körpergewicht auf den Fußboden presste. Ich lag auf dem Bauch und versuchte, mich unter ihm herauszuwinden, hatte aber keine Chance. Mit seiner zweiten Hand griff er nach einem Abroller für Klebeband in der Schreibtischschublade, die ich kurz zuvor geöffnet hatte. Als ich begriff, dass er mich damit knebeln wollte, bemühte ich mich mit aller Kraft, meinen Kopf wegzudrehen oder ein Stück seiner Hand mit meinen Zähnen zu fassen zu kriegen. Ich spürte, wie er sein Gewicht in meinem Rücken verlagerte und mich herumriss. Der Schmerz, den sein Handrücken auf meinem Jochbein verursachte, kam erst mit Verzögerung in meinem Bewusstsein an. So, als sei er unterwegs aufgehalten worden. Vielleicht von meiner Ungläubigkeit. Lukas' Augen waren weit aufgerissen. Ich war so perplex von der Wucht des Schlags, dass ich meine eine Gelegenheit, um Hilfe zu schreien, verpasste.

In dem Moment, in dem mein Mund verklebt war, legte sich ein Schalter tief in meinem Inneren um. Ich konnte meine Muskeln nicht mehr bewegen, nicht einmal mehr ansteuern. Ich lag in völliger Regungslosigkeit auf dem kalten Holzboden und ließ zu, dass Meister mich aufsetzte, mir grob die Hände auf den Rücken drehte und sie mit dem braunen Paketband zusammenzurrte. Genauso meine Füße. Erst, als ich verschnürt und wie gelähmt zwischen Schreibtisch und Arbeitsstuhl kauerte, rückte er ab und richtete sich auf. Es war absurd, wie viel größer als ich er schien. Dabei wusste ich irgendwo in meinem Kopf, dass eigentlich höchstens fünf Zentimeter Größenunterschied zwischen uns bestanden.

»Scheiße! Scheiße! Scheiße!«, fluchte er außer Atem und stützte sich mit beiden Händen auf der Tischplatte ab. Er atmete nach dem Muster ein und aus, das er am Vortag in der Gruppenmeditation vorgestellt hatte. Zu sehen, wie langsam etwas Farbe in sein Gesicht zurückkehrte, war gleichzeitig beängstigend und beruhigend. In meinem Hirn rasten Gedanken durcheinander und aufeinander zu. Prallten zusammen und zersplitterten, bis nur noch der eine übrig war: »Das war's.« Was genau »das« war, konnte ich nicht sagen, nur, dass ich keinerlei Einfluss, keine Chance mehr hatte, irgendetwas zu bewirken.

Meister schlug sich selbst mit beiden Händen ins Gesicht, wie um sich aufzuwecken oder zur Besinnung zu bringen. Er kam drohend einen Schritt auf mich zu, drehte dann aber ab und hastete aus dem Zimmer. Ich konnte hören, wie der Schlüssel im Schloss umgedreht wurde, dann Schritte, die sich eilig entfernten. Panisch sog ich Luft durch die Nase ein, schaffte es aber nicht, sie wieder vollständig auszuatmen. Mir wurde schwindelig. Ich versuchte, mich mit den Händen hinter meinem Rücken so abzustützen, dass ich nicht auf die Seite kippte. Erst da fiel mir auf, dass ich Michaels und Gabriels Ring noch immer umklammert hielt. Das mittlerweile körperwarme Objekt aus Stein und Metall war etwas, worauf ich mich konzentrieren konnte. Ich spürte, wie ich ruhiger wurde. Meine verkrampften Muskeln gaben Millimeter für Millimeter nach. Ich zwang mich, ruhig zu atmen und die Zeit zu nutzen. Wofür, wusste ich nicht. Mein Blick fiel auf das Klebeband, das Meister achtlos neben mir auf dem Fußboden hatte liegen lassen. Ich robbte näher, bis ich es hinter mich schieben konnte. Ich kauerte unter der Tischplatte, ganz ähnlich wie in der Nacht zuvor mit Michael. Diesmal fror ich – obwohl ich sogar eine Jacke trug und Stiefel. Ich versuchte, die Schneidefläche des Abrollers so zwischen mir und dem Tischbein zu positionieren, dass sie nicht wegrutschte, während ich damit begann, meine Fesseln durchzuscheuern. Als sie endlich mit einem Knistern nachgaben, atmete ich aus. Als liege sie plötzlich in der Luft, konnte ich Hoffnung ahnen, in meiner Lunge, in meinem Magen und in meinem Herz. Doch noch bevor sie in meinem Gehirn ankommen konnte, hörte ich Schritte. Ich sägte, so schnell ich konnte, an der Rückseite meiner Fußfesseln und betete, dass nicht auffiel, wenn sie zerschnitten waren. Darüber hinaus hatte ich keinen Plan. Nicht gefesselt sein, das war's.

Genau in dem Moment, in dem sich die Tür öffnete, schob ich die Klebebandrolle zurück an ihren Platz und rutschte wieder in meine Position. Ich schloss die Augen und lauschte, wie die Schritte näher kamen. Ich versuchte, bereit zu sein, wofür auch immer.

Als ich die Augen öffnete, griff Lukas Meister nach meinen Haaren und zerrte mich an ihnen hoch. Es kostete mich alle Willenskraft, meine Hände und Füße nicht einzusetzen, um mich zu stabilisieren, wie ich es hätte tun können. Er stieß mich auf den Schreibtischstuhl und baute sich vor mir auf. Sein Gesichtsausdruck war nun ruhig. Hinter ihm trat eine zweite Person in mein Sichtfeld. Karola. Sie lächelte traurig.

»Isa. Was machst du bloß?«

Sie schüttelte den Kopf und nickte Lukas auffordernd zu. Der begann, mich abzutasten. Er ließ sich Zeit und sah mir triumphierend in die Augen, als er bei meinen Brüsten und später in meinem Schritt ankam. Ich konzentrierte mich auf den Ring in meinen freien Händen, die ich hinter meinem Rücken verschränkt hatte, und verschwand. Sosehr Meister auch grapschte, er konnte mich nicht berühren. Der Gedanke gab mir Kraft. Er zog Autoschlüssel, Portemonnaie und Handy aus meinen Jackentaschen und reichte sie Karola. Sie checkte zuerst meinen Personalausweis.

»Isadora Winter. Der Name passt viel besser zu dir. Ich bin froh, dass ich ihn jetzt kenne. Ich wusste, dass du etwas zurückhältst, ich meine außer dem Schmerz über Charles. Der ist echt, nicht wahr?« Sie sah mir in die Augen, wie nur sie es kann. Und so absurd es klingt, ich bin mir sicher, dass sie mir helfen wollte. Ich weiß nur nicht, wobei. Ich nickte. Es machte keinen Sinn, zu lügen.

Karola selbst nickte auch. Dann fuhr sie damit fort, meinen Geldbeutel zu durchsuchen. Natürlich stieß sie dabei auf meine Visitenkarten. Ihr Lächeln verblasste.

»Nimm ihr den Knebel ab!«

Lukas Meister sah seine Frau überrascht an, machte dann aber, was ihm aufgetragen war. Der Schmerz, als er mir eine Hand um den Hals legte und zudrückte, während die andere das Klebeband abriss, kam wieder nach einer unwirklichen Pause an, verschleppt von der Frage, was als Nächstes passieren würde. Ich holte so tief Luft, als hätte ich vorher keine bekommen, solange ich nur durch die Nase atmen konnte. Ich hatte mich mittlerweile entschieden, nicht um Hilfe zu rufen, sondern zu versuchen, mit Karola zu verhandeln. Es war klar, dass die Meisters mehr zu verbergen hatten als das, was ich bisher herausgefunden hatte, sonst hätte Lukas nicht so heftig und so körperlich reagiert. Vielleicht konnte ich sie davon überzeugen, dass von mir keine Gefahr ausging.

Doch Karola wollte nicht reden, sie hielt mir lediglich mein Handy vors Gesicht, um es mithilfe der Gesichtserkennung zu entsperren. Ich musste lachen, als Lukas mich wieder knebelte und seiner Frau einen anerkennenden Blick zuwarf. Ich bin sicher, es klang hysterisch und als hätte ich meinen Verstand verloren, aber ich musste an Tina denken, die sich jeden Morgen darüber aufregt, dass ihr Handy sie direkt nach dem Aufstehen nicht erkennt. Ich fragte mich, was sie wohl gesagt hätte, hätte sie gewusst, dass meines kein Problem damit hatte, mich zu identifizieren, selbst mit anschwellender Wange und dank Lukas' Würgegriff angestauter Adern in Stirn und Schläfen.

»Lass sie los! Du darfst keine Spuren hinterlassen.« Karola sprach leise und vollkommen ruhig. Lukas ließ seine Hand sofort sinken. Sie reichte ihm mein Handy und hieß ihn, sich in Ruhe umzuschauen, wie sie es nannte. »Es wird sich schon zeigen, wer dich hergeschickt hat und was du weißt.«

Lukas sah seine Frau voller Ehrfurcht an. »Was soll ich jetzt mit ihr machen? Sie kann nicht ewig hierbleiben.«

»Außer Isa haben sich alle zum Mantra-Singen angemeldet. Ich mach die Stunde allein und schick dir Esther und Jan.«

Lukas nickte, ohne zu zögern, und begann damit, mein Handy zu durchsuchen. Obwohl ich wenig darin speichere – nicht wie die meisten Menschen Passwörter und andere sensible Daten –, obwohl ich kaum persönliche Fotos mache, kaum Apps nutze und bis auf WhatsApp keine Social-Media-Accounts habe (von einem Fake-Facebook-Account abgesehen, den ich nur beruflich verwende, um zu recherchieren), hatte er nun natürlich doch ungehinderten Einblick in meine Welt. Ich musste mich zwingen, mich nicht auf ihn zu stürzen.

Karola trat dicht an mich heran und sah mir in die Augen. »Ist es nicht immer wieder ein Wunder, wie Gott unsere Gebete erhört?«

Ich hätte nicht geantwortet, selbst wenn ich es gekonnt hätte.

»Ich weiß, dass du Charles wiedersehen willst. Ich kann es sehen, und ich kann es fühlen. Mehr als alles andere willst du wissen, wer du bist, wenn ihr zusammen seid.«

Ich konnte es nicht leugnen, also schloss ich die Augen.

»Ich bin von Gott geschickt. Ich diene seinem Willen.« Sie lächelte, das konnte ich hören.

Zu meiner größten Überraschung spürte ich, wie sie mich auf die Stirn küsste. Als ich die Augen aufriss, hatte sie sich bereits abgewandt.

Dafür sah ich Lukas' Gesichtsausdruck, als sie mit der wärmsten Stimme zu ihm sagte: »Es tut mir so leid, mein Liebling. Ich weiß, wie schwer dir diese Aufgabe fällt, aber es gibt keinen Besseren dafür.« Sie legte ihm ihre Hand aufs Herz, und ich fragte mich, was sie dort fühlte. Dann verließ sie den Raum.

Meister sah ihr noch eine Weile voller Hingabe nach, es wirkte, als habe er meine Anwesenheit vergessen.

Ich sollte sterben. Die Erkenntnis war merkwürdig einfach und schwerelos. Wie ein leichtes Nicken, wenn man etwas verstanden hat, was einem überflüssigerweise erklärt worden war. Vielleicht war zu sterben tatsächlich mein Grund dafür gewesen, in die Uckermark zu kommen. Ich dachte daran zurück, wie ich wenige Monate zuvor auf der Flucht vor einem Wagen, der mich überfahren wollte, in den eisigen Landwehrkanal gesprungen war. Damals war ich starr vor Schock und voller Adrenalin gewesen – und voller Wut auf die Leute, die meine Suche nach der Wahrheit behindern wollten. Jetzt hatte ich vielleicht nicht mehr genug Wut übrig, vielleicht war es egal, ob und warum Michael sich umgebracht hatte. Am Ende sind wir alle tot. Ob wir das dann noch irgendwie bewerten können, werden wir erst erfahren, wenn wir so weit sind. Ich hatte keine Lust mehr, zu suchen. Ich wollte nur noch finden.

Lukas Meister griff in den Metallschrank. Falls ihm auffiel, dass Michaels Ring fehlte, ließ er sich nichts anmerken. Stattdessen fasste er ganz nach hinten in die Schublade und zog einen Plastikbehälter heraus, der aussah wie die Pausenbrotdosen, die ich Karl früher in die Schule mitgegeben habe. Mittlerweile will er das nicht mehr. Ich sah Karls Gesicht vor mir. So sehr ein Teil von mir und doch so fremd und sich immer weiter entfernend. Ich versuchte, es festzuhalten, aber vergebens.

Meister legte die Dose auf den Schreibtisch und öffnete sie. Sie enthielt mindestens zwanzig blaugrüne Gelatinekapseln. Ohne mich zu beachten, zählte er fünf Stück ab, legte sie auf die Tischplatte und räumte den Rest wieder in den Schrank. Dafür drehte er mir einen Moment lang den Rücken zu. Ich zwang meine Muskeln und meinen Lebenswillen, sich anzuspannen. Wenn ich es schaffte, ihn mit dem Schreibtischstuhl zu rammen und aus dem Gleichgewicht zu bringen, den Autoschlüssel zu schnappen und das Überraschungsmoment zu nutzen, konnte ich vielleicht aus der Tür stürzen und dann ... Ich kam nicht weiter in meinen Überlegungen, denn nach kurzem Klopfen betraten meine Masseurin Esther und der junge Mann, der Tina und mich bei unserer Ankunft zu unseren Zimmern gebracht hatte, das Büro. Beide zeigten keinerlei Anzeichen von Erschrockenheit oder zumindest Überraschung, mich hier gefesselt und geknebelt sitzen zu sehen. Sie hielten den Blick gesenkt und warteten schweigend auf Anweisungen.

»Halt ihren Kopf fest! Und du die Arme!«

Esther fasste darauf in meine Haare und packte sie so fest, als wolle sie sie ausreißen. Jan stellte sich hinter mich und drückte meine Arme weiter zusammen und nach unten. Wieder stieg Panik in mir auf. Ich frage mich heute, ob mir die lieber ist als das erstickende Gefühl von Aufgegeben-haben. Auf jeden Fall ist sie lebendiger.

Lukas griff nach einem großen Brieföffner. Er bestand aus einer silbernen Klinge, die in ein Stück Rehgeweih eingelassen war. Die Klinge sah scharf aus. Er riss das Klebeband von meinem Mund. Dieses Mal war es nicht so schmerzhaft wie beim ersten Mal, oder ich spürte den Schmerz angesichts der glitzernden Schneide in seiner Hand nicht so deutlich.

»Mach den Mund auf!« Seine Stimme war ruhig und deutlich.

Ich schüttelte den Kopf, so gut das ging, und versuchte, mich innerlich auf einen Schlag vorzubereiten. Zu meiner Überraschung hielt er mir aber einfach nur die Nase zu. In meiner Angst ging mir sehr schnell der Sauerstoff aus. In dem Moment, in dem ich den Mund öffnete, um nach Luft zu schnappen, rammte er mir den Griff des Brieföffners zwischen die Zähne. Ich versuchte, ihn loszuwerden, mit der Zunge herauszuschieben, doch Meister drückte ihn mit aller Kraft in meine Mundwinkel.

»Halt still, und es geht schnell!« Er tastete nach den Kapseln. »Dein Heimweg kann schön werden, wenn du mitmachst.«

Esther zog meinen Kopf an den Haaren in den Nacken, Meister stopfte die Kapseln an dem Geweihgriff vorbei in meinen Mund.

»Schluck!«

Ich bäumte mich auf.

Er stieß mir seinen Zeige- und Mittelfinger in den Rachen. Immer wieder, bis alle Kapseln in meiner Speiseröhre steckten. Ich würgte und hustete und würgte weiter. Meister griff nach einer Glaskaraffe mit Wasser. Auf ihrem Boden lagen Bergkristalle und Rosenquarze. Er goss mir Wasser in den Mund und zog den Brieföffner heraus. Ich wollte ihm das Wasser, die Kapseln und alles andere ins Gesicht spucken, doch er presste mir mit beiden Händen den Mund zu. Ich schmeckte Blut. Ich rang nach Luft und … schluckte.

SIEBEN

Solange ich denken kann, wollte ich auf eigenen Füßen stehen.

Ich wollte mich auf niemanden stützen und von niemandem gezogen oder geschoben werden. Ich wollte entscheiden, ob und wenn, wohin ich gehe. Deshalb bin ich selbstständig, deshalb habe ich Karl allein erzogen, vielleicht habe ich deshalb Charles nicht aufgehalten. Weil ich Angst hatte, ihm folgen zu wollen oder ihn irgendwohin zu führen, wohin er nicht wollte.

Esther ging voraus und sollte sicherstellen, dass auch wirklich niemand unsere absurde Prozession bemerkte. Lukas folgte einige Meter hinter ihr. Er schritt so langsam und bedächtig, wie er es bei unserer Begrüßungsrunde um das Gelände des »Sonnenhofs« getan hatte, es fehlte nur der dämliche Gong. Jan hatte mich kurzerhand über seine Schulter geworfen, und so bildeten wir den Abschluss der Gruppe. Jan zeigte keinerlei Anzeichen dafür, dass ihm mein Gewicht etwas ausmachte – oder überhaupt irgendetwas. Ich konnte spüren, wie ruhig er atmete und wie unaufgeregt sein Herz schlug. Wir hatten das Hauptgebäude durch einen Seiteneingang verlassen und gingen nun auf der Rückseite des ehemaligen Stalls entlang in Richtung der Apfelplantage. Als wir die Fenster des großen Saals passierten, nahm ich viele Stimmen, ein indisches Harmonium und warmes Licht weit über mir wahr. Ich war so fasziniert von Licht und Klang, dass mir erst gar nicht auffiel, wie der Schmerz in meinem Gesicht und meinem Hals, das Pochen in meinen

Schläfen, das Ziehen der Muskeln in Armen und Beinen, die ich immer noch krampfhaft zusammenhielt, damit nicht auffiel, dass meine Fesseln gelöst waren, verschwanden. Erst, als wir am Badeteich angekommen waren und Jan mich auf einem der großen Steine absetzte, begriff ich, dass ich mich gut fühlte. Schmerzfrei. Leicht.

Esther verbeugte sich mit vor der Brust gefalteten Händen vor mir, murmelte etwas und verschwand in der mittlerweile herrschenden Dunkelheit. Jan tat es ihr gleich. Doch im Gegensatz zu der weißhaarigen Frau vermied er es, mir dabei in die Augen zu sehen. Zurück blieben Meister und ich. Er setzte sich neben mich und schaute schweigend auf das Wasser. Es hatte begonnen zu nieseln. Die Feuchtigkeit auf meiner Haut fühlte sich zart und wundervoll an, das Schilf bewegte sich elegant im sanften Abendwind. Ich spürte, wie meine Arme und Beine warm und weich wurden, wie nach einer guten Massage oder nach gutem Sex. Es kann sein, dass ich geseufzt habe, jedenfalls drehte Meister sich zu mir um und nickte.

»Du bist gleich da. Gute Reise, Isadora.«

Er stand auf, zog den Brieföffner aus seiner Jackentasche und beugte sich zu meinen Füßen hinunter. Das war der Moment. Meister störte mich. Er störte meinen Frieden. Ich zog meine Beine an und trat ihn mit aller Kraft gegen die Brust. Er hob ab, flog, schwebte in Zeitlupe durch die ölige Luft und stürzte dann mit einem ohrenbetäubenden Klatschen in das schwarze Wasser. Die Tropfen glitzerten in allen Farben des Regenbogens und hingen in der Luft wie ein kristallenes Mobile. Vielleicht wäre ich auf dem Stein sitzen geblieben, hätte weiter das Funkeln bewundert, wenn da nicht Michaels Stimme gewesen wäre. Sie kam aus dem Wald.

»Isa! Komm her!«

Ich war so hin- und hergerissen zwischen den stummen Farben am Teich und der vertrauten Stimme ohne Form.

»Lauf! Jetzt!«

Über die Wiese zu rennen war ganz leicht. Ich trug Siebenmeilenstiefel und sprang über die schlafenden Schafe, und vielleicht bin ich die letzten Meter geflogen. Ich war glücklich. Doch plötzlich hörte ich andere Stimmen hinter mir. Die waren laut und wütend und neongelb. Ich stolperte in den Wald hinein. Ich wand mich durch das Unterholz, das erst aus Farn und Sträuchern bestand und dann zu Tentakeln wurde und zu Fingern mit scharfen Nägeln, die nach mir griffen. Ich strauchelte tagelang, vielleicht waren es Jahre, es roch nach Waldmeister und Verwesung. Die Stimmen jagten mich mit weißen Lichtspeeren. Mal waren sie näher, mal weit entfernt, aber ihr Hass war immer bei mir. Ich flehte Michael an, mir den Weg zu weisen, aber seine Stimme war so leise, dass ich ihn nicht verstand. Hatte er Angst vor den Speeren? Es war nicht genug Sauerstoff um mich herum für meine Lungen, ich wurde langsamer. Ich sah meinen Körper, wie er sich an einen umgestürzten Baum lehnte. Ich sah Schatten mit Lichtern ganz dicht an mir vorbeilaufen. Erst entfernten sie sich, dann kamen sie zurück und verschwanden wieder. Ich sah meine Augen. Sie waren leer. Ich konnte meinen Körper sehen, aber nicht bewegen. Eine große Spinne krabbelte über mein Gesicht, als sei ich Teil des Baums. Vielleicht war ich das. Michaels Stimme verhallte. Dafür hörte ich Kirchenglocken und Wasserrauschen. Aus dem Rauschen wurde mein Rehbock. Er kam näher und näher, bis er direkt vor mir stand. Ich konnte uns sehen. Er ging in die Knie und sagte: »Come here, crazy girl.« Der Rehbock verwandelte sich, und da war er, kurz hinter seiner Stimme: Charles. Er war da, und er war echt. Ich sank aus meiner Vogelperspektive in seine Arme.

»I love you.« Ich flüsterte, ohne meine Lippen zu bewegen, aber ich hörte einen Chor und ein indisches Harmonium. Meine Tränen sangen mit.

Er legte den Kopf schief und lächelte sein Grübchenlächeln.

»I miss you.« Meine Stimme war flüssiges Gold.

Er schüttelte den Kopf und lachte.

»We have a son.« Da. Ich hatte es gesagt.

Er zog mich noch näher an sich heran. Tiefer in seine Umarmung. Er wiegte uns leise vor und zurück im Rhythmus, den vielleicht alle Menschen in sich haben, immer.

»I know.«

Ich konnte seine Worte schmecken, riechen, hören, sehen und anfassen.

»I know. I know. I know. I know. I know. I know …«

ACHT

Es war vollkommen dunkel. Ich war gefangen. Umgeben von Holz. Einen Moment lang glaubte ich, ich läge in einem Sarg. Ich wollte schreien, aber ich hielt mir selbst den Mund zu. Ich lag im Inneren eines modernden Baums. Allein. Regen prasselte auf mein Versteck.

Ich krabbelte heraus und tastete panisch die Umgebung ab. Ich musste, wenn nicht Charles, dann doch wenigstens den Rehbock finden. Aber da waren nur Blätter und Steine und Baumrinde. Ich musste mich retten. Leben. Ich musste aus dem Wald raus und weg vom »Sonnenhof«. Die nächste besetzte Polizeistation war in Eberswalde, über dreißig Kilometer entfernt, das wusste ich von Michael. Ich musste in den nächsten Ort und dort telefonieren. Ich brauchte Hilfe.

In der Uckermark mitten in der Nacht mitten im Wald gibt es kein Licht. Kein Autogeräusch, das mir einen Hinweis darauf hätte geben können, in welcher Richtung die Landstraße lag. Da ich nicht wusste, welche die »richtige« Richtung war, schlich ich in die, die mir am wenigsten bewachsen schien.

»Da hinten!« Lukas Meisters Stimme schien von allen Seiten zu kommen. Taschenlampen flammten auf und flackerten irre durch das Dickicht.

»Ich seh sie!« Eine Frauenstimme, die ich nicht kannte. Schrill und gierig.

Ich duckte mich, kroch durch Weißdorngestrüpp, rappelte mich auf und stolperte weiter.

»Wo? Wo ist sie hin?« Noch eine Stimme.

Ich hörte das Knacken von Ästen, Fluchen und Schnaufen. Ich rutschte eine Böschung hinunter und folgte geduckt einem Bach, ich knickte um, strauchelte und glitt auf den nassen Steinen aus, stand wieder auf und rannte weiter. Die Stimmen kamen näher, das Licht der Taschenlampen flirrte immer wieder knapp über meinen Kopf hinweg. Ich bemerkte die morsche Brücke erst, als ich sie schon gerammt hatte. Meine Schulter hatte den Hauptteil des Aufpralls abbekommen. Der Schmerz war dumpf und raubte mir den Atem. Ich kroch auf allen vieren aus dem Bachbett. Der Steg war aus ungehobelten Bohlen zusammengezimmert, den Weg, dem er über den Bach helfen sollte, konnte ich kaum erkennen, aber es musste ihn geben. Ich folgte ihm weg von meinen Verfolgern. Ich betete, dass er mich aus dem Wald heraus- und nicht tiefer in ihn hineinführte. Es ging bergauf und dann wieder hinunter. Die Laubbäume mit dichtem Unterholz wurden von hohen Nadelbäumen abgelöst. Hier hatte ich keinerlei Schutz vor den Taschenlampen. Ich spürte die Meute hinter mir. Weiter. Weiter.

Ganz unvermittelt machte der Weg eine Kurve. Der Wald endete an einem weiten Feld. Der Horizont trennte tiefschwarze Erde von schiefergrauem Himmel. Irgendwo dort würde irgendwann bald die Sonne aufgehen. Und keine hundert Meter entfernt erkannte ich einen Pick-up neben einem Hochstand am Waldrand. Ich rieb mir die Augen und blinzelte durch meine Erschöpfung, und doch blieb eine menschliche Silhouette, die mit einem Fernglas das Feld absuchte.

Ich war gerettet.

TEIL 8

»I know that the ones
who love us, will miss us.«

Keanu Reeves

EINS

Im Wagen roch es nach Zigaretten und frisch geschlagenem Holz. Die Kopfstütze war genau richtig hoch und im richtigen Winkel eingestellt, ich ließ meinen Kopf dagegen sinken und folgte mit meiner Aufmerksamkeit der warmen Luft, die aus der Klimaanlage strömte. Ich zitterte plötzlich, zuckte für einige Sekunden unbeherrschbar und schüttelte mich dann, als hätte ich in eine Steckdose gefasst. Danach entspannten sich meine Muskeln, und meine Atmung wurde ruhiger. Wir fuhren durch die Dunkelheit, das Fernlicht räumte uns den Weg frei, und die Kontrolllampen am Armaturenbrett leuchteten bunt und hoffnungsvoll.

Heiko war von seinem Hochstand gesprungen, sobald er mich bemerkt hatte. Er hatte mir Kaffee aus einer zerbeulten Thermoskanne angeboten und mir auf den Beifahrersitz seines zerbeulten Opel Campo geholfen. Er hatte mir seinen Erste-Hilfe-Koffer gereicht und das Kabinenlicht eingeschaltet. Meine Hände bluteten, meine rechte Gesichtshälfte war geschwollen, ich hatte etliche Kratzer auf Stirn und Wange. Aber ich wollte mich nicht darum kümmern, also habe ich den Kasten in den Fußraum gelegt. Heiko hatte mit den Schultern gezuckt und den Motor gestartet.

»Kann's losgehen?«

»Ja.« Ich hatte keinen Nerv für Höflichkeiten.

Heiko schien das nichts auszumachen. Ich mochte, dass er wenig fragte, wenig redete, nur abgewunken hatte, als ich ihm hatte danken wollen, und dass er sich nicht an ein bisschen Blut störte. Ich vermute, das brachte sein Beruf so mit sich. Neben seinem Job als Dachdecker war er Pächter eines riesigen Jagdreviers.

Als ich ihn um sein Handy gebeten hatte, hatte er erklärt, dass er keinen Empfang habe, aber er hatte angeboten, mich bis nach Eberswalde zu fahren. In nächsten Ort sei »eh keiner wach«. Ich hatte nicht schnell genug wegkommen können. Zweimal hatte ich kurz Lichtkegel zwischen den Bäumen gesehen, aber sie hatten abgedreht. Meine Verfolger gingen offenbar davon aus, dass ich mich nicht auf eine Flucht über eine freie Fläche wie die vor uns liegenden Felder einlassen, sondern mich eher verstecken würde.

Es hatte aufgehört zu regnen, das Motorenbrummen und das gleichmäßige Atmen des Mannes neben mir waren die einzigen Geräusche im Inneren des Wagens. Ich betrachtete ihn von der Seite. Heiko trug eine sandfarbene Schirmmütze und einen Dreitagebart. Er hatte eine gerade Nase und ein Doppelkinn. Ich schätzte ihn auf Ende dreißig. Er hatte nicht gefragt, was passiert war, und dafür war ich ihm dankbar. Ich würde es noch häufig genug erzählen müssen, und die Tatsache, dass ich für einen Großteil der Nacht unter Drogen gestanden hatte, würde das nicht gerade einfacher machen. Oder mich glaubwürdiger als Zeugin. Doch solange die schwarzen Umrisse der Bäume vorbeihuschten und ich mindestens einmal die grellgelben Augen von Rehen zwischen ihnen erkennen konnte, solange die Klimaanlage mich im genau richtigen Tempo aufwärmte, musste ich mich damit nicht befassen. So lange konnte ich die Augen schließen. Einen Moment ausruhen. Nur einen Moment.

Als ich wieder aufwachte, fuhren wir gerade auf den Parkplatz des »Sonnenhofs«.

Im Scheinwerferlicht sah ich Lukas und Karola Meister warten, umgeben von mindestens fünf ihrer Anhänger. Mein Herz setzte aus.

»Wieso?«, war alles, was ich sagen, dann schreien konnte. Ich versuchte, die Tür aufzureißen, aber sie war verriegelt. Ich griff Heiko ins Lenkrad, aber er bremste einfach und stellte den Motor ab.

»Wieso?« Meine Stimme brach, ich werde das Gefühl in meiner Kehle nie vergessen.

Heiko zuckte mit den Schultern, zog den Autoschlüssel ab und murmelte: »Is' nichts Persönliches.« Ich hätte nie gedacht, dass das irgendjemand in so einer Situation wirklich sagt. Was ist persönlicher, als einen Menschen seinen Mördern auszuliefern? Blödsinn! Ich weiß natürlich, dass es geht und nur so geht. Wenn da nicht ein Mensch verzweifelt an der Tür rüttelt, nicht eine Frau, eine Mutter, eine Freundin, eine Nachbarin, sondern ein fremdes Wesen, das man sich nicht genau anschaut, das man nicht anhört, das man nicht kennt.

Ich frage mich, ob es etwas geändert hätte, wenn ich ihn hätte zwingen können, mir ins Gesicht zu sehen, wenn ich gebettelt hätte, gefleht. Aber das konnte ich nicht. Konnte ich noch nie. Was ich tun konnte, war, mit einer Hand nach ihm zu schlagen und mit der anderen sein Handy von der Mittelkonsole zu schnappen und in den Schaft meines Stiefels zu schieben. Er wehrte meinen Angriff ab, als wäre ich eine lästige Fliege, und stieg aus. Karola ging ihm entgegen und griff nach seiner Hand. Sie hielt sie einen Moment lang und sagte dann etwas, was ich natürlich nicht verstehen konnte.

Meine Tür wurde geöffnet; Lukas, Jan und zwei andere Männer zogen mich aus dem Wagen, drehten mir den Arm auf den Rücken und schubsten mich zurück zum »Sonnenhof«. Karola wandte mir währenddessen den Rücken zu und würdigte mich keines Blickes. Ich schrie um Hilfe, so laut ich konnte, in der

Hoffnung, dass die anderen Gäste aufwachen würden. Doch Lukas drehte sich nur zu mir um und erklärte vollkommen gelassen: »Wir haben leider ein Problem mit unserem Heizsystem, und da mussten wir alle Gäste nach Hause schicken. Sicherheit geht einfach vor.«

Ich schrie. Diesmal war es kein Wort. Nur ein Laut. Die Essenz von Panik und Verzweiflung und ohnmächtiger Wut!

Lukas machte sich nicht einmal die Mühe, sich noch mal umzudrehen.

»Schrei nur. Lass es raus.«

ZWEI

Wir gingen quer über die Grünfläche, vorbei am Brunnen, vorbei an den Stühlen, auf denen ich nur ein paar Stunden zuvor geschlafen hatte. Umringt von den Menschen, die mich jetzt umbringen wollten. Unsere verzerrten Schatten verfolgten uns. Ich war davon ausgegangen, dass sie mich noch einmal zum Badeteich bringen und diesmal nicht entkommen lassen würden. Doch stattdessen betraten wir das ehemalige Schlachthaus durch den Haupteingang. Die Männer zerrten mich vorbei am Speisesaal und in einen Gang, öffneten dann eine Tür. Feuchter Kellergeruch schlug mir entgegen. Ich wurde eine abgenutzte steile Holztreppe hinuntergetrieben. Die Decke war so niedrig, dass wir unsere Köpfe einziehen mussten. Inzwischen waren nur noch Lukas und Jan bei mir, von denen nun einer eine Metalltür öffnete, bevor mich der andere in einen kahlen Raum stieß. Er wurde von einer Neonröhre beleuchtet. In einer Ecke stand eine große Holzpellet-Heizanlage, in der anderen ein deckenhohes Kunststoffsilo. Jan führte mich zur rechten Wand, zu einer gemauerten Wanne unter einem rostigen Flaschenzug.

Ich versuchte, mir nicht anmerken zu lassen, dass ich zitterte und kaum Luft bekam.

»Hier hingen früher die Schweine zum Ausbluten. Und dann wurden sie da drin in Salzlake gepökelt.« Lukas lächelte zufrieden, während er sprach. »Du hättest nicht weglaufen sollen, Isa. Du hättest jetzt schon alles hinter dir. Karola hat gesagt, sie hat mit Charles gesprochen, er kann es kaum erwarten …«

Ich bin froh, dass er das gesagt hat, es hat mich klarer werden lassen, wütender.

»Spar dir das Gelaber, Lukas! Ihr seid ganz gewöhnliche Betrüger. Wenn ihr mich loswerden wollt, mach mir ein Angebot!«

Einen Moment lang sah er mich überrascht an, dann winkte er ab. »Wieso sollten wir dir Geld dafür geben, dass du uns erpressen kannst. Du gefährdest nicht, was wir uns hier aufgebaut haben.«

»Was machen wir dann hier? Ist euch das Ketamin ausgegangen?«

Lukas trat dicht an mich heran und legte mir seine Hand auf die geschwollene Wange. »Du kannst nicht mehr bei einem Badeunfall sterben. Zu viele Verletzungen, verstehst du? Man wird nichts von dir finden.«

Er sah sich zu Jan um, der mich scheinbar unbeeindruckt von allem festhielt, und reichte ihm Kabelbinder. Gemeinsam und gegen meine erbärmlich schwache Gegenwehr banden sie mir die Hände zusammen. Diesmal auf dem Bauch. Dann hob Jan mich in die gemauerte Wanne und fixierte meine Handfesseln mit einem weiteren Kabelbinder an einem rostigen Ausguss im Boden.

»Hol die Sachen, ich muss noch mal mit Karola sprechen.« Lukas' Stimme war brüchig, oder vielleicht wollte ich das auch nur glauben.

Ohne ein weiteres Wort verließen beide den Raum. Die Tür zogen sie hinter sich zu. Ich konnte hören, wie nebenan metallene Gegenstände bewegt wurden. Werkzeuge, vielleicht. Waffen.

Meine Hände waren taub. Ich kauerte zusammengekrümmt in dem Trog, etwas anderes blieb mir nicht übrig, so eng war die Fessel. Ich tastete nach dem Handy in meinem Stiefelschaft. Als ich es endlich herausgezogen hatte, fiel es mir aus den kraftlosen Fingern und schlug mit einem deutlich hörbaren Geräusch auf dem Boden der Wanne auf. Ich drückte die Seiten- und die Lautstärketaste, auf dem Display leuchtete »Notruf SOS« auf, ich wischte den Schieberegler zur Seite und beugte mich zu dem Gerät hinunter. Es zeigte nur einen Balken. Mein Herz raste. Schließlich hörte ich eine Frauenstimme, ich konnte sie kaum verstehen. So laut ich es wagte, flüsterte ich die Anschrift des »Sonnenhofs« und log, dass mit der Pelletheizung etwas nicht stimme, dass ich im Heizungskeller sei und sich die Tür nicht öffnen lasse. Ich flüsterte immer wieder, dass ich keine Luft bekäme, und legte auf.

Vielleicht hatte ich sie nicht überzeugt, vielleicht hatte sie mich nicht verstanden, vielleicht wäre ein Satz mehr notwendig gewesen. Wann ist der richtige Moment? Aufzulegen, meine ich. Aber auch überhaupt: Gibt es einen richtigen Augenblick, um etwas loszulassen, aufzugeben? Ich hatte mich entscheiden müssen. Wenn Lukas oder Jan mich beim Telefonieren erwischt hätten, hätten sie mich auf der Stelle umgebracht, hätten es tun müssen. Wie viel Zeit hatte ich jetzt noch? Die Polizei würde es jedenfalls niemals rechtzeitig schaffen, meine einzige Hoffnung war die Feuerwehr.

Ich schob das Handy mit dem Fuß unter mich, als sich die Tür quietschend öffnete und Jan hereinkam. Er trug einen Werkzeugkasten, stellte ihn neben dem Trog ab und setzte sich im Schneidersitz auf den Boden. Legte die nach oben geöffneten Hände auf seine Knie und schloss die Augen. Seine Lippen bewegten sich, aber kein Laut war zu hören. Ich kann mich nicht mehr daran erinnern, was oder ob ich etwas gedacht habe, aber ich weiß, dass ich nichts fühlen konnte. Ich war innen taub, wie meine Finger, von denen ich zwar wusste, dass sie da waren, mit denen ich zwar wahrnehmen konnte, was sie berührten – die kalte raue Oberfläche der Wanne, das glatte Plastik der Kabelbinder, meine eigene Haut –, aber das Gefühl dafür, dass die Finger ein Teil von mir waren, verbunden mit dem Rest von mir, war verschwunden.

Ich beobachtete den jungen Mann. Er saß nur zwei Meter entfernt, war höchstens Mitte zwanzig, auf seinen Wangen und an seinem Hals hatte er Pickel, die ihn jünger und verletzlicher wirken ließen. Er war blass, das Blaugrün seiner »Uniform« stand ihm nicht. Ich konnte nicht sprechen. Ich wartete.

Lukas' Worte fielen mir wieder ein: »Er kann es kaum erwarten.« Ich war sicher, dass Lukas log. Und doch wurde mir immer klarer, dass ich nicht wusste, was ich glaubte, nicht einmal, was ich glauben wollte oder konnte: Gab es nach dem Tod noch etwas? Und wenn ja, was? Michael Gabowski war sicher gewesen, dass er nach seinem Tod seinen Zwillingsbruder wiedersehen würde. Ich weiß das, weil ich dabei war, als er starb. Er hatte keine Zweifel gehabt. Wenn ich sicher wäre, dass ich Charles wiedersehen würde, hätte ich den Notruf dann nicht gewählt? Oder hätte ich es erst recht getan? Weil das Leben dann eine andere Bedeutung hätte, nicht mehr »alles« wäre, sondern nur eine Etappe, eine Episode?

Lukas musste jeden Augenblick zurückkehren. Wenn er bereit gewesen war, mich im Drogenrausch in einem Teich zu ertränken, wozu war er in Karolas Auftrag noch fähig? Sie hatte gesagt, »es gibt keinen Besseren dafür«, also war ich vermutlich nicht der erste Mensch, den die »Sonnenhofler« aus dem Weg geräumt hatten.

Irgendetwas in der Heizung sprang an. Ein Geräusch wie von einem großen Staubsauger und ein Vibrieren. Jan schien das nicht zu bemerken oder zu irritieren. Der Lärm zerrte an meinen Nerven, mir wurde schwindelig. Dann, ganz plötzlich, schreckte Jan hoch, die Metalltür wurde quietschend aufgedrückt, und zwei Feuerwehrleute in Schutzanzügen stürmten in den Raum.

DREI

Zum zweiten Mal innerhalb von vierundzwanzig Stunden wurde ich von einem Rettungssanitäter versorgt. Zum zweiten Mal erklärte ich, dass ich nicht ins Krankenhaus wollte. Die freiwillige Feuerwehr war bis auf ihre Einsatzleitung abgefahren, nachdem klar geworden war, dass es nichts für sie zu tun gab. Stattdessen waren mehrere Polizeiwagen aus Eberswalde gekommen, hatten aber nur noch ein paar angeblich nichts ahnende Mitglieder der »Lebensgemeinschaft Sonnenhof – Einssein in Freiheit e. V.« vorgefunden. Von Karola und Lukas fehlte jede Spur. Sie wurden zur Fahndung ausgeschrieben. Jan, den die Feuerwehrleute reaktionsschnell festgehalten hatten, war verhaftet worden und im Inneren eines Streifenwagens verschwunden.

Eine junge Beamtin stellte mir klar und ruhig die zu erwartenden Fragen. Ich gab alles zu Protokoll, was ich wusste. Ihre Kollegen fanden im Büro der Meisters gemäß meiner Beschreibung sowohl die Akten und die mit Ketamin befüllten Kapseln als auch mein Handy, meine Autoschlüssel und mein Portemonnaie. Sogar der Ring von Michael und Gabriel tauchte wieder auf. Er hatte auf dem Boden unter dem Schreibtisch gelegen, wo er mir aus den Fingern gerutscht war. Ich würde Leonie erklären müssen, was es mit ihm auf sich hatte. Ich versprach, mich für weitere Befragungen zur Verfügung zu halten, und unterschrieb meine Zeugenaussage. Auch diese Polizistin bot mir Notfallunterstützung an, aber ich wollte nicht unterstützt werden, ich wollte nach Hause.

Die junge Frau begleitete mich, als ich meine Sachen aus meinem Zimmer holte. Hinter der Scheune mit dem neuen Dach (das, wie sich später herausstellte, Heikos Dachdeckerfirma zu einem unüblich hohen Preis gefertigt hatte) ging gerade die Sonne auf.

»Ich kann Sie nicht Auto fahren lassen.« Ihre Stimme war fest. »Haben Sie jemanden, der Sie abholen kann?«

Was sagt es über mein Leben aus, dass ich nicht mit Ja antworten konnte? Karl durfte noch nicht, Eugen nicht mehr fahren; Tina war in München, Sebastian in Lankwitz wütend auf mich.

Ich schüttelte den Kopf.

»Wir bringen sie.«

Im Chaos hatte ich der Einsatzleiterin der freiwilligen Feuerwehr bisher keine Aufmerksamkeit geschenkt, jetzt kam sie mit einem Kollegen auf uns zu, und ich erkannte sie als die Verkäuferin aus dem Dorfladen. Ich erinnere mich an mein schepperndes Lachen. Es klang, als sei ich innen hohl, und vielleicht war ich das auch.

»Das ist aber ein nettes Angebot. Finden Sie nicht, Frau Winter?« Die Polizistin sah mich auffordernd an. Ich suchte die Worte, die höfliche Menschen in einem öffentlichen, erwachsenen Rahmen wie diesem benutzen, fand sie aber nicht und schüttelte deshalb nur den Kopf.

»Versteh schon. Sie trauen uns nicht.« Die Verkäuferin lächelte behutsam.

Ihr Kollege nickte und murmelte: »Dazu kann man keinen zwingen.« Ich glaube, er wusste genau, wovon er sprach.

Wir standen zwischen dem Haupthaus und der Scheune mit Blick auf den Parkplatz, den Kopfsteinpflasterweg, der zur Landstraße, die zur Autobahn, die nach Berlin führte. Ich hatte keine Ahnung, wem ich hier trauen konnte, ob überhaupt jemandem. Aber wo sollte ich mit dem Misstrauen aufhören, wo würde ich die Angst stoppen können? Auf dem »Sonnenhof«? In der Uckermark? Oder würde ich sie mitnehmen, würde sie mir folgen bis nach Berlin, nach Kreuzberg? In meine Wohnung?

Tina hat mir oft vorgeworfen, dass ich Menschen nicht nahe genug an mich heranlasse. Sie behauptet, das liege daran, dass ich ihnen nicht vertraue. Ich hab ihr immer ein bisschen geglaubt und fand mich auch vernünftig dabei. Schließlich sehe ich in meinem Job täglich, dass Menschen nicht zu trauen ist. Sie lügen, stehlen und betrügen, verdrehen, verletzen und töten sogar. Vielleicht war ich ihr gegenüber arrogant gewesen, wenn sie mir in ihrem besten Therapeutentonfall erklärt hatte, wie falsch ich mit meinem Verhalten lag und wie kaputt ich war, denn hatte ich sie nicht insgeheim belächelt für ihren naiven Optimismus? Für ihren unerschütterlichen Glauben an die Menschen. Ja, war ich, hatte ich. Und doch hatten wir uns beide geirrt. Erst, als ich auf dem »Sonnenhof« stand, umgeben von Fremden, wurde mir klar, dass die Meisters mir genommen hatten, was ich einmal gehabt hatte, auch wenn mir das nicht bewusst gewesen war: Vertrauen. Nicht immer, nicht überall und sicher nicht in jeden, aber ich hatte es gehabt, und ich wollte es zurück!

»Das ist nett.« Ich hörte meine Stimme selbst kaum, aber als der Feuerwehrmann nachhaken wollte, schüttelte seine Chefin nur den Kopf.

Eine Viertelstunde später saß ich auf dem Beifahrersitz von Eugens Taxi. Silke fuhr schnell, aber gut. Im Rückspiegel konnte ich den VW Tiguan erkennen, mit dem ihr Kollege und Nachbar uns folgte, um sie später zurück nach Hause zu bringen. Ich war versucht gewesen, mein Handy zu checken, vielleicht, weil ich die Verbindung in meine Welt wollte, vielleicht aber auch, um mich abzulenken. Stattdessen packte ich es weg und zwang mich, aus dem Fenster zu sehen. Alle paar Sekunden warf ich einen sichernden Seitenblick auf meine Fahrerin. Ich habe keine

Zweifel daran, dass sie das bemerkt hat. Aber sie sagte nichts, sie fuhr mich einfach nach Hause, und als meine Hände nach einer Stunde Fahrt so sehr zitterten, dass man es sehen konnte, obwohl ich sie in die Reisetasche auf meinem Schoß krallte, fragte sie einfach: »Darf ich?«, und streckte ihre linke Hand ganz vorsichtig nach meiner aus. Ich erstarrte. Sie hielt sofort inne. Ich schüttelte den Kopf, und sie legte sie wieder zurück aufs Lenkrad.

Als sie vor meinem Haus hielt, ausstieg und sich verabschiedete, hob ich meine Hand zum Abschied und winkte. Sie hat gelächelt und genickt, und dann ist sie verschwunden.

VIER

Die Meisters wurden am Flughafen Stettin-Goleniów verhaftet, sie wollten sich auf die Kanaren absetzen. Sie wurden unter anderem wegen Freiheitsberaubung, gefährlicher Körperverletzung und versuchten Mordes an mir angeklagt, aber es wird noch etlichen weiteren Vorwürfen nachgegangen, wie etwa Steuerhinterziehung, Betrug und Verstößen gegen das Vereinsrecht. Außerdem sollen mindestens drei ehemalige Klienten der Meisters exhumiert werden, die ihnen, wie Michael, in dem Glauben, auf den »Sonnenhof« ziehen zu können, hohe Summen gezahlt hatten. Tatsächlich war zu keiner Zeit Platz für neue Mitglieder – das sagte Esther später aus, wie noch vieles andere, um ihr Strafmaß wegen Beihilfe zu verringern.

Das alles wusste ich aber nicht, als ich die Stufen zu meiner Wohnung im Graefe-Kiez hinaufstieg. Meine Beine zitterten, als ich oben ankam und die Tür aufschloss. Ich war froh, dass Karl in der Schule und Tina in München war, und hatte gehofft, Eugen sei auf seiner Nordic-Walking-Runde. Doch er kam mir aus der Küche entgegen, sobald er die Wohnungstür hörte. Er sah bezaubernd aus. Klein und runzelig, alterszart, mit blitzenden Augen und Zähnen. Er trug Tinas Schürze (»Boss Ass Bitch«). Als er mich sah, schlug er sich entsetzt die Hände vor den Mund. Ich war noch nie so genervt von ihm – und hab ihn noch nie so geliebt.

»Ich geh duschen.« Mehr konnte ich nicht sagen, und er trat in die Küche zurück, um mir genug Platz im Flur zu lassen.

Als ich eine Viertelstunde später in einen Bademantel gewickelt in die Küche kam, hatte er mir Kaffee eingegossen und ein Croissant aufgebacken. Das war unsere Tradition gewesen, als er noch Taxi gefahren war und wir uns irgendwo in Berlin getroffen hatten oder er mich für einen meiner Fälle chauffiert hatte. Schwarzer Kaffee und Croissants.

»Danke.« Ich zerpflückte das Gebäck mehr, als dass ich es aß, aber Eugen ließ mich. Wir saßen uns schweigend gegenüber. »Es war schlimm, Eugen. Wirklich schlimm, und ich bin nicht sicher, ob ich damit klarkomme, und ich will jetzt nicht drüber sprechen, und ich bin noch nicht so weit, und vielleicht bin ich es nie und …« Ich zuckte hilflos mit den Schultern.

»Ich bin hier.« Er lächelte. »Bis du mich rausschmeißt«, fiel ihm dann ein, und er machte eine unbestimmte Geste durch die Küche.

Ich musste lachen. Ein echtes, echtes Lachen.

Ich konnte sehen, dass sich etwas von seiner Anspannung löste.

»Ich setz doch keinen kranken Mann auf die Straße.« Ich winkte grinsend ab.

»Und was ist mit einem gesunden Mann, der die verkehrsmedizinische Untersuchung bestanden und seinen Personenbeförderungsschein zurückhat?« Er versuchte, cool zu tun, aber schon nach ein paar Worten brach sich ein kindliches Grinsen Bahn.

»Würdest du mich dann fahren? Ich habe noch ein paar Dinge zu erledigen.«

Eugen maß mich ernst und nickte dann. Ich bin sicher, dass er, egal, was ich vorhatte, lieber dabei sein wollte, als sich zu weigern und mir dabei zuzusehen, wie ich mich davon nicht aufhalten ließ. Und ich war ihm dankbar.

Während wir uns auf den Weg nach Steglitz zu Leonie machten, ging ich mein Handy durch. Sebastian hatte zweimal angerufen. Beim zweiten Mal hatte er eine Nachricht hinterlassen. (»Alles okay bei dir? Ruf mich zurück.«) Ich konnte nicht mit ihm reden, hätte gar nicht gewusst, was ich hätte sagen sollen. Er würde irgendwann mitbekommen, was in der Uckermark passiert war, aber ich wollte nicht diejenige sein, die es ihm erzählte. Also tippte ich ihm nur eine SMS. (»Ging mir schon besser. Danke.«) Und noch eine. (»Wirklich.«) Ich hatte mich bisher immer dagegen gesträubt, dankbar sein zu müssen. Ich hatte das Gefühl gehabt, dann abhängig zu sein, meinem Gegenüber damit einen Passierschein in mein Leben auszustellen. Aber in den letzten Tagen war ich einigen Menschen dankbar gewesen, und zu meiner großen Überraschung fühlte sich das gut an. Vielleicht hatte das mit dem Vertrauens-Dings zu tun. Ich weiß es nicht … Sebastian antwortete jedenfalls sofort. (»Schon okay.«) Und dann noch einmal. (»Kaffee nächste Woche irgendwann?«) Ich tippte und löschte, erst »Keine gute Idee«, dann »Besser nicht«, und schickte schließlich »Vielleicht«.

Leonie Gabowski wohnte in einem schlichten Mehrfamilienhaus, an dem das typische »Aufbauprogramm«-Schild mit dem Berliner Bären und der Jahreszahl 1956 neben der Eingangstür hing. Es war nicht leicht gewesen, Eugen dazu zu bringen, im Wagen zu warten. Dabei hätte ich ihn gerne an meiner Seite gehabt, als ich mich die Treppen zu ihrer Wohnung in den zweiten Stock hinaufzwang.

Leonie stand in der Tür und sah aus, als ob sie sich am Rahmen abstützen müsste. Sie war blass und hatte dunkle Ringe unter ihren Augen. Ihre unglaublichen Wimpern warfen bizarre Schatten. Wir standen uns in einem Abstand von zwei Metern gegenüber. Ich hatte mir vorgenommen, ihr zuzuhören, jeden Vorwurf anzunehmen und ihr dann zu sagen, wie leid es mir tat, dass Michael tot war. Und das tat es. Doch sie machte mir keine Vorwürfe.

»Kommen Sie rein. Wir haben etwas zu besprechen.« Ihre Stimme war erwachsen geworden. Ich bedauerte, dass der Tod ihres Onkels dafür nötig gewesen war. Ich musste mich in dem engen Flur an ihr vorbeidrücken, um ihrer Geste zu folgen und in die Küche zu gehen. Vielleicht traute sie mir nicht genug, um mir den Rücken zuzudrehen, und ich konnte sie verstehen.

Die kleine, quadratische Küche war hell und unordentlich, in der Spüle stapelte sich Geschirr, und auf der Anrichte blubberte eine altmodische Kaffeemaschine. Was ich durch die offenen Türen sonst von der Wohnung gesehen hatte, passte eher in mein Bild von Leonie. Alles war »brav«, wie Tina es nennen würde: sauber und praktisch und wie aus dem Katalog. Immer bereit für den Schwiegermutterbesuch. Ich saß viel lieber an dem vollgerümpelten Küchentisch.

»Ich hasse Sie.«

Ich hatte mit nichts anderem gerechnet – nur eben nicht ausgesprochen. Leonies neuer Mut beeindruckte mich. Ich nickte.

»Ich habe heute Post von meinem Onkel bekommen.« Sie wischte sich grob eine Träne von der Wange. »Verrückt, oder? Post von einem Toten. Er hatte alles dem ›Sonnenhof‹ vererbt, schon vor ein paar Wochen, und vorgestern widerrufen. Ich kriege alles. Das Haus, die Ware, alles. Als ob er sich freikaufen wollte.« Ihre Stimme war hart und bitter. »Aber er hat auch geschrieben, dass er mich liebt. Das hat er mir nie gesagt. Nicht mal, als ich klein war, und jetzt ist es zu spät …« Wieder veränderte sich ihre Stimme.

Ich hätte mir gewünscht, etwas sagen zu können, ihr von meinem Erlebnis im Wald mit Charles erzählen zu können, aber natürlich schwieg ich.

Sie kramte in einem Stapel Papiere vor ihr auf dem Tisch und zog schließlich einen mehrseitigen Brief heraus. Sie blätterte bis auf die letzte Seite, räusperte sich und las: *»Danke, Leonie, dass du Isa geschickt hast.«* Sie zögerte kurz beim Vorlesen meines Vornamens, so, als sei es ihr peinlich, da wir uns immer gesiezt hatten. »…, *dass du Isa geschickt hast. Ich weiß, du machst dir Sorgen um mich, aber seit ich verstanden habe, dass ich Gabriel bald wiedersehen werde, ist alles gut. Es tut mir so leid, dass ich nicht für dich da sein kann, aber ich weiß, dass du klarkommst …*«

Sie knüllte den Brief in ihrer Hand zusammen, nur um ihn gleich darauf wieder eifrig glatt zu streichen.

»Er tut so, als sei es okay, sich umzubringen.«

Ich wusste nicht, was ich dazu sagen sollte. Wie hätte ich seine Entscheidung bewerten können? Und auf welcher Grundlage? Juristischer? Philosophischer? Religiöser? Psychologischer? Und dann welcher Ausrichtung? Ich drohte mich in diesen Fragen zu verlieren, vielleicht, mich in sie zu flüchten, aber Leonie griff überraschend nach meiner Hand. Ich wäre beinahe instinktiv zurückgeschreckt, zwang mich aber noch rechtzeitig, stillzuhalten. So saßen wir da, ungelenk und angespannt, und trotzdem war es richtig. Ich musste mich räuspern, als ich endlich so weit war zu sprechen.

»Er war am Abend seines Todes bei Dr. Wenzel und hat ihm vergeben. Und als er gestorben ist, war er ganz ruhig. Ich weiß nicht, wo er jetzt ist, ob er irgendwo ist, und ich weiß nicht, was genau ihn dazu gebracht hat, aber ich weiß, dass er in den letzten Momenten seines Lebens ›okay‹ war … und nicht allein.«

Leonie nickte und sah mir in die Augen. Ich glaube, sie wollte herausfinden, ob ich die Wahrheit sagte. Sie ließ meine Hand nicht los.

»Diese Leute … Haben sie ihn dazu gebracht?«

»Sie haben es ihm ganz sicher leicht gemacht, sich für … für Selbstmord zu entscheiden. Vielleicht haben sie ihn dazu gedrängt, vielleicht haben sie ihm ›nur‹ erst ein Leben in ihrer Gemeinschaft versprochen und ihm dann abgesagt und damit die letzte Hoffnung genommen.«

Ich begann zu zittern. Leonie sah mich überrascht an.

»Wenn sie gefunden werden, kommen sie für sehr lange Zeit ins Gefängnis. Dafür werde ich sorgen.«

Leonie ließ meine Hand zögerlich los.

»Versprechen Sie das?«

Und obwohl ich sonst nichts verspreche, von dem ich nicht sicher bin, dass ich es halten kann, habe ich es in der kleinen, nach Kaffee und Einsamkeit riechenden Küche getan.

FÜNF

Als Leonie mir den Umschlag und die Schmuckrolle aus Samt über den Küchentisch zugeschoben hatte, hatte ich noch gedacht, sie wolle mir womöglich ihre Erbstücke zeigen, und mich gezwungen, meine Müdigkeit zu unterdrücken. Ich wollte ihr so viel ehrliche Aufmerksamkeit schenken, wie es mir möglich war, aber mein Interesse an Schmuck hielt sich, wie schon gesagt, in sehr engen Grenzen, und ich hatte beruflich für meinen Geschmack schon zu oft und zu viel damit zu tun. Das liegt natürlich daran, dass Schmuck häufig gestohlen, verschenkt (und dann zurückgefordert), verloren, verliehen oder vererbt wird. In all diesen Fällen kommen die Menschen zu mir. Aber mit seiner Hilfe lassen sich natürlich auch leicht und unauffällig große Beträge anlegen und verschieben.

»Ich hab ihn gelesen.« Leonie deutete auf den Brief und sah mir in die Augen, wie um mir zu zeigen, dass sie sich dafür nicht entschuldigen würde.

Ich zog einen Bogen Papier aus dem Umschlag, der nach Leinöl und Lavendel roch und das Logo des »Sonnenhofs« trug. Ich legte ihn auf den Tisch, weil ich nicht wollte, dass Leonie sah, dass meine Hände wieder zitterten.

»Liebe Isa, ich bin sehr froh, dass ich dich noch getroffen habe. Meine vorletzte Etappe mit dir zusammen zu gehen hat sie mir leichter gemacht, weil ich nicht allein war, und schwerer, weil ich es schade finde, dich nicht besser kennenzulernen. Ich hatte gehofft, auf dem ›Sonnenhof‹ bleiben und meinen Frieden finden zu können,

aber sie wollen mich doch nicht hier haben. Das habe ich gerade erfahren. Ich bin ihnen nicht »weit genug«, hat Karola gesagt. Sie glaubt, dass es noch mindestens ein oder zwei Leben braucht, bis ich in die Gemeinschaft passe. Mir ist klar geworden, dass der ›Sonnenhof‹ ohnehin nur der zweitbeste Weg war. Ich weiß, dass Leonie dich angeheuert hat, um auf mich aufzupassen oder so ähnlich, und ich liebe sie dafür. Du bist vermutlich so etwas wie eine Detektivin, denn sonst hättest du mich ja nicht gefunden. Deshalb bitte ich dich um etwas: Ich habe den Meisters viel Geld bezahlt, das ich nicht flüssig hatte. Deshalb habe ich mir welches geliehen. Bei einem Mann namens Neumeier. (Es folgten die Anschrift des Ladens und die Telefonnummer.) *Er ist gefährlich, bitte sei vorsichtig. Ich sollte für ihn gestohlenen Schmuck so umarbeiten, dass er gefahrlos verkauft werden kann. Aber diese Stücke gehören jemandem. Die meisten sind alt, also werden sie irgendjemanden an irgendjemanden erinnern. Kannst du versuchen, sie ihren rechtmäßigen Besitzern zurückzugeben? Danke schön. Michael.*

PS: Ich grüße Charles von dir.«

Ich rollte hastig die Samtverpackung auseinander. Darin lagen etliche ganz offensichtlich hochwertige Ketten, Ringe, Armbänder und Colliers aus Gold und Platin mit und ohne erlesene Edelsteine.

»Ich wollte sichergehen, dass Sie die Wahrheit sagen«, erklärte Leonie. Die Fragen, die sie mir zu den Meisters und zum »Sonnenhof« gestellt hatte, waren offensichtlich überflüssig gewesen, aber ich konnte sie verstehen.

Meine Klienten rechnen mit – und hoffen oft auf – eine überraschende Wendung, wenn sie mir einen Auftrag erteilen: der Mann, der seine Frau beschatten lässt, weil er fürchtet, dass sie ihn betrügt, aber trotzdem hofft, dass sie nur eine Überraschungsparty zu seinem runden Geburtstag plant; die Frau, die dem Ex und Vater ihrer Kinder vorwirft, Einkünfte zu verheimlichen, um keinen Unterhalt zahlen zu müssen, die sich aber ausmalt, dass er sich mit dem Geld ein neues Leben aufbaut, um sie und die Kinder besser versorgen und ihnen eine »richtige Familie« bieten zu können. Die Leute schauen zu viel Fernsehen. In den meisten Fällen ist es genau so, wie sie es befürchten, in ein paar noch schlimmer. Mit Neumeier lagen Eugen und ich also von Anfang an richtig.

Die Aussagen von Bernd, Eugen, (dank Eugens Überzeugungskunst) Neumeiers russischer Angestellter und einem Nachbarn der Katzenbesitzerin Elsie haben zusammen mit dem Schmuck, Michaels Brief und Videoaufnahmen der Spielothek, vor der Bernd verprügelt worden war, Neumeier und seine Schläger mittlerweile in Untersuchungshaft gebracht.

Außerdem hat Leonie von der Brandenburgischen Polizei Michaels und Gabriels Ring zurückbekommen. Ich habe ihr seine Geschichte erzählt. Sie bewahrt ihn jetzt zusammen mit dem Medaillon auf, wegen dem sie sich kurz nach dem Tod ihres Vaters so mit ihrem Onkel gestritten hatte.

Michaels Beerdigung fand auf den Tag genau ein Jahr nach der seines Bruders statt. Seine Asche wurde zu der von Gabriel in eine große Jugendstilurne aus Marmor gegeben. Sie steht in einer Ecknische im hintersten Raum im Untergeschoss des Columbariums auf dem Friedhof Stubenrauchstraße.

Bei unserer Verabschiedung nach der Trauerfeier hat Leonie mich angeschaut, als hoffe oder warte sie auf etwas. Aber ich habe ihr nichts zu geben. Ich kann nicht ihre Freundin sein.

Saskia Meier war natürlich da, sogar der Typ aus dem Zoo und Bernd. Er sah noch ziemlich mitgenommen aus und war ganz sicher nicht nüchtern, als er eine kurze, unbeholfene Ansprache hielt. Als alle dachten, sie sei schon zu Ende, räusperte er sich ein paarmal viel zu laut und schloss: »Wie meen Lieblingsschauspieler, der Keanu Reeves, ma jesacht hat, als er jefragt worden ist, wat wohl passiert, wenn wa sterbn: ›I know that the ones who love us, will miss us.‹ Da hat er recht.«

Saskia hat ihn beim Rausgehen untergehakt. Er sah aus, als habe er nichts dagegen.

Als ich am Tag meiner Rückkehr aus der Uckermark aus Leonies Wohnung in Steglitz auf die Straße trat, war es früher Nachmittag. Die Frühlingssonne blendete mich. Ich stieg zu Eugen ins Taxi, das endlich wieder roch, wie es sollte: nach Old Spice, Kaffee und Motorenöl.

»Ich will dich nur vorwarnen. Tina ist zurück. Euer Streit tut ihr sehr leid, sie weiß, dass sie eine schlechte Freundin war, und sie betet, dass ihr euch wieder vertragen werdet.«

»Hat sie das so gesagt?«

»Ihre Version war eine Viertelstunde lang. Davon hat sie die Hälfte geweint. Ich habe zusammengefasst.«

»Danke dafür.«

Eugen lächelte wie ein stolzer Opa, während er uns gelassen durch den Berliner Stadtverkehr chauffierte. Nach Hause.

SECHS

Das Wiedersehen mit Tina war einfacher als gedacht. Sie begrüßte uns im Flur.

»Du siehst scheiße aus, Isa!« So cool ihre Worte waren, so wackelig war ihre Stimme.

»Unbestritten.«

»Ich hab was dagegen.« Sie deutete auf den Balkon. Auf dem Tisch dort standen eine Flasche Rosé und drei Gläser. Doch Eugen winkte ab und trat seine erste Taxischicht seit Monaten an. Er versprach, sie kurz zu halten.

Ich saß noch nicht richtig, da begann Tina mit großer Geste: »Ich war eine egoistische, dumme, gemeine …«

»Stimmt«, unterbrach ich sie hastig. Ich hatte keine Kraft für Drama.

»Und jetzt?« Sie hatte echte Tränen in den Augen.

»Ich hätte dir von Charles' Tod erzählen sollen. Aber ich konnte nicht.«

Sie nickte nur.

»Es tut mir sehr leid, dass er gestorben ist. Ich hätte ihn gerne kennengelernt.«

»O Gott, nein!« Wir lachten ein eckiges Lachen und tranken.

»Tobias will Kinder mit mir.« Sie sah jung und verletzlich aus.

Ich nickte. »Und was willst du?«

Sie zuckte mit den Schultern.

Das war eines der seltenen Male, dass Tina und ich miteinander schwiegen. Wir legten unsere Beine auf die Balustrade und leerten unsere Gläser.

Am Abend gingen Eugen und Tina zusammen essen. Tina bestand auf den neuen »Vegan-Bowl & Fingerfood«-Laden »umme Ecke«, und Eugen war einverstanden, solange sie auf dem Rückweg noch an der Currywurstbude zwei Straßen weiter haltmachten.

Als Karl hungrig vom Training nach Hause kam, hatte ich Nudeln mit Tomatensoße gemacht, wie früher. Er erschrak, als er mich sah. Meine Wange war mittlerweile ziemlich blau, aber ich hoffte, um ein richtiges Veilchen herumzukommen.

»Lange Geschichte und nicht jugendfrei«, versuchte ich zu scherzen. Er sah mich entsetzt an.

»Gewalt! Nicht Sex!«, korrigierte ich hastig.

»Ich weiß absolut nicht, was ich darauf antworten soll.«

Ich liebe Karl. So sehr.

Er schwankte zwischen Besorgnis und Humor, das konnte ich ihm ansehen.

»Ich bin okay.«

»Gut.«

Kurz darauf leerte er seinen zweiten Teller Penne. Mein Herz raste. Ich habe nur ein einziges Foto von Charles und mir. Es zeigt uns an Bord eines Ausflugsboots im Hafen von Vancouver. Ich schob es mit zitternden Fingern über die Tischplatte.

Karl ist vorsichtig. Er spricht langsam und mit Bedacht. Oder gar nicht. Er überlegte lange, dann zog er das alte Foto mit dem Zeigefinger zu sich heran. Mir fiel auf, wie verblasst die Farben waren, als sei das Bild älter, als es tatsächlich war. Sechzehn Jahre, die mir auf der einen Seite unendlich lang vorkamen und auf der anderen Seite unglaublich kurz.

Ich beobachtete meinen Sohn bei der ersten Begegnung mit seinem Vater angespannt und hilflos.

»Wie heißt er?«

»Charles. Charles Timothy Miller.«

Karl nickte nachdenklich, während er das Foto in sich aufnahm.

»Wo ist er?«

»Er ist tot.«

Das Schweigen war groß und dunkel, wie eine Gewitterfront. Ich konnte nichts anderes tun, als es abzuwarten.

»Was ist passiert?«

Ich reichte ihm einen Ausdruck des Artikels über den Unfall in der Tropfsteinhöhle, bei dem Charles gestorben war. Karl las äußerlich ruhig, aber in seinen Augen flackerte es. Am Ende des Artikels stand, dass Charles sich auf sein Gastsemester in Berlin gefreut hatte.

Ich hatte keine Ahnung, was ich erwarten sollte, ich versuchte, da zu sein und zu atmen. So, wie ich es auf dem »Sonnenhof« geübt hatte.

»Hat er von mir gewusst?«

»Nein.«

Schweigen.

»Hast du ihn geliebt?«

»Ja.«

»Und er? Hat er dich geliebt?«

»Ja.«

Noch mehr Schweigen.

»Dann war er gar kein Arschloch?«

Es kam mir vor, als spucke er mit dem letzten Wort etwas aus. Etwas Altes, Giftiges.

»Nein … Er war großartig.« Ich merkte gar nicht, dass mir Tränen die Wangen herunterliefen, bis Karl mir das Geschirrtuch reichte, das über seiner Stuhllehne hing. Dabei brauchte er es selbst.

Als Tina und Eugen zurückkamen, saßen Karl und ich – schon in Pyjamas – im Wohnzimmer auf dem Sofa, meinem Bett. Karl hatte erst vorsichtig, dann immer weniger ängstlich Fragen zu Charles gestellt, und ich hatte sie beantwortet, so gut ich konnte. Er gab mir einen Kuss auf die unverletzte Wange und verabschiedete sich in sein Zimmer, wo er ganz sicher mit Ava telefonierte. Ich war sehr froh, dass er das konnte.

Tina umarmte mich fest und verschwand ebenfalls in ihr Zimmer, wo sie natürlich mit Tobias sprach. Ich sank in mein Kissen und schloss die Augen. An Schlaf war nicht zu denken, viel zu viel wirkte gleichzeitig in meinem Kopf. Ich spielte mit dem Gedanken, den Barschrank zu inspizieren, als Eugen an die angelehnte Tür klopfte. Er trug ein wadenlanges Flanellnachthemd und Cordhausschuhe. Er bat mich in mein, jetzt sein Zimmer. Dort legte er eine Schallplatte auf seinen alten Reiseplattenspieler. Ich kannte das Lied. Er summt es oft, wenn er Taxi fährt, kocht oder putzt. Es ist traurig und doch wunderschön. Ich lehnte mich erschöpft in den Türrahmen. Mein Herz fühlte sich wund an, genauso wund wie die Stellen meines Körpers, die blau und blutig waren.

»Nadja hat gesagt, es ist in Ordnung.« Eugen stand vor mir und hielt mir seine geöffnete Hand hin. Ich verstand nicht. »Darf ich bitten?«

»Du tanzt mit ihr?!« Jetzt begriff ich das allnächtliche Tapsen.

Er lächelte. Ich folgte ihm auf die »Tanzfläche«.

»Nadja sagt, Charles tanzt genauso schlecht wie du«, flüsterte er mit geschlossenen Augen.

Ich lachte, und ich weinte, und das war gut.

EPILOG

Ich schlafe jetzt besser. Nicht immer, aber immer häufiger. Der Prozess gegen die Meisters beginnt nächste Woche. Ich habe in meinem Atelier eine kleine Arbeit in Marmor angefangen und mich für einen Selbstverteidigungskurs angemeldet. Das Foto von Charles und mir hängt jetzt im Flur, in einem richtigen Rahmen.

Tina ist gestern aus dem Späti gegenüber gekommen und hat mir ganz irritiert erzählt, sie habe dort einen Mann gesehen, der aussah wie Charles. Aber älter und mit Vollbart …

ENDE

HERZLICHEN DANK AN:

Antje Hartmann und die Literarische Agentur Kossack, Hamburg,
Greta Frank, Dr. Andrea Müller und den Piper Verlag, München,
Martina Schwarz,
Sandra Taufer,
Jaron Witt und Thomas Morick,
Wolfgang und Bianca Bindl,
Florian Bertz,
Dr. Frauke Schmickl,
Birgit Wittemann